基列三部曲之

基列家书

Gilead

〔美国〕玛丽莲·罗宾逊 著

李尧 译

人民文学出版社

著作权合同登记号 图字 01-2017-7063

图书在版编目(CIP)数据

基列家书 /(美)玛丽莲·罗宾逊著;李尧译. —
北京:人民文学出版社,2017(2021.12 重印)
(基列三部曲)
ISBN 978-7-02-013500-4

Ⅰ.①基… Ⅱ.①玛… ②李… Ⅲ.①长篇小说-美
国-现代 Ⅳ.①I712.45

中国版本图书馆 CIP 数据核字(2017)第 270390 号

责任编辑 **甘 慧 潘爱娟**
装帧设计 **陆骏璇**

出版发行 **人民文学出版社**
社　　址 **北京市朝内大街 166 号**
邮　　编 **100705**

印　　刷 **凸版艺彩(东莞)印刷有限公司**
经　　销 **全国新华书店等**

字　　数 **150 千字**
开　　本 **889 毫米×1194 毫米 1/32**
印　　张 **8.25**
版　　次 **2007 年 1 月北京第 1 版**
印　　次 **2021 年 12 月第 3 次印刷**

书　　号 **ISBN 978-7-02-013500-4**
定　　价 **59.90 元**

如有印装质量问题,请与本社图书销售中心调换。电话:010-65233595

译者前言

玛丽莲·罗宾逊是美国当代最著名的女作家之一。她于1947年出生在爱达荷州一个偏远、闭塞的小镇。父亲约翰·萨默斯、母亲埃伦·萨默斯都是普通劳动者。1962年高中毕业后，玛丽莲·罗宾逊到布朗大学学习宗教和写作，1966年获学士学位后到法国西北部雷恩的一所大学教了一年书。之后，她又回到美国，在华盛顿大学继续学习。1977年，玛丽莲·罗宾逊以一篇关于莎士比亚《亨利六世》的论文获博士学位。她曾经在美国各地工作，包括在马萨诸塞州度过二十年最美好的时光。现在，她在爱荷华大学教写作。

玛丽莲·罗宾逊尽管远离故乡爱达荷州，但从来没有忘记童年时代在那块辽阔、荒凉的土地经历的艰辛。她不但和那里的亲人保持着密切的联系，而且始终笃信伴随她成长的宗教。她曾经说，在这个世界上，她最珍视的书是《圣经》。怀着这样的赞美之情，她写过不少关于《圣经》的论文。这些文章视角独特、论述深刻，出版后颇受好评。然而，真正使她步入文坛，并且一举成名的是她1981年出版的长篇小说《管家》(*Housekeeping*)。这本书出版之后，立刻引起轰动，不但获海明威新人奖以及美国多项文学大奖，还被誉为美国当代文学经典。但是玛丽莲·罗宾逊并没有因此而在文学创作领域“一发而不可收”，恰恰相反，从1981年《管家》出版到2004年推出《基列家书》，二十四年间，她没有再涉足小说，而是把目光转向环保和思想领域的纷争。玛丽莲·罗宾逊在美国西北部地区长大，始终关注着那片广袤土地的环境与生态的变化。但是，她对环保组织的工作不屑一顾。她认为，在世界那么多重大问题尚未得到解决的时候，拯救一方山水、一片蓝天，意义不大。她在《祖国：英国，福利国家和核污染》（*Mother Country*：*Britain*，*the Welfare State and Nuclear Polution*）一书中清楚地表明自己的立场。这本书因为引用了大量文献，批评英格兰赛拉菲尔德核工厂、批评绿色和平组织和英国政府而备受争议。绿色和平组织甚至状告作家和出版商侵害名誉权，法院最终判令该书禁止在英国发行。但是，《祖国：英国，福利国家和核污染》并没有因此而失去它的价值，1989 年获美国国家图书奖之后，又一次获得普遍好评。罗宾逊在逆境中坚持写作，不断地在报刊上发表文章，并且结集出版了她的第三本书《亚当之死：现代思想论文集》（*The Death of Adam*：*Essays on Modern Thought*）。这本书批判了达尔文学说和社会达尔文主义[①]，出版后褒贬不一。由此可见，玛丽莲·罗宾逊不是一个平庸的作家。她出版的任何一本著作都会“一石激起千层浪”。然而，反响最为强烈并且一举夺得 2005 年普利策小说奖的则是她的新作——人们期待已久的《基列家书》。

艾略特[②]曾经说过，如果你不是一个虔诚的天主教徒，就不

① 社会达尔文主义：19 世纪后期搬用达尔文生物进化论来解释人类社会现象，并把历史归结为“生存斗争”的学说。

② T.S. 艾略特（1888—1965）：生于美国的英国诗人、剧作家、文艺评论家，曾获 1948 年诺贝尔文学奖。

可能完全理解但丁[1]。同样，如果你不了解玛丽莲·罗宾逊宗教信仰的价值取向，对基督教的教义一无所知，也很难全面、准确地理解《基列家书》，尽管你可能非常欣赏其优美的文字，甚至被其娓娓道来的故事深深打动。

《基列家书》犹如一首耐人寻味、恬静优美的抒情诗，虽然没有跌宕起伏、扣人心弦的故事，但是作者笔下流淌出的清丽的文字、深邃的思想却让人难以释卷。七十六岁的牧师约翰·埃姆斯患有严重的心脏病。他身为牧师，一生清贫，没有给尚且年轻的妻子和年仅七岁的儿子留下任何财产，只留下一个由《圣经》，两千多份讲道手稿和几本神学、哲学书籍编织而成的“精神家园”。他知道自己来日无多，为自己不能和深爱的妻子一起变老，不能亲眼看着年幼的儿子长大而痛苦，于是写下这封长长的“家书”，希望儿子长大之后能通过老父的“遗墨”了解他的一生。在“家书”中，他历数小镇基列的一个牧师家族几代人从南北战争到一九五六年的一个世纪里经历的变迁与辛酸，使得这封长长的家书几乎成为一部浓缩了的美国近代史。发生在这个大背景之下的小故事和故事中的人物个个鲜活、生动，而尤以老牧师约翰·埃姆斯的祖父埃姆斯牧师的形象令人难忘。埃姆斯牧师是个坚定的反对奴隶制的斗士。在决定美国命运的南北战争中，他以随军牧师的身份走上前线，在战斗中失去一只眼睛。他身穿血衣、腰别手枪，站在讲道坛上，慷慨陈词，号召教徒为消灭奴隶制而战。而同为牧师的儿子——老牧师约翰·埃姆斯的父亲——却是一个和平主义者，他虽然尊敬、爱戴自己的父亲，但对父亲

---

[1] 但丁（1265—1321），意大利诗人，《神曲》作者。

的所作所为却不能苟同。老祖父退休之后，因与家人格格不入，离家出走，又回到当年战斗过的地方，最终客死他乡，只给后人留下两件血衣、一把手枪和几篇讲道稿。这种象征意义——两代人之间永远无法调和的矛盾——贯穿全篇，而约翰·埃姆斯牧师和他的教子杰克·鲍顿之间的故事又将这种象征意义推向另一个高潮。杰克·鲍顿是约翰·埃姆斯牧师最亲密的朋友鲍顿牧师的儿子。鲍顿因老朋友膝下无子（约翰·埃姆斯牧师年老之后才又娶妻生子），便把自己最喜欢的儿子杰克送给他做"教子"。杰克生性顽劣，以恶作剧为乐，在小镇基列臭名昭著。长大之后，他又使一个年纪很轻、家境贫困的姑娘怀孕。年轻姑娘生下一个女婴之后，杰克拒不承认自己是"始作俑者"，给全家人，特别是给他身为牧师的父亲带来极大的耻辱和痛苦。杰克离家出走，一别就是二十余年。四十三岁那年，他才回到对他日思夜想的父亲身边。约翰·埃姆斯牧师对这位"教子"侧目而视，生怕他恶习未改，勾引自己年轻的妻子，于是处处设防，甚至在讲道时，用《圣经》故事影射杰克。然而，二十多年的雨雪风霜把杰克·鲍顿造就成一个真诚、善良、责任心极强的新人。他顶着种族主义的巨大压力与黑人姑娘黛拉相爱，并且有了一个儿子。在种族主义甚嚣尘上的二十世纪五十年代，为了让一家三口能有一个安身立命之地，他克服重重障碍，回到家乡，但是几十年里变化甚微的小镇基列和生活在基列的人们让杰克心生失望，只得打点行装，再次云游四方。

诚如《华盛顿邮报》所说，《基列家书》"恬静的美，犹如一首令人心旷神怡的散文诗；严肃的主题、深邃的思想更让人难以释卷"。《基督教科学箴言报》也说："《基列家书》是对生活宁静而又深沉的赞美。”由此可见，“恬静的美”的确是《基列家书》显著的特点之一。而这种美主要体现在玛丽莲·罗宾逊高山流水般清新朴实的文字和精美奇巧的构思。这种表现手法十分符合小说主人公年逾古稀、饱经沧桑的牧师身份。作者的大家手笔更表现在她时而浓墨重彩，时而素笔白描，挥洒自如，酣畅淋漓，为我们描绘出从南北战争到 1956 年，美国西北部地区百年间一幅幅美丽的风情画、风俗画。这些图画宛如一部历史长卷，把我们引入久远的过去，又从过去走进现在，走向未来。一脉相承的则是作者推崇备至的基督教精神。

李　尧

二〇〇六年九月二十五日　北京

献给我亲爱的父亲、母亲——

约翰和埃伦·萨默斯

昨天晚上，我对你说，说不定哪天我就走了。你问：“上哪儿？”我说：“到主那儿。”你又问：“为什么？”我说：“因为我老了。”你说：“我不觉得你老。”你把手放到我的手里，说：“你还不太老。”好像这事儿你说了算。我对你说，你的生活或许和我的生活、和你跟我一起过的日子有很大的不同。真奇妙，过好日子的方式会有那么多。你说：“妈妈已经对我讲过了。”然后，又说：“别笑！”因为你以为我在嘲笑你。你伸出手，用手指捂住我的嘴，用那样一种眼神看着我。这种眼神，我这辈子除了在你妈妈脸上见过，在其他任何人脸上都没见过。那是一种桀骜不驯、恼怒而又严厉的目光。我一直有点惊讶，经历了这种目光的烤灼之后，我的眉毛居然没有烧焦。将来我一定会想念这目光。

以为人死之后还会想念什么，真是荒唐可笑。如果读这些信时，你已经长大成人——我的目的就是等你成年之后再读这些——我一定已经走了许久，人死之后应该知道的东西大多数也已知道。但是，我或许会把这些东西藏在心里。看起来事情就是这个样子。

我不记得有多少次人们问我，死是怎样一种感觉。有时候，离他们亲自体验那种感觉只剩下一两个小时。甚至在我很年轻，而他们已经像我现在这样垂垂老矣的时候，他们对我提出这个问题，抓着我的手，充满恐惧的老眼看着我的眼睛，认为我知道答案，打算让我告诉他们。我经常对他们说，那是一种回家的感觉。我常说，在这个世界我们没有家。然后，我就沿着这条路回到老地方，给自个儿煮上一壶咖啡，做个煎鸡蛋三明治，有收音机之后，多半在黑暗中听收音机。你还记得这幢房子吗？我想你一定还记得一点儿。我在教区牧师住宅里长大，大半辈子都在这儿度过。我还去许多其他这样的房子里造访过，因为父亲的朋友和我们家大多数亲戚都住在那种房子里。那些日子，每逢想起这些——这种时候并不很多——我就觉得这幢房子是那些房子中最差的一幢，穿堂风吹得最猛、日子也最沉闷乏味。哦，这是我那时候的心境。其实，这幢旧房子几近完美。但是那时候，只有我一个人住在这儿，生疏之感油然而生。在这个世界，我不觉得像在家里那样自如。这是事实。现在，自是一种全然不同的感觉。

他们说我的心脏不行了。医生用了“心绞痛”这个术语。听起来有点儿神学的味道，就像修道院中的一个房间①。是啊，到了我这把年纪，得这种病也在意料之中。我的父亲去世时已经是个老人，但是他的姐妹确实没有活到很大年纪。所以，我能活到现在只有感激。我深感懊悔的是，除了几本没有人想要的旧书，几乎没有给你和你妈妈留下任何东西。我从来没有赚过值得一提的“大钱”，也从来没有留意过手里的那点儿小钱。相信我，我最没有想到的是，有朝一日，自己会撒手人寰，留下一个妻子和孩子。如果知道，我会是个更好的父亲。我会给你留下一点东西作为未来之用。

---

① 原文为拉丁文。

我主要想对你说的就是这些。我万分歉疚。我知道，你和妈妈一定经历了许多艰难。可是，除了我为你们做的祈祷，你们得不到任何真正的帮助。我一直在祈祷，活着的时候这样做，现在依然这样做——来世还是这样。

我听见你和妈妈说话。你问，她答。我听不见你们说什么，只能听见声音。你不想睡觉，每天夜晚都得她陪你说话才能进入梦乡。我从来没听见过她唱歌，只有夜晚她哄你入睡的时候才从隔壁传来她的歌声。我也听不清她唱的是什么歌。她的声音很低，但是对于我来说，那歌声很美。我说起这事儿时她只是笑。

我真的不能再分辨美丑。那天，我在大街上从两个年轻人身边走过。我知道他们是谁——汽车修理厂的工人。他们不到教堂做礼拜，两个人谁也不去，只不过是两个还说得过去的“小玩儿闹”，喜欢没完没了地开玩笑。那天，他们靠在汽车修理厂的围墙上晒太阳，一边嘻嘻哈哈，一边点燃香烟。他们总是浑身油污，散发着一股刺鼻的汽油味儿。我真不知道他们为什么不会把自个儿点着。这两个小伙子像平常那样，你一言我一语、有一搭没一搭地说着什么，不时发出令人讨厌的刺耳的笑声。可是我听起来觉得那声音也很美。看人们笑真让人吃惊，尤其是那种忍俊不禁的样子。有时候，他们确实强忍着不让自己笑出声来。我经常在教堂里看到这种情况。所以，我纳闷，什么是笑？笑从何来？我纳闷，笑对你的身体系统会耗费些什么，以至于你万不得已的时候才笑。我想，从某种意义讲，笑有点像哭，只是笑更容易一点儿。

见我走过来他们自然不再开玩笑，但是还在笑，心里一定想，老牧师听见他们说什么了。

我很想对他们说，我像别人一样也喜欢开玩笑。我这一生有许多场合都想说出这番心思，但是人们并不愿意接受这一点。他们希望你有点与众不同。我却想说，我是行将就木之人，不会有多少开怀大笑的机会了，至少在这个世界没有了。可是这样说，他们只能更严肃，只能对你更敬而远之。我想，我把自己的身体状况作为秘密，尽量长久地不让别人知道。作为将死之人，我的自我感觉相当好，这真是天赐之福。你母亲当然知道。她说，如果我自己感觉不错，也许是医生搞错了。但是，到了我这把年纪，医生就是错，也错不到哪儿去。

这是我此生身为牧师最奇妙的事情。人们一看见你走过来，就立刻改变话题。可是有时候，还是这些人跑到你的书房，把最不寻常的事情和盘托出。谁都知道，生活表面之下潜藏着许多不为人知的东西。许多怨恨、恐惧、歉疚，还有无边的寂寥，你都休想真的指望在什么地方找到。

我母亲的父亲是个牧师，我父亲的父亲也是牧师。至于祖父的父亲和曾祖父的父亲是不是牧师不得而知，但我还是愿意猜测一番。牧师生涯对于他们，就像对我一样，是第二天性。他们都是好人。如果有一样东西我应该从他们身上学会，却没有学到手的话，那就是控制自己脾气的能力。这种智慧我早就应该具备。然而，即使现在——快速跳动的脉搏让我想起最终的结局——我也会因为抽屉拉不开，或者找不到眼镜而大发雷霆。我对你说这些，是希望你自个儿也当心，不要“重蹈”父亲的“覆辙”。

火气太旺，经常发脾气，或者在不该发火的时候发火，造成的损害远远超过你的想象。最重要的是当心你自己说的话。“星火燎原，舌头就是星星之火。”这话是真理。父亲年老之后在写给我的一封信里这样说。那封信我烧了，把它扔在火炉里烧了。这件事情现在回想起来还不像当时那样让我吃惊。

我相信，我将满怀真诚地做一次试验。现在，则是以崇敬之心谈起这些。我的父亲如他自己所说，是个按原则办事的人。他忠实于自己认识到的真理，并且照此行事，但是着手去做的时候，有些事情总让他时不时地大失所望——不只是对我失望。尽管为了培养我长大成人，父亲给予我那么多关注，我也为此欠下一笔永远还不清的债，但我还是想这样说。当然，他或许持完全不同的意见。上帝，让他的灵魂安息吧。我确信，我让他失望了。这实在是一件需要考虑的、非同寻常的事情，尽管我们相互之间的用心都很好。

哦，正如上帝所说，“叫他们看是看见，却不晓得。听是听见，却不明白。”[①]我不能说自己真的懂得了这句话的含义，尽管我无数次听到过这句话，甚至布道时还喋喋不休地宣讲过。它只是表述了一个深刻的、不可思议的事实。你对某个东西可能熟悉得不能再熟悉，而实际上又一无所知。一个人可以熟悉自己的父亲或者儿子，可是他们之间除了忠诚、爱和相互不理解，什么都不存在。

我之所以提到这件事，目的只有一个，那就是想告诉你，人们如果在和你有关的什么事情上感到后悔，一定以为你会生气。你不论做什么，他们都认为你在发火，哪怕你只是安安静静过自己喜欢的生活。他们总是把你搞得对自己产生怀疑，在某些情况

---

① 见《圣经·马可福音》4:12。本书所引《圣经》译文均依据和合本。——编者注

下，甚至困惑不解，无端浪费了许多时间。我真希望我能早一点儿明白这个道理。现在一想起这件事我就生气。我认识到生气也是表示愤怒的方式。

担任神职最大的好处就是，它会帮助你聚精会神。它赋予你一种最基本的感觉：什么是要求你必须做到的，什么可以忽略不计。如果我有什么智者之言可以告诉你的话，这便是其中之一。

你降福于我们这个家还不满七年，这七年全是歉收的年份，而且是在我垂暮之年。我无法做出任何改变，让你们俩过上更好的生活，但我还是想着这一切，并且时时为你们祈祷。这件事我一直记在心里。我想让你知道这一点。

这是风和日丽的春天，又一个阳光明媚的日子。你上学要迟到了。我们让你站在一张椅子上，你吃烤面包片加果酱，妈妈给你擦鞋，我给你梳头。你还有一页算术题没有做。这些题你本来头天晚上就应该完成，可是你一直拖到第二天早上，一心想把所有题目都算出来。你和你妈妈一样，无论做什么都很认真。老人们都管你叫"执事"①，不过你这股认真劲儿并不都是我们这个家族的遗传。碰到她之前，我还从来没有见过谁这么较真。哦，抛开我祖父不说。在我看来，她之所以较真儿，一半因为悲伤，一半因为愤怒。我纳闷，她的生活中发生过什么事情，使得她的目光中平添了这样一种神情。后来，你三岁时——还是一个小家伙——有一天早上，我去幼儿园看你，你正穿着睡衣坐在地板上，沐浴在阳光中，想把一根断了的蜡笔接上。你抬起头看着

---

① 执事：教堂中的神职人员。

我，那目光和妈妈的目光完全一样。我许多次想起那一刻。我要告诉你，有时候，在我看来，你是在回首往事，你在经历我祈祷你永远不要经历的苦难，你请求我亲自向你解释这一切。

“你和《圣经》里的那些老人一样。”你妈妈对我说。这话没错儿。如果我设法活到一百二十岁，也许会有几头母牛，几头阉公牛，几个男仆，几个女仆。我的父亲留给我一门“手艺”，正好也是我的天命。然而事实是，那是我的第二天性。我带着这种天性一起长大。你很可能不会再走我的老路。

我看见一个肥皂泡从窗前飘过。那个泡泡显得很饱满，颤动着，摇摆不定，刚刚变成蜻蜓般的蓝色就破碎了。于是我俯身向院子里张望。你和妈妈正朝着猫吹泡泡。泡泡接二连三向它飞去，太多的机会让那个可怜的家伙高兴得发狂。它实际上在空中跳跃，我们那个无忧无虑的索佩[①]！有的泡泡从树枝间飘过，甚至飘到大树之上。你和妈妈太关注那只猫了，看不见你们在“尘世间”的努力从“天国”望过去会是怎样的结果。那情景真是太可爱了。你妈妈穿一条蓝裙子，你穿一件红衬衫，两个人跪在地上，索佩在你们中间。五光十色的泡泡升腾而起，快乐的笑声不绝于耳。啊，这生活，这世界。

你妈妈对你说，我正在给你写家谱。这个主意似乎让你格外开心。那么，好吧。我应该给你记录些什么呢？我，约翰·埃

---

① 索佩：小说里这只猫的名字，原文为soapy（肥皂），和上文的“肥皂泡”相映成趣。

姆斯，一八八〇年生于堪萨斯州。我是约翰·埃姆斯和玛格丽特·特纳·埃姆斯的儿子；约翰·埃姆斯和玛格丽特·托德·埃姆斯的孙子。写这些东西的时候，我已经活了七十六年，其中七十四年在这儿——爱荷华州基列[①]度过，除了在大学和神学院学习的日子。

我还应该告诉你什么呢？

我十二岁那年，父亲带我到祖父的坟前祭奠。那时候我们家已经在基列住了大约十年，父亲在这里的教堂当牧师。他的父亲生于缅因州，十九世纪三十年代移居堪萨斯州，退休后和我们一起生活了几年。后来，老人离开家，成了巡回牧师，或者我们认为他是巡回牧师。他死在堪萨斯州。死后，就埋在那儿，离一座不少居民远走他乡的小镇很近。一场大旱赶跑了大多数人。那些没有被赶跑的也已经搬到离铁路线更近的城镇。毫无疑问，我们只能从一座小镇开始探寻。因为这是堪萨斯州，居住在这儿的人正是所谓"自由农"，他们都没有真的想过在一个地方待多长时间。我很少用"荒芜"这个字眼儿，可是一想起那个地方，这个词就立刻出现在脑海之中。父亲花了好几个月寻找祖父去世的地方，给教堂、报社，还有别的什么人写了许多信，打听他的下落。他为这事花了好大心思。终于，有人送来一封回信和一个小小的包裹。包裹里面有一块表、一本破旧的《圣经》，还有几封信。后来我听说，那几封信其实是父亲寻找他的信中的一部分。

---

① 基列：古代约旦河东部的山地，高出约旦河流域一千两百米，在本书中为作者虚构的小说主人公居住的小城。

无疑，是那些想劝他回家的人捎给他的。

父亲一想起对自己父亲最后说的那些话就心痛欲绝。因为那都是些怒气冲冲的话，而这辈子他们之间已经再无机会和解。总的来说，他很尊敬自己的父亲，很难接受事情竟然是这样的结果。

那是一八九二年，旅行还相当艰难。我们尽可能坐火车，没有火车可坐之后父亲雇了一辆四轮马车和一辆大车。其实我们用不了那么多车，不过话说回来，那时候也只能找到这么两辆车。我们走错方向，迷了路。为了给马饮水，碰到的麻烦实在太多，后来不得不把马留在一座农庄，剩下的路徒步。路简直糟糕透了。人走过的地方，黄土没过脚脖子，车走过的地方留下深深的车辙。父亲背着一个黄麻口袋，里面装着工具。他想把祖父的坟修得稍微像个样子。我拿着路上吃的干粮：硬面饼、牛肉干，路上摘的几个小黄苹果，还带着几件已经很脏的、洗换用的衬衣和短袜。

那时候父亲没有足够的钱去旅行，但是他急着要去，等不得攒够了钱再走。我对他说，我也想去。他尊重我的想法，尽管多一个人就多了许多艰难。母亲一直看报纸，知道西边的干旱有多么严重，听说父亲要带我一起走的时候老大不高兴。他对她说，这次旅行对我肯定有很大的教育意义。这一点毫无疑问。父亲决心找到祖父的坟墓，不管路上有多少艰难险阻。以前我从来没有想过，下一次在哪儿才能找到水喝。现在谢饭[①]时，我把水也列入感谢主的内容之一，并且祈祷，以后不要再为喝不上水而担心。有几次我真的相信我们也许会在那块荒凉的土地上走失，最

---

① 谢饭：基督徒饭前或饭后短暂的感恩祷告。

终饥渴而死。有一次父亲把拾好的柴火往我怀里放的时候，说我们像前往摩利亚山[①]的亚伯拉罕[②]和以撒[③]。我自己也这么想。

那儿的情况非常糟糕，花钱也买不到吃的东西。我们在一个农民家停了下来，求女主人卖给我们点儿什么。那个女人从食橱里拿出一个小包，让我们看里面包着的几枚硬币和几张纸币。“还是当个南部邦联的百姓好，他们给了我那么多好处。”杂货店关门了，她买不到盐、糖，或者面粉。我们拿那几块质量很差的硬面饼和她换了两个煮鸡蛋、两个煮土豆，即使没有盐吃起来味道也好极了。从那以后我再也不想看一眼硬面饼了。

然后，父亲向她打听祖父的情况，她说：“哦，没错，他来过这一带。”她不知道他已经去世，但是知道他有可能埋在哪儿。她朝还算得上一条路的地方指了指，顺着这条路就能走到我们想去的地方——离这户人家不到三英里。杂草丛生，淹没了那条路，但是车辙依稀可见。因为泥土板结，路上的灌木长得比较矮。我们绕那块墓地转了两圈，看见两三块墓碑倒伏在白草萋萋的坟丘之上。转到第三圈，父亲注意到一根篱笆柱子。我们走过去，看见几座坟丘。大约七八座，排成一排，后面是半排，都被棕黄色的枯草淹没。我记得，那种残缺不全在我看来充满悲凉之感。我们在第二排发现一个标记。有人把一截原木的树皮剥掉一块，把好多枚钉子钉进去一半，再弯下来，砸平，组成 REV

① 《圣经·旧约》中的一座山，是亚伯拉罕向上帝祭献以撒的地方，今圣殿的所在地。

② 亚伯拉罕：《圣经·旧约》记载中希伯来人的第一个族长和先祖，以撒的父亲。

③ 以撒：《圣经·旧约》中的希伯来族长，亚伯拉罕和撒拉之子，雅各和以扫之父。

AMES（埃姆斯牧师）这几个字。R看起来有点儿像A，S像倒写的Z，但是不会有错。

那时天色已晚，我们只好先回到那个女人的农庄，在她家的蓄水池里洗了洗手，从她家的井里取了点儿水喝，在她家的干草棚里睡了一晚上。她给我们端来玉米面糊糊当晚餐。我爱这个女人，就像爱第二个妈妈。我爱她，爱得热泪盈眶。第二天，我们天不亮就起床，帮她挤牛奶，劈引火柴，还从井里提了一桶水。她把早饭端到门口等我们。玉米粉煎饼，上面抹了黑莓果酱，还放了一小勺顶层乳。天色未明，寒气袭人，我们站在门口台阶上吃热乎乎的煎饼，觉得简直美极了。

然后我们又去墓地。其实那只是一块几乎完全倒伏的篱笆环绕的荒地。大门上有根铁链，铁链上吊着个牛铃。父亲和我尽可能把篱笆重新捆扎好。他用折叠刀挖了挖坟丘上的泥土，后来觉得还是去那个农民家借两把锄头为好。他说："我们在这儿期间，应该把别人的坟墓也修一修。"这次，那个女人已经做好菜豆等我们吃晚饭。我不记得她的名字，真是一大遗憾，只记得她有一个食指从第一个关节以上就没了，而且她说话口齿不清。那时候，在我眼里，她年纪已经很大，只是个普通农妇，极力让自己显得举止得当，头脑清楚，充满活力，尽管里里外外全靠她自己，累得精疲力竭。父亲说，听口音，她家的老人一定是从缅因州来的，不过他没有问她。告别时，她哭了，撩起围裙擦脸上的泪水。父亲问她有没有让我们带的信或者口信，她说没有。父亲又问她，愿不愿意跟我们一起走，她谢过父亲的好意，摇了摇头，说："还有奶牛呢！"她又说："有了雨水，一切就都好了。"

那块墓地是你能想象到的最孤寂的地方。如果我说，它将回归自然，你或许以为，那地方还有几分活力。实际上，它被炽热的阳光烤灼得没有一丁点儿水气，早已干透。很难想象这里的草曾经是绿的。每走一步，许多小蚱蜢就飞起来，发出刷拉拉的响声，就像划火柴。父亲两只手插在口袋里，环顾四周，连连摇头。他开始用带来的一把镰刀砍丛生的灌木和杂草，我们一起把倒伏的墓碑重新安放好。大部分坟墓只是四周围了一圈石头，没有死者的姓名，没有生卒年月，什么也没有。父亲让我下脚的时候小心点。起初我没有注意到到处都是一座座小小的坟丘，或者没有意识到那是什么。我当然不想在坟丘上走来走去，可是在他割倒杂草之前，根本看不出哪儿是坟墓。等我知道自己曾在几座坟墓上踩来踩去，不由得一阵反胃。只有童年时代，我才会因此而歉疚，才会顿生怜悯之心。如今，我仍然在梦中看到那一幕。父亲总说，人死之后，躯体宛如一套精神不再需要的旧衣服。可是话虽这么说，为了找到一座坟墓，我们还是不惜长途跋涉，累个半死，来到这里，而且小心翼翼，不让脚踩到坟头之上。

我们花了好长时间才弄出点眉目。天气很热，热风中摇曳的枯草、枯草中翻飞的蚱蜢，发出沙沙的响声。然后，我们四处播撒种子：香蜂花，锥光菊，向日葵，矢车菊，香豌豆[①]。都是我们家花园里的花草结下来的种子。播撒完毕，我父亲在他父亲的坟前坐了好长时间，一边用帽子扇着自己，一边拔掉地上残留的枯草。我想，他一定因为自己无法做更多而懊丧。最后他终于站起来，拍了拍身上的泥土。我们俩一起站在那儿，皱皱巴巴的衣

① 香豌豆：一种一年生豆科攀缘草本植物，原产于意大利，因其芳香的花朵而被人栽种。

服被汗水浸湿，一双手因为干活儿弄得很脏。蟋蟀刺耳的叫声骤起，苍蝇飞来飞去开始烦人，归巢的鸟儿发出准备进入梦乡时的呢喃细语。父亲深深地鞠了一躬，开始祈祷，代已经作古的祖父向主致意，乞求主的原谅，也乞求祖父的原谅。那一刻，我特别想念祖父，也感觉到一种被人谅解的需要。那是一次时间很长的祈祷。

在我那个年纪，无论哪次祈祷我都觉得时间特别长，都烦得要命。我闭上眼睛，过一会儿又忍不住睁开东张西望。这件事我记得非常清楚。起初，我以为看见太阳从东边落下。我知道东在哪边。因为，早晨我们到这儿的时候，太阳刚从地平线升起。后来我才意识到，那是一轮冉冉升起的圆月，伴随着落日西沉。那一刻，太阳和月亮都伫立在地平线上，它们之间是壮丽无比的光芒。那光芒你仿佛能触摸得到。那触摸得到的光芒正来回流动，或者犹如一缕缕光束紧紧地绷在太阳和月亮之间。我想让父亲也看这难得一见的奇观，可是我知道他正在祈祷，生怕吓他一跳。我想以最好的方式做这件事，于是拿起他的手吻了吻，说："看月亮。"他睁开眼睛，极目远眺。我们就那样站着，直到太阳沉没，月亮升起。它们仿佛在地平线上漂浮了好长时间。我想，因为它们都那么明亮，所以你很难看清它们的真面目。祖父的坟茔、父亲和我，就在太阳和月亮中间。那时候我十分惊奇，因为我没怎么想过地平线的本质。

父亲说："倘若不是这道风景线，我永远不会想到这个地方也会如此美丽。知道这一点真让我高兴。"

终于走进家门的时候，我们俩都狼狈不堪。母亲看了不由得泪流满面。我和父亲都瘦了许多，衣服皱皱巴巴不成形状。其实整个行程也就是一个月，但是我们一直在谷仓、棚屋里睡觉，在迷路的那一个多星期，甚至不得不露宿荒野。回过头想一想，这次旅行真是一次冒险的经历，有些事情确实很可怕。父亲和我想起来经常哈哈大笑。有一次，一个老头甚至要朝我们开枪。按照父亲当时的说法，我们经过一个菜园时，他想拔几个已经熟过了头的胡萝卜。而且他已经在那家门口放了一角硬币，足够付我们有可能找到并且“偷走”的任何东西。当时的情景可真够瞧的。父亲只穿衬衣没穿外套，骑在菜园摇摇晃晃的旧篱笆上，手里拿着几个胡萝卜，身后有人拿枪朝他瞄准。我们急忙跑进灌木丛，确信那人没有跟上来之后，在地上坐下。父亲用小刀刮掉萝卜上面的泥，然后切成小片，放到我俩中间当桌子用的帽子上面，接着就开始做雷打不动的谢恩祷告。他说：“为了我们即将领受的东西。”说完，我们俩都笑了起来，直笑得流出眼泪。现在我意识到，那时候对于他，填饱肚子是最最重要的事情。实际上，饥饿已经逼得他做出类似“犯罪”的事儿。那只胡萝卜又大又老又硬，吃起来好像嚼树枝，而且没有水往下顺，父亲只得切成碎片，勉强充饥。

后来我才意识到，如果他真的被打伤，甚至被打死，我一个人困在那荒凉之地会有多么危险。我至今仍然在梦中看见那可怕的一幕。我想，他一定感觉到了你感觉到的那种羞愧——干完一件蠢事之后，才明白那有多么愚蠢。但是，他一心一意要找到祖父的坟墓。

有一次，为了让我明白应该趁年轻学东西容易的时候努力学习，祖父给我讲起他刚到堪萨斯州时认识的一个人。那个人是新来的一位传教士。他说："那个家伙对希伯来语没把握，为了把一个要点解释清楚，他会在寒冬腊月徒步走十五英里，穿过旷野，向别人请教。我们不得不先让他暖和过来，他才能告诉我们他心里想的到底是什么。"父亲听了笑着说："妙就妙在听起来不像是真的。"但是，那个时候我想起了这个故事。因为在我看来，我们正在做一件和那个传教士非常相似的事情。

父亲不再捡拾人家落在田里的东西，而是又去敲门。他一直不愿意这样做。因为房东发现他是传教士，有时候就设法多给我们弄点东西吃，而那其实超过他们的能力，至少他这样认为。人们能认出他是传教士，尽管经过几天"荒漠流浪"——他这样形容我们迷路的那几天——他看起来蓬头垢面。有几户人家，我们想给房东做点杂活换一口饭吃，可他们只是让父亲读一段经文，或者为他们祈祷。他觉得很有意思，人们居然能认出他是牧师。他也感觉非常奇怪，究竟是什么暴露了自己的"真面目"。他的手很结实，身上没什么赘肉。他很为此而骄傲。我也多次有过这样的经历，也挺纳闷。就这样，许多天，我们和危险擦肩而过。后来好多年，我们一想起那些事就哈哈大笑，而且，总是最糟糕的部分让我们大笑不已。妈妈听了烦得要命，但她只是说："别老跟我提这事儿。"

她在许多方面都是一个特别谨慎尽责的母亲，一个可怜的女人。从某种意义上讲，我是她惟一的孩子。我出生前她就买了一本《家庭健康大全》。那本书开本很大，也很贵，比《利未记》[①]漂亮多了。她把书里的话视为金科玉律，严格要求我们晚饭后一

---

① 《圣经·旧约》中的一卷。

个小时不用脑子；脚凉的时候不能读书理由是防止血液循环发生“需求上的冲突”。祖父有一次对她说，如果脚凉就不能读书，恐怕整个缅因州也不会有一个能读会写的人了。但是在这些问题上，她固执己见，祖父的话只能惹她生气。“整个缅因州还没有一个人能吃饱饭呢！这也是尽人皆知的事情。”我回家之后，她把我从头到脚擦洗干净，然后就让我上床。她让我一天吃六七次饭，每次饭后都禁止我用脑子。日子过得单调乏味。

那次旅行对于我真是受益匪浅。回首往事，父亲当时那么年轻，最多不超过四十五六岁。直到老年他依然身体健壮、精力充沛。好多年，晚饭后我们都在一起玩传球、接球游戏，直到日落西山，暮色渐浓，看不见球才罢休。我想，他一定非常感激，家里有个孩子，一个儿子。哦，我也身体健壮、精力充沛，直到最近。

我想，你一定知道，年轻时我娶过一个女人为妻。我和那个女孩青梅竹马，一起长大。我是在上神学院最后一年时结的婚，婚后回到这里。这样一来，父亲和母亲由于母亲健康的缘故去南方的几个月期间，我可以替他布道。我的妻子死于难产，孩子也和她一起死了。她们的名字分别是路易莎和安吉丽妮。孩子活着的时候我不但见了她那个小样儿，还抱了几分钟。这真是一件幸事。鲍顿给她洗礼，取了安吉丽妮这个名字。因为那天我碰巧在塔波——按预产期推算，孩子六个星期后才出世——没有人告诉鲍顿，我们已经给孩子取好名字。她本该叫丽贝卡，不过安吉丽妮也挺好听。

上星期日，我们去鲍顿家吃晚饭，我看见你一个劲儿看他那双手。他得了关节炎，一双手除了皮就是木瘤般扭曲的关节。你以为他已经很老，其实他比我还小几岁。他是我第一次结婚时的男傧相。我和你母亲结婚时他又是证婚人。现在他和女儿格罗瑞生活在一起。格罗瑞的婚姻很不成功，这是一件憾事，可是有她陪伴对于鲍顿是件好事。那天她给我送来一本杂志，顺便告诉我杰克也许也要回家。我愣了一下，后来才想起她说的是谁。关于老鲍顿，你也许没有多少印象。现在他时不时发点儿小脾气。考虑到他身体不适，也可以理解。如果你只记得他发脾气时的那个样子，可太遗憾了。他年富力强时，是我见到的最出色的布道者。

父亲总是列个提纲布道，我则把讲道用的稿子逐字逐句写下来。阁楼上有几个小箱子，里面装的都是我当年写的"布道书"。最近几年写的讲稿堆放在柜橱里。我一直没有再回过头看看，那些东西有没有什么价值——如果我真的说过什么耐人寻味的话。我一生的工作成果几乎都在那几个箱子里，细想起来让人惊叹不已。我本来可以把它们都看一遍，或许能找出几篇有用的留给你。可我不敢碰几十年前的"旧作"。我相信我还可以像从前那样工作，可只是为了有事可做。如果有人来我们家，发现我正写东西，一般来说，他或者她总会走掉，除非有特别重要的事情。我不知道为什么隐居之地是孤寂的安慰之物，但是那时候，对于我，生活总是这个样子。人们尊敬我，因为我会一连几个小时坐在书房里工作；因为邮政局经常给我送来几本书——说实话不太多，但是超过我的"购买力"。我节衣缩食省下的那点儿钱都花在书上了。

当然，生活的内容远不止于此。对于我，写作的感觉一直犹如祈祷，即使我经常写的不是祈祷文。但是写东西的时候，你觉得你是和什么人在一起。此刻我就觉得和你在一起，尽管考虑到你现在只是个小孩子，长大之后或许觉得这些信没有什么意思；或者因为若干理由中任何一个理由，这些信永远到不了你手里，因而会是什么结果很难预测。然而无论你经历过怎样的悲伤，我都为你深深地难过；预想到你将享受任何快乐，我都满怀感激。这就是说，我为你祈祷。我的祈祷充满了爱和亲密。这是实情。

你妈妈不但对我在书房里度过的时光满怀尊敬，而且为我的那些书骄傲。实际上，正是她让我注意到装满布道讲稿和祈祷文的箱子居然有那么多。假定一年五十次布道，总共四十五年——不包括在葬礼以及其他仪式上做的祈祷，而这一部分的数量也相当大——就应该有两千二百五十份讲稿。平均每份三十页，合计六万七千五百页。算得对吗？我估计没问题。你现在已经看到，我的字写得很小。假定三百页一卷，我就写了二百二十五本书。在数量上堪与奥古斯丁[①]和加尔文[②]媲美。这是令人惊讶的。撰写这些文稿的时候，我都是满怀热切的希望和坚定的信念，斟词酌句，传达出自己的思想，努力说出生命的真谛。我将坦率地告诉你，那真是妙不可言。对所有那些艰难岁月，我都心存感激，尽管回首往事，那仿佛是漫长的、充满苦涩、终于得到回报的祈祷。就在我这

① 奥古斯丁（354—430）：早期基督教神学家及哲学家，曾任希波勒吉斯地区（现阿尔及利亚）主教（396—430 年），著有自传体作品《忏悔录》及长篇作品《上帝之城》。

② 加尔文（1509—1564）：法裔瑞士新教神学家，他破除了罗马教会统治，在今天为人所知的基督教学院中将自己的神学教义推向前进。

样祈祷的时候，你母亲走进教堂。外面正下着瓢泼大雨，起初我以为她是进来避雨。她用那么严肃的目光看着我，我有几分尴尬，无法为她讲道。就如鲍顿经常说的那样，我觉得“理屈词穷”。

有时候，我喜欢普通礼拜日的温馨安谧。宛如一场细雨过后，站在刚刚播种的花园，你能感觉到那静谧和看不见的生命。你需要做到的只是当心不要践踏它们。那天就是这样一个温馨安谧的日子。雨水打在屋顶上，打在窗户上，每一个人心里都充满感激之情，因为看起来，我们永远都不会有足够的雨水。碰到这种情况，我并不特别在意大伙是不是听我讲道，因为我知道他们心里在想什么。这时候，如果有个陌生人走进来，你便觉得同样的静谧看起来就像一场梦幻、就像沉闷的心境。因为你担心这静谧在她眼里会是这样一副样子。

如果丽贝卡活着，该五十一岁了，比你妈妈现在还大十岁。有好长时间，我经常想，如果她走进这扇门会是怎样的情形？当她聆听我说话时，我说什么才能至少不让自己汗颜？因为，我一直想象，她是从这样一个地方回来的——那个地方，人们无所不知。他们不但早已看破红尘，而且对我理解力的不足了如指掌，因此在聆听我的希望和我对事物的推测时，一定暗自发笑。其实这是自欺欺人的把戏，我不想把教条和种种争论太放在心上。那时候我读了那么多书，思想上总是和这本书或者那本书的观点有所不同。但是我心里明白，不能把个人的好恶带到讲道坛上。我相信那是因为我写布道讲稿的时候，总觉得丽贝卡有朝一日会走进来，而那扇门敞开着是为了迎候你的母亲。事实上她比丽贝卡还年轻，但是在我的心目中，她们俩没有多大区别。不是长相而是神态，让人觉得她不属于这个世界，与此同时，她仿佛又是我们之中惟一真正属于这个世界的人。

我这样说，因为她身上有一种庄重、严肃的东西，看起来几乎是怒气。她仿佛要说："我从难以言传的远方来，从无法想象的另外一个地方来，只是为了感谢你的祈祷。现在，说点儿有实际意义的话吧。"我的布道或许味同嚼蜡，不是因为没有准备。我所有的布道讲稿都经过仔细斟酌，认真推敲。我记得那天我给两个婴儿施洗礼。我能感觉到她正急切地看着我。我给两个小东西头上第一次洒水的时候，他们就哭了起来。我抬起头，正好看见她脸上严厉、惊讶的表情。我知道，我没有抬起头看她之前，她脸上就是那副表情。我觉得自己特别真诚地对她说："如果你知道更好的方法，请告诉我，我将不胜感激。"六个月之后，我给她施洗礼。我觉得好像在问她："我做了什么？这一切意味着什么？"这是一个经常浮现在我脑海中的问题。不是因为我吃不准自己是不是做了有意义的事情，而是因为我无论怎样思考、阅读、祈祷，都无法理解其中的奥秘。泪水顺着她的面颊潸潸流下。亲爱的女人。我永远忘不了那一幕，除非像许多老人，把什么都忘得干干净净。看起来，我毕竟来日无多，来不及忘掉还不曾忘掉的事情。我知道，这些事情还很多。这些年，我反反复复地想洗礼这种仪式。鲍顿也经常和我讨论这个话题。

考虑到这个话题的严肃性，下面要提到的事情或许不足挂齿，但是我真的没有这种感觉。我们是在一个笃信宗教的镇子、笃信宗教的家庭里长大的笃信宗教的孩子。这便极大地影响了我们的行为方式。有一次，我们给一窝刚刚能站起来的小猫"洗礼"。那是些满身灰尘的、谷仓里出生的小猫，实际上是流浪猫，靠捕捉老鼠为生，没有什么“个性特征”，对人毫无兴趣，只想远远地躲开。可是小猫也喜欢“社交生活”。所以我们总能十分高兴地发现，那些刚出生不久的小家伙像我们这些孩子一样爱玩。猫妈妈把它们藏到小洞里，它们总是偷偷摸摸跑出来。一个小女孩突发奇想，给小猫穿上玩具娃娃的“衣服”。“衣服”虽然只有一件，但也够用。因为小猫一会儿也不想在“衣服”里面多呆，想方设法给它们“洗礼”之后，不得不立刻给它们脱下来，换下一位。我给它们淋湿额头，重复着三位一体[①]洗礼的全部程序。

它们那位严厉的、弯尾巴的老妈妈发现我们在小溪边给它的孩子“洗礼”，连忙咬住它们的颈背，一个接一个地叼走了，弄得我们分不清哪个已经“洗礼”，哪个还没有。但是，有一点可以肯定，被老猫叼走的小猫中肯定有几只还处于没有信仰的蒙昧之中。这让我们非常着急。于是，我以一种能想象到的最草率的方式问父亲，如果有人给猫施“洗礼”，它会怎样？父亲回答道，必须以最大的尊重对待、看待圣礼。他显然答非所问。我们确实尊重圣礼，但是我们那时只想猫的世界。不过，我还是领悟了他的意思。被任命为牧师之前，我再也没有施过什么“洗礼”。

那一窝小猫里有两三个被女孩子们弄回家，驯化成相当不错的家猫。路易莎弄回去一只黄猫。我们结婚时，那只猫还在。别的小猫仍然过着野猫的生活，和它们的同类没有什么区别，没有人能分出谁是“异教徒”，谁是“基督教徒”。路易莎管她那只猫叫“火花”。因为它的额头有一个白点。后来，那只猫不见了。

---

① 三位一体：基督教三位一体论，即圣父、圣子、圣灵合成一神的理论。

我怀疑是偷吃人家的兔子时被抓住了。它经常犯这种罪过。我们都知道，“火花”肯定是个“基督徒”。那时候，它的四肢已经僵硬，行动起来很不灵便。有一个男孩说，路易莎应该管它叫“水珠”。他是个浸礼教徒，坚信必须将受洗者全身浸泡在水里。那些猫真该感谢我不相信那种做法。他说，我们那种办法根本不会有效果。我们也无法证明他不对。我们的索佩一定是“火花”的远亲。

我依然记得那些热乎乎的小脑袋在我手掌之下的感觉。谁都抚摸过猫，但是施“洗礼”时怀着纯粹祝福的意图抚摸小猫额头的感觉和平常的抚摸全然不同。那种感觉长久地留在心间。好多年以来，从宇宙论的观点出发，我们都纳闷，我们究竟对它们做了些什么？对于我，至今这仍然是一个无法回避的问题。我认为，洗礼首先就是祝福。这种仪式不会增强祝福的神圣与庄严，但是承认它的神圣与庄严。它蕴涵着一种力量。可以说，我感觉到那力量穿过我的全身。那是一种真正了解了一个人的感觉。我的意思是，同时真正感觉到他难以理解的生命和你自己难以理解的生命。我并不想极力向你兜售当牧师的好处。但是，有些优势如果我不指出的话，你也许根本就注意不到。并不是说，你只有身为牧师才能为别人祝福。只不过处于那样的位置才更容易认识你自己。那是人们对你的期望。我不知道，为什么文学作品对这方面的描述那么少。

关于洗礼，路德维希·费尔巴哈[①]发表过一番妙论。我把这

---

① 路德维希·费尔巴哈（1804—1872）：德国哲学家，批判宗教和唯心主义，建立了自己的唯物主义体系，把神的本质还原为人的本质，认为是人创造了上帝，主要著作有《黑格尔哲学批判》《基督教的本质》等。

段话标了出来。他说："水是最纯净、最清澈的液体。凭借这一点，它的天性成为神灵无瑕禀性的象征。简而言之，水作为水，有其自身的意义。由于其自然的属性，它被视为神圣，并且被遴选为神灵的载体。就此范围而言，洗礼的基础具有一种美好的、深刻的、天赋的意义。"费尔巴哈是一位著名的无神论者，但是，对宗教令人欢欣的一方面，他的看法和任何人一样，没有差异。他热爱这个世界。当然，他认为，宗教可以更清晰地凸现出世界的美好，从而让快乐更纯洁，没有虚饰和伪装。这是他的一个错误，一个有重大影响的错误，但是他对于快乐这个命题及其宗教表达的论述却是非常出色的。

鲍顿对他的看法持反对意见，因为他动摇了许多人的信仰。我则无论对那些人还是对费尔巴哈都持异议。在我看来，有的人东跑西颠，就是为了动摇自己的信仰。过去一百来年，这几乎成了时尚。我的哥哥爱德华给过我一本费尔巴哈写的《基督教的本质》。那时候，我知道，他想以此动摇我不加批判、不加鉴别的虔诚。我必须秘密读那本书，或者我认为必须秘密地读。我把那本书放在一个饼干盒子里，藏在一棵树上。你可以想象，在那种情况之下，读这本书，我真是兴趣盎然。爱德华在德国一所大学学习，我对他不无崇敬之情。

现在我才想起，我还没有对你提起过爱德华，尽管他对于我一直非常重要，现在依然重要。上帝，让他的灵魂安息吧。从某种意义讲，我对他几乎一无所知，可是从另外一方面看，我却好像一生都在和他谈话。他以为，他可以施恩于我，把我身上那种美国中西部的习气或多或少扫除一点。可我还是我，硬是把他警告我不要过的那种生活过到了底。而且，总体而言，自己相当满足。不过，我也知道，对过于敏感的教区管理制度，我还是很容易忿忿不平的。

爱德华在格廷根[①]上学，是个非同寻常的人物。他比我至少大十岁。所以，孩提时代，我对他不怎么了解。我和他中间有过两个姐姐、一个哥哥。他们都因为得了白喉，在不到两个月的时间相继夭折。他和他们一起长大，我对他们一无所知。这是我们之间另外一个很大的区别。尽管大家很少提及，但是，我一直能感觉到，父母和爱德华还清楚地记着当年家里热热闹闹、快快乐乐的日子，而我却无法想象那情景。不管怎么说，爱德华十六岁离家上学，十九岁拿到古代语言学位，然后直接去了欧洲。好多年，我们谁也没有见过他，甚至连信也很少来。

后来，他回家了，手里拄着拐杖，留着浓密的唇髭。“博士先生”[②]。那时候，他大约二十七八岁，已经出版了一本用德语写的小书，是关于费尔巴哈的专著。他非常聪明，连我父亲也对他有几分崇敬。我的父母亲给我讲了许多关于他见书就读的故事，说他能背下朗费罗[③]整本的书，描过欧洲和亚洲地图，所有城市和江河的名字都烂熟于心。他们当然认为自己在培养一位小撒母耳[④]——大家也都这么认为——所以总是设法给他买书、买画，还买了个放大镜，给他提供任何能想到的或者能得到的东西。母亲后来不无懊悔地说，小时候没有让他多做家务活儿。在我身

---

① 格廷根：德意志联邦共和国东部城市。

② 原文为德语。

③ 朗费罗（1807—1882）：十九世纪美国最著名的诗人，著有《海华沙之歌》（1855 年），并翻译了但丁的《神曲》。

④ 撒母耳：《圣经》故事人物，希伯来领袖和先知。

上，她当然不曾犯这样的错误。不过像他这样聪明绝顶的孩子并不多见。人们普遍认为，他将是一位了不起的牧师。于是，教区全体教徒都捐款送他上大学，后来又送他到德国留学。可是，他学成回国时，却成了无神论者。至少，他总是宣称自己是无神论者。

他在劳伦斯①一所州立大学教德国文学和哲学，直到与世长辞。他从印第安纳波利斯②娶了个德国姑娘为妻，生了六个淡黄色头发的孩子。这几个孩子现在都已人到中年。这些年，他离我们几百英里远，我几乎没怎么见过他。但他不忘教区会众当年对他的帮助，一直向教会捐款。他活着的时候，每年一月一号都会准时寄来一张支票。他是个好人。

他回来之后，和父亲争吵过。第一天晚上，刚刚在餐桌旁边坐下，父亲就让他做谢恩祷告。爱德华清了清嗓子，回答道："我恐怕不能问心无愧地做这件事情，先生。"父亲听了，面无血色。我知道，家里有些信件，他们一直不让我看，也知道父母为这些信有过不愉快的谈话。看来，事实证明了他们的担心。父亲说："你在这个屋檐下长大，知道我们家的规矩，应该对这些规矩表示某种程度的尊重。"爱德华回答道："小时候，我按照小孩子的想法办事。现在已经长大成人，小孩子那套自然就都丢掉了。"这事儿做得错而又错。父亲站起身，拂袖而去；母亲坐在椅子里，泪流满面。爱德华把土豆送到我面前。我不知道如何是

---

① 劳伦斯：美国堪萨斯州东北一城市，位于托皮卡东南偏东部的堪萨斯河畔。

② 印第安纳波利斯：美国印第安纳州的首府，位于该州中部，是这一地区最大的城市。

好，只好拿了几个。爱德华又把肉卤递给我。不一会儿，我们就表情严肃地吃完这顿亵渎神明的饭，然后离开家。我一直把爱德华送到旅馆。

路上，他对我说："约翰，你或许现在就应该知道迟早都会明白的道理。我们这儿穷乡僻壤、死水一潭——你一定已经认识到这一点了。离开这儿就像从昏睡中清醒。"我猜想，爱德华回家第一天，邻居就看见我们在晚饭时分离开家。爱德华一条胳膊放在身后，身体稍稍前倾，似乎告诉人们，拐杖对于他并非摆设。他那副样子仿佛陷入一种缜密的、常人少有的思索之中，也许是用外语思索。（只听我说！）如果他们看见他，一定会立刻证实自己由来已久的怀疑。他们还会猜到，妈妈在厨房里愤怒地哭泣，父亲在顶楼或者柴草房，在某个隐蔽、僻静的地方，双膝跪地，纳闷上帝要他怎样做。我和爱德华一起，跟在他身后没精打采地走着，对于父母，这是另外一种悲哀。或者他们一定这样认为。

除了我提到的那些书，爱德华还送给我一幅风景画，画的是一个市场，挂在楼梯旁边。我一定要告诉你母亲，这幅画是我的，不是教区牧师住宅的。也许这事压根儿就不值一提，可是，万一她想要这幅画呢？

我打算把费尔巴哈的著作和我一定要让你母亲留给你的书放在一起。希望你将来什么时候能读。依我看，其实那些书里也没有什么值得大惊小怪的东西。我起初是偷偷读，跑到小河旁边读。因为母亲禁止我和爱德华有任何联系，当然包括不能读他给我的那些无神论的书。她说："如果你也像爱德华那样和你爸爸说话，他可就没活头了。”事实上，我一直从骨子里维护父亲。我相信我已经做到了。

那本书的空白处我都做了笔记，但愿对你有点用处。

提起费尔巴哈和由此带来的快乐，让我想起一件往事。几年前的一个早晨，我去教堂的路上，前面离我半个街区远，走着一对年轻人。雨后初晴，阳光明媚，湿淋淋的树木闪闪发光。由于某种冲动——我想，显然是因为精力充沛——小伙子跳起来，抓住一根树枝晃了晃，一阵“豪雨”从天而降，晶莹的水珠洒在他们身上，两个人咯咯咯地笑着，拔腿就跑。姑娘从头发和裙子上掸掉水珠，似乎有点儿厌恶，其实不然。那情景看起来很美，好像神话中的一幕。我不知道为什么此时此刻会想起这件往事。也许因为在那样的时刻，人们很容易相信，水首先是被用来祝福，第二位的用途才是种菜或者洗东西。我真希望自己过去更多地关注水。让我懊悔的事情，桩桩件件看起来都不寻常，可是谁知道它们是不是真的不同凡响。这是一颗有趣的行星，你给予它怎样的关注都不为过。

写到这里，我注意到，我一直仔细推敲，不用那些言过其实的字眼。我正在心里琢磨“刚刚”这个词。我几乎希望能把那段文字写成：太阳刚刚露出头，树木刚刚反射出亮光，雨水刚刚从大树上倾泻而下，姑娘刚刚开始欢笑。这种修辞手段，强调了紧跟其后的那个词包含的意思，读起来抑扬顿挫、朗朗上口。想让别人格外注意某物时，人们喜欢用这种口气说话。也就是说，要把话说得特别纯正或者不无夸张。事情本来很平常，但是因为在其程度上做了文章，而显得不平常。眼下，在我看来就是这样。

“刚刚”这个词确实包含着颇为重要的含义，而所谓“得体”的语言对这种含义不予承认。有点像德语中的 ge-。我懊恼，必须剥夺自己使用这个词的权利。我讲的这个故事因此而失色。

我也爱用“老”这个词。在我看来，“老”实际上和年纪的关系不大，倒是和熟悉程度的关系很大。它以一种谦虚、习惯性的慈爱看待某物，从而将其变得与众不同。它包含着“运气不好”或者“不堪一击”的意思。我说“老鲍顿”，我说“这个破破烂烂的老镇”，意思是，他们和我的心贴得很近。

我写作和我讲话不一样。我担心你会以为我不知道怎样做得更好一点。只要能够避免，我写东西和我在布道坛上讲道也不一样。在这种情况下，听起来一定荒唐可笑。我总是试图写心之所想，可是一旦变成文字、落在纸上，就变得面目皆非。然而，看起来越像我的思想，听起来就越像在讲道。我想这是不可避免的。不过，我一定尽量克服语调的抑扬变化。

我溜达到鲍顿家，看他正忙些什么，结果发现他心情糟透了。明天是他结婚五十四周年纪念日。他说：“真实情况是，我特别厌烦一个人在这儿坐着。这是实情。”格罗瑞在他那儿，为了让他舒服点儿，她绞尽脑汁，做自己能想到的任何事情。可是那段时间他挺倒霉，做什么也不顺心。他说：“年轻时候，婚姻对我们还意味着什么，家庭对我们也意味着什么。可是今天，事情压根不是那么回事儿了。”格罗瑞听了，朝他翻了翻眼睛，说：“我们已经有一段时间没听到杰克的消息了，所以心里都有点儿着急。”

他说：“格罗瑞，你干吗总那么说话呢？你本来说的是我，为什么非要说我们呢？”

她说：“爸爸，我说，杰克不会因为你着急就早回来哪怕一分钟。”

他说：“啊，我当然着急，我不会因此而向你道歉。”

她说：“我想，你觉得把你的焦急转嫁到我的头上是理所当然的事情。不过，我可不想假装喜欢你这种做法。”

他们就这样有一句没一句地争论着，我只好回家。

鲍顿是个心肠很好的人，但是身体不好，这常常把他搞得心烦意乱，时不时说点本不该说的话。他有点反常。

很遗憾，你那么孤单。你是个拘谨的孩子，你也没有嬉笑打闹或者放纵自己的场合。你对别的孩子总是心存戒备。有一次，我看见你站在秋千上，看路上那些和你年纪相仿的男孩。有个大一点儿的孩子骑着一辆破旧的自行车，在学骑车。我估计你知道他们是谁，但是你不和他们说话。如果你发现他们注意到你，也许立刻就回家了。你像你母亲一样腼腆。我明白，我领她走进来的这种生活对于她多么艰难，我相信你对此也有所察觉。她自己说，她是一个很不称职的牧师的妻子。但是，对于妻子的职责，她从不畏缩。抹大拉的马利亚①也许偶然做个砂锅菜②，或者古时候可以与之等同的什么菜肴。我想，或许就是一碗蔬菜或菜肉浓汤。

---

① 抹大拉的马利亚：《圣经·路加福音》中记录的耶稣最著名的门徒之一，为一妇女，耶稣曾从其身上逐出七个恶鬼。

② 砂锅菜：用肉、干酪或蔬菜等与通心面、米或土豆泥加沙司焙烧而成的菜肴。

我常常想，你妈妈或许就是上帝选择与他共度某段凡人岁月的那个人。我这样说只是出于尊敬。这么多个世纪之后，再说这种话，多么古怪。但是我相信，这是一种历经沧桑的天真，像孩童的天真一样，应该得到同样的尊重。我想在讲道时宣讲这个观点，尽管我知道，其实自己一直在这样做。当上帝说，你必须“变成小孩子的样式”，我体会他的意思是，你必须剥掉一层层装模作样、虚伪轻浮的伪装。“我赤身出于母胎来”，等等。我想，降临节①期间，讲道时我一定要讲一讲这个道理。我得先做笔记。如果连我也记不得以前讲过，别人更不可能记得。我还能想象出，耶稣待我的祖父如朋友，用煎锅把食物热一下，给他当早饭，和他讨论什么问题。事实上，老人家确实向他汇报了这方面的一些经历。我却说不出同样的话来。我怀疑，还有没有这样的力量和勇气。这些年，这些事时不时浮现在我的脑海之中，但我并不真的知道该如何解释这一切。

想到你母亲能在这个世界活得轻松自如，即使是暂时的，我也非常高兴。应该说，她能够保持平和的心态。因为，我相信她对这个世界熟悉的程度远远胜过我。我真诚地希望能有办法让你避免与上帝用口传和实例赐福的贫穷邂逅。有一次，我大声说出自己对此的焦虑。你母亲说：“你以为我不知道贫穷的滋味吗？我这辈子一直和贫穷打交道。”想到我将把你和你母亲这样一贫如洗地留给这个世界，我羞愧难当。哦，亲爱的上帝，赦免他们此等“幸事”吧。

---

① 降临节：从圣诞节前第四个星期日开始的一段时间，许多基督教徒在此期间祈祷，斋戒及忏悔以迎接圣诞节的到来。

我曾和“圣洁的贫穷”有过“一面之交”。我母亲说，我的祖父从来不保存任何还拿得出手的东西，他总是毫不犹豫地送给别人。我们想保留，他也不让。他经常把洗好的衣服直接从晾衣绳上拿走送人。母亲说，他比贼还厉害，比家里失了火还厉害。她说，在中西部任何一座城市，或许都能看见有人穿着她补过的裤子在大街上走来走去。我认为，从某种意义上讲，他是个圣人。倘若听见有人说，他在内战中失去一只眼睛，他就会说："我宁愿记着还留下一只。”我的母亲说，知道他还“留下”点什么，满不错。有一次，他对我说，他是在威尔逊湾受伤的，在莱昂将军[①]去世的那天。“那才是，”他说，“真正的损失。”

他离开我们之后，大家心里都非常难过。但他确实让我们的日子过得很艰难。他一生天真无邪，对任何事情都没耐心，除了喜欢对最严格的戒律做出最清楚明白的解释。尤其是“有求你的，就给他。”[②]这句。

真希望你认识我的祖父。有一次，我听见有人说，别看他一只眼，足足抵得上别人十只眼。一般来说，在我看来，两只眼睛的凝视，目光总会有点儿散乱。可他看我一眼，我就觉得好像拿锥子扎我。并不是他有什么值得一提的恶意。他只是因为那些早已确定无疑的事情而发火。平静的生活、衰老的躯体以及笼罩在一切之上的健忘都需要他忍耐，而他却觉得难以忍受。他认为我

① 美国内战期间牺牲的第一位联邦军将军。

② 《圣经·马太福音》5:42。

们活着就应该忙个不停。我并不是说他错了。倘若那样，就冒犯了施洗者约翰①。

他确实是把什么东西都送人。父亲要找一把锯，或者一盒钉子，结果锯或者钉子早已不翼而飞。母亲总是把她积攒下的那一点点钱藏在紧身胸衣里，还要用手帕包裹好。有一阵子，因为时世艰难，她不得不卖炖鸡和鸡蛋。（那时候，我们这幢房子周围有一小块地，有一座谷仓，还有牧场、鸡舍、一小块林地、贮存木柴的小房子和一座漂亮的小果园、一个葡萄架。可是没几年，教会就把这些东西卖了个精光。我经常想，下一步他们就会拍卖地下室或者屋顶了。）不管怎么说，那时候日子真的很苦，她还得对付这么一位老人家。他甚至把自己床上的毯子也送人。他送过好几次。每送一次，我母亲都得费好大劲儿才能再找东西给他铺好。有一段时间，她总让我穿做礼拜时才穿的衣服，这样他就无法拿去送人了。可我要是真的穿了，她又唠唠叨叨，一会儿也不让我消停，因为她断定我要穿着这套衣服去玩棒球。当然她猜得没错。

记得有一次，母亲正在厨房熨衣服，他走了进来，说："孩子，有人来求我们帮助。"

"好吧，"她说，"但愿他们能等一会儿。但愿他们能等我的烙铁凉了。"过了一会儿，她把烙铁放到炉子上，走进餐具室，出来的时候怀里抱着一个装泡打粉的罐子。她用一把叉子在里面

---

① 施洗者约翰：《圣经》记载中在约旦河中为人施洗的先知，因公开抨击当时的犹太王希律被捕入狱并被处决。

搅动着，直到找出一枚二角五分的硬币。她继续在罐子里“挖掘”，终于在桌子上摆下一枚二角五分的硬币、两枚一角的硬币。她把这三枚硬币拾起来，撩起围裙，擦掉上面的泡打粉，递给他。那时候，好多的鸡蛋才能换四十五美分。由此可见母亲也不是小气之人。他拿走那几枚硬币，心里清楚，她还有钱。（有一次，他在餐具室发现一个空罐子里藏着钱。因为他碰巧拿起那个罐子，发现里面哗啦哗啦地响。打那以后，他就时不时跑到餐具室，看看还有哪个罐子会哗啦哗啦地响。母亲只好把硬币洗干净，塞到猪油里，或者埋到砂糖里。可是，五分镍币总是在她不想让它露面的地方“脱颖而出”。当然是从砂糖碗里或者玉米煎饼里。）毫无疑问，她以为这样一来——把一部分钱藏在这儿——祖父就能继续相信她的钱都藏在餐具室。

不过，你永远都骗不了他。我相信，他那时有点神志失常，但是他能看透任何人、任何事。我母亲说，除了酒鬼和游手好闲的人。当然，母亲这种看法未必真对。他只是说：“不要论断人。”[①] 这是《圣经》里的话，自然很难反驳。

必须指出的是，我母亲因为照料这个家而非常骄傲，尽管那个年代，做家务是重活儿，对于她更是苦活儿——她浑身疼痛。为了减轻风湿性关节炎的痛苦，餐具室里总放着一瓶威士忌。“只有这玩意儿用不着藏。”她说。可是，他会抱着她腌的一坛子糖萝卜，扬长而去，一副“请勿见怪”的样子。这天，他站在那儿，干瘪枯瘦的手指捏着那三枚硬币，让人不寒而栗的独眼看着母亲。他显然知道她的秘密。母亲双臂交叉，放在胸前，挡住藏

---

① 《圣经·马太福音》7∶1。

在胸衣里的手绢包，直盯盯地看着他，直到他说：“好了，上帝赐福于你，祐护你。”然后走出房门。

我的母亲说：“我盯得他局促不安！我盯得他局促不安！”其实，她主要是吃惊。如我说过的那样，她对他非常尊敬。他总是对她说，她不应该为他的慷慨而着急，因为主会供养我们。她经常说，如果上帝不是为了保证我们有衬衫和短袜穿，而遇到那么多麻烦，他或许会有时间时不时给我们送块蛋糕或者送个馅饼。祖父去世之后，她和我们大家一样，很想念他。

回过头看我写的这些东西，我把年老的祖父描绘得好像他只是个怪人，好像我们容忍他、尊敬他、爱他，他也爱我们。这当然都是真的。但是我相信，我们大家都知道，他的偏执古怪是满腔热情被挫败的结果。他一肚子火，尤其对我们有气。他老年之后颤颤巍巍是心里郁积的悲伤在颤动。我相信，父亲心里也有气。他从祖父总是无法悠闲自在、从他对家里没完没了地“掠夺”中，看出他的责难。而对祖父的这种责难，他自然心怀不满。他们以非常适合教士、也非常适合父子的基督教的宽仁之心，隐忍着相互之间的不满。不过，必须说明的是，他们的不同意见埋藏得并不很深，也许更像是压着一团火，而不是闷燃的烟。

每当心底的积怨要爆发，他们都会以一种特别的方式对话。

“我是不是惹你生气了？牧师大人。”父亲问道。

他的父亲会说：“没有，牧师大人。你压根儿就没有惹我生气，压根儿就没有。”

这时候，母亲就说：“既然这样，你们俩就都别发火了。”

母亲养的鸡让她非常骄傲，特别是祖父去世之后，没有人再“掠夺”她的鸡群。经过一番精挑细选，她的鸡“兴旺发达”，产蛋的速度让她惊讶不已。可是，一天下午暴雨将临，狂风向鸡舍猛扑过去，掀翻顶棚，穿“堂”而过。碰到这种情况，鸡自然都飞出来，四散奔逃。母亲和我都看到了这一幕。因为她觉得要下雨，喊我帮她收晾在外面的衣服。

那真是一场灾难。鸡舍的顶棚砸在篱笆上——其实，所谓篱笆只不过是钉在几根柱子上面的六角形网眼铁丝网，有点儿像蜘蛛网——鸡夺路而逃，有的奔向牧场，有的奔向大路。鸡就是鸡，不可能有明确的目标。邻居的狗卷了进来，我们家的狗也不甘落后。大雨不失时机，从天而降。我们甚至连自家的狗也喊不回来。在我的记忆之中，兴奋激动之余，它们还有点儿愧疚，别人家的狗对我们的叫喊根本不予理睬。它们从来没有这样激动过。

母亲说：“我可看不下去了。”于是，我跟在她身后走进厨房，坐在那儿听着鸡飞狗跳、风雨交加的喧闹。过了一会儿，母亲突然喊道：“洗的东西还没拿回来呢！”她说：“那些床单很重，如果没有把晾衣绳扯断，一定拖到泥水里了。”一天的活儿就这么白干了，更不要说那些正下蛋的老母鸡和小雏鸡惨遭不测。她眯起一只眼睛看着我，说：“我知道，这是上帝的恩赐。”我们家确实有个习惯——老爷爷不在屋子里的时候，会模仿他说话时的那副样子。不过，我还是有点吃惊，她会那么露骨地拿祖父开玩笑，尽管那时候，他已经死了好长时间。她总是逗得我哈哈大笑。

战争结束之后，父亲在快乐山[①]找到祖父。看到他伤成那个样子，他非常惊讶。事实上，他一句话也说不出来。祖父对儿子说的第一句话则是："我确信，我一定能从中找到神赐之福。"此后一生，无论在他身上发生什么事情，他都说这句话。而那些事情，虽然程度不同，但都是凶险之事。我记得，他至少扭伤过两只手腕，折断过一根肋骨。他有一次对我说，"被赐福"的意思就是"让你流血"，根据语源学的解释的确是这样，当然是在英语里，不是希腊语或者希伯来语[②]。所以，不管这种理解的根据是什么，都不会从《圣经》里找到其"语源"的权威性论述。他这样煞费苦心地"追根溯源"和他平时的处事方式不同。我想，和我们大多数人一样，他之所以这样说是为了看重自己。

不管怎么说，这种观念对他很重要。不管人家愿不愿意，他总要帮左邻右舍给小牛犊接生，或者给树木剪枝。他所有的遗憾都因那些"不幸的人"而生，直到他的朋友们死去——他们在大约两年内相继离开人世，一个也没有给他剩下，不管他因此而受到怎样的伤害。毫无疑问，他变得非常孤单。我想，这就是他跑到堪萨斯州的主要原因。另外一个原因是黑人教堂起火。火倒不大。不知道是谁在教堂后墙堆了一堆树枝，然后用火柴点着。有人看见青烟升起，便用铁锹把火扑灭。（黑人教堂就在现在汽水店那个位置，不过，听说这家汽水店也歇业了。教堂几年前就为还债而变卖，剩下的会众都搬到芝加哥去了。那时候只剩下三四户人家。牧师弄了一袋子花草，都是从教堂前面的台阶周围挖

① 堪萨斯州的一个镇。
② 希伯来语：古代希伯来人使用的闪含语。

的，主要是百合。他想，也许我喜欢这些花。现在我们教堂前面盛开的百合就是他送的。它们长得太密了，得拔掉一些。我得告诉那几位执事这些花儿的来历，让他们知道，这些花别有一番深意。这样一来，教堂倒塌时，他们就可以救百合一命。我不大了解那位黑人牧师，但是他说，他的父亲认识我的祖父，还说，离开这里，他们心里很难过，因为这座小镇对他们曾经意味太多的东西。）

你在学校里认识了一个小家伙，两个人形影不离。他是个路德教小教徒，满脸雀斑，名叫托拜厄斯，是个讨人喜欢的孩子。你似乎一半时间都待在他们家。我们虽然认为这对你的成长很有好处，但是也非常惦念你。今天夜里，你在他们家后院宿营。就在马路对过，离我们几幢房子远。你不会回家吃晚饭了，对于我和你母亲，那将是怎样的凄凉。

黎明时分，你和托拜厄斯拖着沉重的脚步走进家门。你把睡袋铺在卧室地板上，一直睡到吃午饭的时候。（夜里，你听见灌木丛里传来阵阵吼叫声。托拜厄斯有几个兄弟。）你妈妈在客厅里睡着了，膝盖上放着一本书。我给你们做了几个烤奶酪三明治。烤的时间长了点儿。于是，我给你讲了你很喜欢听的那个故事：我可怜的老妈妈经常坐在厨房炉灶旁边的摇椅上打盹，结果我们的晚饭就像不受欢迎的祭品，在炉子上噼噼啪啪地响着，冒出缕缕青烟。你吃着三明治，也许因为有点煳，更高兴了。我给了你几块巧克力杯形蛋糕，蛋糕上有白色糖霜画的曲线。那是给你妈妈买的，她喜欢吃，又舍不得自己买。我估计她整整一夜都没有合眼。我对自己的表现倒很惊讶——睡得很香，从一场平淡无奇的梦中醒来。梦中和我不认识的人谈话。谈了些什么，早已忘到九霄云外。哦，你又回到家里，真让人高兴。

我在想那座鸡舍，就在院子那面。现在那儿是缪勒斯家的房子。从前鲍顿和我经常坐在鸡舍棚顶之上，眺望邻居家的花园和周围的田野。我们经常把三明治拿到那儿，坐在棚顶上吃晚饭。我有一副高跷，是爱德华几年前给他自己做的。这副高跷很高，我得站在门廊栏杆上才能把它绑到腿上。鲍顿（那时候，他叫鲍比）让他父亲也给他做了一副。好几个夏天我们都踩高跷玩。虽然只能在小路上，或者坚硬的地上走，但是我们已经把踩高跷的技术掌握到炉火纯青的地步，走来走去，好像那玩意儿长在腿上一样自然。我们累了就坐在树杈上休息，尽管有时候，黄蜂或者蚊子是个问题。我们也摔倒过几次，不过总的来说，踩得相当不错。我们是大地的巨人，勇敢强壮的男子汉。我们从来没有想到这座鸡舍会那样垮掉。棚顶苫着破破烂烂的黑油毡，即使大冷天这里也很暖和。有时候为了避风，我们面朝天躺在那儿，只是躺着聊天儿。记得鲍顿已经开始为他的“天命”担心。他生怕“神召”不能如期而至，倘若那样，他就不得不过另外一种生活。而他真的想不出还会有别的什么生活。我们将经历已经意识到的种种可能性，尽管这可能性并不很多。

小时候，鲍顿个子长得很慢。后来经过短暂的童年，整整四十年，他都比我高。现在，他却弯腰曲背，很难说出到底有多高。他说他的脊柱已经变成跖骨。他说他已经被压缩成一堆骨头，没有一个关节可以活动。看他现在那副样子，你永远不会想到他曾经多么活跃。从小学到神学院，打棒球时他都特别善于偷垒。

那天我提醒他当年躺在鸡舍棚顶，看着天上的云彩，对我说过的话："如果看见天使，你会怎么样？我告诉你，我怎么办，我会吓得拔腿就跑。"老鲍顿听了哈哈大笑，说："是呀，现在我可能还是想跑。"过了一会儿，又说："很快就知道了。"

我一直比大多数人个子高、块头大。我们家的人都这样。小时候，人们都以为我比实际年龄大，对我的期望值也比对我那个年纪的孩子高——通常认为我有更强的判断能力。我也装出一副什么都懂的样子，而且装得挺像。这种本事可以说伴我一生。我说这些是想让你明白，我绝非圣人。我的生活和祖父的生活无法相比。人们对我的尊敬我受之有愧。这种尊敬在大多数情况下，当然没有什么坏处。人们愿意对本堂牧师表示尊敬，我也不打算拂他们的好意。我还落下一个博学多才的好名声。因为我订购了许多压根就没有时间读的书，而我读过的书显然又没有让我学到多少有用的东西，除了从中得知，有些非常无聊乏味的先生也在写书。这当然算不上什么新发现，但是其中的真谛你必须亲自体验，才能完全把握。

当然，为了所有那些写书的人，也为那一段奇妙的时光，我感谢上帝。那是我生命中最重要的部分。那时候我因孤独而读书，那时候有个"坏伙伴"也比没有强。如果你对富于人情味的东西充满饥渴，就有可能喜欢一本坏书，因为它所包含的不幸，因为它的浮夸或者刻薄。我真诚地希望，你永远不要有这样的饥渴。"充实的灵魂讨厌蜂房，饥饿的灵魂把苦涩当作蜜糖。"在你永远不会去寻找的地方，恰恰能找到快乐。这是父亲的智慧，也是上帝的真理，是我从长期的经验中得出的结论。

夜半时分，倘若人们看见我的书房还亮着灯光，只能说明我已经在椅子里进入梦乡。我的好名声其实主要是教友们出于善良愿望想象的结果。我选择了不让他们失望，部分的原因是实情中有几分苦涩与悲凉，而这种悲凉会引发出以最无法忍受的形式表示的同情。哦，他们大家都知道我的生活，对每一个有重要意义的部分都了如指掌，都表现出足够的分寸感。我一生中，相当一部分时间都在安慰那些在痛苦中挣扎的人，但是我无法容忍别人安慰我的痛苦与无助，除了老鲍顿。他总是用不着多说就知道你的心思。那些年月对于我，他是一个极好的朋友，给了我那么多的帮助。我真希望你对他盛年时期是多么优秀有所了解。他讲道非常出色，而且从来不事先写稿，甚至连笔记也不做。所以，那些精辟的论述早已难觅踪迹。我只东一句西一句记住他说过的话。我每天都想翻一遍我那些讲道的手稿，看看能不能找出一两篇值得你一读的东西。只是我写下的东西那么多，首先担心大多数稿子自己现在看了都觉得愚蠢可笑，或者索然无味。也许最好的办法是把它们付之一炬，可是你母亲会因此而不安。这些东西在她眼里比在我眼里还重要。我想大概仅仅因为数量之多，更因为她压根就没看过。你或许还记得一架不太长的梯子通往阁楼。阁楼上面要么冷得要命，要么热得要命。

我自己从楼上搬下耶些大箱子，得搭上这条老命。一辈子写下的东西和奥古斯丁一样多，最后却不得不找一个处理办法，真是耻辱。我写那些讲稿的时候，没有一个字不是发自肺腑。如果有时间我可以一直读下去，重走五十年的心路历程。一个多么可怕的想法。倘若我不亲手烧掉这些手稿，别人迟早也会烧掉。那更是耻辱。写东西的习惯对于我真是根深蒂固。这封写不完的信如果没有丢失，或者没被付之一炬，最终落到你的手里，你便可以清楚地看到这一点。

我想，惦记着楼上那几箱子讲道手稿是自然而然的事情。那毕竟是我生命的记录，是对“最后审判日”预先的体验。因此，我怎能不感到好奇呢？在这里我是灵魂的牧师，这些年里面对过成千上万的人。我希望我是和他们说话，不只是对自己说话。可是有时候回首往事，总觉得是在那儿自言自语。半夜醒来想起许多年前和什么人的谈话，还会想：我本来应该这样说！或者这是他的意思！其实他们之中许多人早已离开这个世界，我即使纠正当初的说法，也没有任何意义。于是我就纳闷，自己到底关注什么？如果这能称其为问题的话。

有一份讲道用的手稿不在那儿。我在讲道前一天晚上就把它烧了。人们现在已经不怎么谈论“大流感”[①]，这种病非常可怕。流感爆发时正值第一次世界大战，我们刚刚参战，成千上万的士兵被传染而死。他们都是健康的男人，风华正茂。后来“大流感”很快蔓延到其他人群。那真像一场战争，葬礼一个接着一个。就在这儿，爱荷华州那么多年轻人死于非命。我们总算脱离了险境。人们到教堂时，都戴着口罩——如果还能来的话。即使在教堂，也都尽可能相互远离。人们传说，这种感冒是德国人的秘密武器造成的。我想大家都愿意相信这种说法，因为这样一来就省了刨根问底找原因的麻烦了。

那些年轻士兵的父母常常来问我，上帝怎么会允许这种事情

① 大流感：此处指 1917 至 1918 年蔓延全世界的流行性感冒。

发生？我很想问他们，上帝干吗非要告诉我们，他不允许什么事情发生？可是，我只能安慰他们说，我们永远都无法知道，他们的孩子被赦免了什么。大多数人以为我的意思是他们被赦免了战壕和毒气。我真正的意思却是他们被赦免了杀戮的罪恶。就像《圣经》中描写的瘟疫一模一样。我想起赛纳克里布[①]。

那是一种怪病。我在赖利要塞见过。小伙子们被自己的鲜血活活呛死。他们的喉咙里、嘴里都是鲜血，甚至连话都说不出来。那么多人那么快就死了，尸体连停放的地方都没有。他们干脆就把尸体堆放在院子里。我去帮忙，亲眼看见那惨状。小伙子们都是从大学里应征入伍的。“大流感”席卷了那个地方，要塞不得不关闭，一幢幢房子里摆满了帆布床，就像医院的病房。可怕的死亡，就在这儿，爱荷华州。如果这一切还算不上预兆，我就不知道什么叫预兆了。于是，我就这件事情写了一份讲道稿。我说，或者想说，死亡拯救了那些愚蠢的年轻人，使他们免得因为无知和莽撞最终做出傻事。上帝在这些年轻人杀害他们的兄弟之前，先把他们召回到自己身边。我说他们的死是一个信号，警告我们这些幸存者，对战争的欲望，必然带来战争。因为当我们无视上帝的意志和恩典，决定把犁铧打成刀剑，把整枝的钩刀打成杀人的长矛时，没有大得足以保护我们不被上帝评判的海洋。

我相信那会是不错的说教。写稿子的时候，心里想，倘若父亲在天上有知，一定会非常高兴。可是我的勇气渐渐消失。我知

---

① 赛纳克里布（前740—前681）：《圣经》和合本译作西拿基立，曾是亚述王（前705—前681），萨尔贡二世之子，两次入侵犹大王国，击败巴比伦，重建尼尼微城，在宫廷政变中被杀。

道去教堂的只有几个老太太。她们满心悲伤、满腹忧虑，已经到了无以复加的地步，对战争的厌恶不亚于我。哪怕我已经被传染上这种可怕的疾病，她们也照来不误。在这种情况下，我如果站在讲道坛上大声疾呼，一定非常可笑。于是，我把写好的稿子扔到炉子里，让它在炉火中化为灰烬；而在布道时，给会众讲了“迷途羔羊”的寓言。真希望我保存了那份手稿，因为每一个字都是我的心里话。也许那是我唯一不必在乎在另外一个世界为其后果承担责任的讲道手稿。我把它烧了。可是米拉贝勒·默色不是彼拉多[①]，也不是伍德罗·威尔逊[②]。

我想，如果你在那堆手稿里碰到这篇稿子并且读了它，或许会想我多么勇敢。理解另外一个时代并非易事。你永远无法想象礼拜堂里空空荡荡的情景，只有几个女人戴着厚厚的面纱，试图遮挡住下面的口罩，还有几个男人。那一年多，我一直嘴上挡着围巾讲道。人人身上散发着洋葱味儿，因为传说，洋葱能杀死引起感冒的“病菌”。人们还用烟叶擦遍全身。

那时候街角都放着桶，我们把桃核扔到里面，支援战争。他们说，部队把桃核烧成木炭做防毒面具里的过滤料。几百个桃核才够一个面具用的过滤料。于是我们大家从爱国主义立场出发，都开始吃桃，那味道和以前似乎真的有点不同。杂志上登的都是头戴防毒面具的士兵的照片。那样子看起来比我们还古怪。那是一个非常的时期。

① 彼拉多：罗马犹太巡抚，按《圣经》记载，主持对耶稣的审判并下令把耶稣钉死在十字架上。

② 伍德罗·威尔逊（1856—1924）：美国第二十八任总统、民主党人，领导美国参加第一次世界大战，倡议建立国际联盟并提出“十四点和平原则”，获 1919 年诺贝尔和平奖。

大多数年轻人似乎都觉得战争需要勇气。自从我写这封信起，新的战争也许已经爆发。在你看来那都是勇敢的行为。我毫不怀疑战争一直在进行。我相信对我们而言，瘟疫是个引人注目的预兆，只是我们视而不见，不肯领会其中的含义。从那以后战争一直绵延不断。

我不敢完全断定自己相信这一切。鲍顿经常说："这是讲道台上说的话。"没错，但是他这样说的意思到底是什么，我也不知道。

如我所说，我自己称之为"黑暗时代"的那些日子——那些寂寞的时光——占据了我生命的绝大部分。因此倘若谈起我自己，就不能不提这一段岁月。时间过得那么奇妙，好像每一个冬天都是同一个冬天，每一个春天都是同一个春天。棒球比赛。我想，我听过几千次棒球比赛的实况转播。有时候，只能听清一半，一会儿是无线电的噪声，一会儿是观众的呐喊声，还有一种单调的、很小的声音，几乎是静电本身发出的海螺般空空洞洞的响声。对于我，想象场上的比赛也不错，就像在心里猜测一个复杂的谜语，一种飘忽不定的感觉。如果球投到球场左边，跑垒者就向第一垒和第三垒跑去，我便在心里运筹跑垒者、接手和游击手的位置。我喜欢这样做。原因为何，自己也无法解释。

我常常回想起以类似的方式进行的谈话，真的。我的工作最主要的内容就是倾听别人的心声——极其隐秘的忏悔，或者至少是向我吐露心事，消除思想负担。我对这项工作一直很感兴趣，不是把谈话看作竞赛，不是这个意思；而是仿佛可以更理性地看一场比赛——双方实力如何？策略是什么？除了看看双方怎样激发对方的斗志，相互之间有多高的要求以及这一切真正的主题——生命如何在运动中得以表现之外，似乎对别的事情都不感兴趣。我这里说的“生命”是指类似“能量”（科学家使用这个词时的意思），或者“活力”，还有与之相去甚远的别的什么东西。当人们找我说话的时候，无论说什么，我都被他们的热情所打动。这个“我”的谓语可以是“爱”或者“怕”或者“想”，宾语可以是“某人”，或者“没什么”。究竟是什么，关系不是很大。因为爱就在眼前，像灯芯上的火焰环绕着“我”，放射出忧伤、歉疚、快乐，或者别的什么情感，同时又敏捷、机敏，神通广大。能够看到生命的这个方面，是牧师的特权。而这一点很少被人们提到。

好的讲道是激情昂扬的谈话中的一方，至少被人听到的时候应该是这样。当然这里有三个方面，但是即使最隐秘的思想也有三个方面——产生这种思想的“自我”，意识到这种思想并且以某种方式做出回应的“自我”，还有上帝。这是一件需要考虑的，非同寻常的事情。

我试图表述以前从来没有用文字表达过的思想，苦思冥想，把自己弄得有点疲倦。

有一天听棒球比赛的时候，我突然想到，月亮实际上呈螺旋形运动。因为当它环绕地球的时候，同时也环绕地球围着太阳运转的轨道。这是显而易见的，可是我很为自己的“发现”高兴。窗外一轮圆月，冰清玉洁，悬挂在宝蓝色的夜空。“童子军队”正和“辛辛那提队”比赛。

提到海螺的声音，我想起我写过的一首诗中的两句：

打开海螺的蜗壳，

发现牧师喃喃细语背后的经文。

除了这两句似乎没有别的什么东西好记。鲍顿家的一个男孩因为什么原因到地中海旅游，带回这个大海螺，我一直把它摆在桌子上。好长时间我都很喜欢“喃喃细语”这个词儿。我还从来没有见过别人用这个词形容牧师。除此而外，那时候除了经文、所谓教士气派和收音机静电的干扰声，我还知道什么呢？我还爱别的什么东西呢？那时候有一本许多人都读的书《一个乡村教士的日记》，作者是法国作家贝尔纳诺斯[①]。我对书里那个家伙十分同情。可是鲍顿说：“他只是爱喝酒罢了。”他说：“上帝需要一个更适合这个职位的人。”我记得整夜躺在收音机旁边读这本书，哪怕所有的广播电台都停止播音还不罢休，一直读到天亮。

有一次，祖父带我坐火车去得梅因[②]看巴德·福勒比赛。有一段时间他支持基奥库克。老人用他那只独眼直盯盯地看着我说，这个世界上没有一个人能超过巴德·福勒。我非常兴奋。可是那场比赛并没有发生什么特别的事情，或者那时候我这样认

① 贝尔纳诺斯（1888—1948）：法国小说家和政论家，反对实利主义，提倡天主教伦理道德，代表作《一个乡村教士的日记》。

② 得梅因：美国衣阿华州的首府和最大城市，位于该州中南部得梅因河畔。

为。没有跑垒得分，没有安打，没有失误。打到第五局，整整一下午聚集在地平线的乌云滚滚而来，比赛被迫停止。我还记得暴雨从天而降时，人群中爆发出一阵呻吟。那时候我大约十岁，比赛终止反倒有一种解脱之感，可是祖父大失所望。对于这个可怜的“老魔鬼”，这是又一次“大失所望”。我是满怀尊敬这样说的，就连父亲也管他叫“老魔鬼”。母亲也这样叫。他在战争中失去一只眼睛，看起来有点怪异，但是，在他那一代人眼里，他是一位好牧师。父亲这样说。

那天他带了一小袋甘草糖[①]。这倒真让我惊讶。他把手指伸进去的时候，因为手哆哆嗦嗦，袋子簌簌作响，就像火苗燃烧发出的响声。那时我注意到了这一点，在我看来很自然。我还假设那天电闪雷鸣是造物主碰了碰帽子，对他说：在看台上看到你，很高兴，牧师大人。也许是说：哦，天哪！牧师大人，你跑到这儿干什么来了？有一次母亲说，他能吸引“极端的友谊”。她当然是用“极端”这个词古老的含义，只是表示尊敬。他年轻时是约翰·布朗[②]的熟人，和吉姆·莱恩[③]也挺熟。关于这方面的情况我希望能告诉你更多。可是我们家似乎有一条不成文的规定，不谈论堪萨斯州的往事，不谈论那场战争。去得梅因看比赛不久之后，我们就找不到他了，或者说他失踪了。不管怎么说，几个星期之后他就离开家到堪萨斯州去了。

---

① 甘草糖：一种用甘草根制成或加入甘草根的糖果。

② 约翰·布朗（1800—1859）：美国废奴主义领袖，组织反奴隶制的武装集团，在袭击弗吉尼亚的哈珀斯渡口军火库战斗中受伤被捕，后被绞死。

③ 美国内战前夕堪萨斯暴乱中的指挥者。内战期间，任联军军队的将军和参议员。

我在什么地方读过，一个东西倘若不是和任何别的东西相依赖而存在，就不能说它真的存在。我无法理解这种完全是假设的说法的含义，尽管也许仅仅因为我的理解能力还不够强。但是这种说法的确让我想起那个下午。没有什么东西飞过天空，没有滑垒①，没有跑位②，或者触杀③。可以说根本就没有什么让人觉得轻松愉快的事儿。在我看来，必须用暴雨结束这场比赛，就像那是一场必须扑灭的火，喷发到这个令人担心的虚妄的世界。“大约半个小时，天空寂然无声。”记忆之中，当时的情景和这种说法似乎有点相像，实际上比半个小时长得多。虚妄，这个字眼儿具有真正的力量。我的祖父没有表现勇气的地方，也没有办法感受到自己的勇气。这真是极大的遗憾。

写这些东西的时候，我意识到记忆将“许多”变成“很少”。那位老人，我的祖父，身穿土灰色外套坐在我身边，就那么颤颤巍巍，把廉价的甘草糖带来的快乐与我分享。也许就在那个下午，堪萨斯从他的记忆中走出来，变成他下一步的行动计划。(他是回到堪萨斯，而不是他从前那座教堂的所在地。这也是我们为什么那么长时间才找到他的原因。) 巴德·福勒站在第二垒，手套别在屁股上，凝视着接手。我知道他不喜欢戴手套玩。不过这只是我记忆里的情形，也是关于他惟一的记忆，因此没有必要纠正。好多年我一直关注报纸上关于他的报道，直到他们组建“黑人联盟”。那以后便不再见他的踪影。

---

① 滑垒：倒地滑行，通常脚在前上垒以免被碰出局。
② 跑位：指当球飞向外场的时候，外场手跑向球的落点准备接球。
③ 触杀：当一名棒球队员不在垒上时以球触他或她，从而使该队员被杀出局的行为。

上高中和神学院的时候，我是个相当不错的投手。在神学院我们还有两个球队。星期六我们经常出去练习投球。草地上的棒球场被人们践踏得不成样子，所以大家只能猜测垒线在哪儿。我们有过许多快乐时光。那时候有些为将来当牧师而学习的年轻人出类拔萃。我相信现在也有。

在那个万籁俱寂、月光如水的夜晚，父亲和我离开墓地——我们在那儿找到他老人家——沿着那条路走。父亲说："你知道，堪萨斯的每一个人都看到了我们看到的东西。"那时候（记住，我十二岁）我以为他的意思是，整个州都见证了我们创造的奇迹，整个州都可以证实父亲站在他父亲坟前祈祷带来的那份特别的福祉，或者在焦干的土地中长眠中的祖父以某种方式表现出他的荣耀。后来我才意识到，父亲的本意是，太阳和月亮结成"联盟"，按部就班地运转，并没有特别垂青于我们两个人。他从来不鼓励你大谈梦幻或者奇迹，除了《圣经》里的故事。

然而我无法告诉你，那天夜里沿着布满车辙的公路走在他身边，穿过那空空荡荡的世界，我心里是怎样的感觉——我在他身上，在我自己身上，在环绕我们的万物身上，感受到一种令人愉快的力量。我很高兴自己那时候对这一切并不真的了解，因为我很少感觉到这样的快乐和自信。就好像在某一场梦里，你充满了现实生活中从来不曾体验的放纵的感情，至于那是怎样的感情并不重要，哪怕是歉疚或者忧虑。你从中认识到，你是怎样一个令人惊异的工具——可以这样说——你有怎样的力量去体验你实际上也许永远不需要去做的事情。谁能想到月亮会这样耀眼，辉煌？尽管父亲说出那样一番话，我还是看出他的心灵受到震撼。

他不得不停下脚步，擦了擦眼睛。

祖父给我讲起过，他有一次看到的异象[1]。那时候他还住在缅因州，不到十六岁，因为帮他父亲拔了一天树桩，累得要命，躺在炉火旁边进入梦乡。突然他觉得有人拍他的肩膀，抬起头，看见上帝向他伸出一双胳膊，胳膊上戴着锁链。祖父说："铁锁链一直陷到骨头，周围都红肿、溃烂。"他把这景象作为最悲惨的事实讲给我听，用那只独眼看着我，往昔的忧伤重又浮现，闪烁着六翼天使[2]才会有的目光。他说于是他明白了，必须到堪萨斯州去为废奴运动做些有用的工作。"有用"是老年人对自己最大的希望；活得没有目标，是他们最担心的事情。我非常看重这种观点。我对父亲说起祖父描述的幻象，他只是点了点头，说："这是那个时代造成的。"他自己从来不曾宣称有过这样的经历。他似乎想让我确信，用不着担心上帝会带着他的痛苦出现在我面前。这种担保让我感到安慰。这是一件值得思索的不同寻常的事情。

在我看来，祖父饱经沧桑、历尽磨难。事实也的确如此。他宛如一个被雷电不停轰击的人，衣服总是土灰色，头发从来都乱作一团，不是真正睡觉的时候，独眼闪烁着凄惨和惊讶的光。他是我知道的最不悠闲的人——除了他的几位朋友。他们都可以盘腿坐着直到垂暮之年，他们都心甘情愿地这样做，仿佛对家具什

---

① 异象（vision）是《圣经》中的一个常用词汇，指从天上来的、特别的看见，启示和引导，与"启示""默示"等词接近，有超自然景象，也有对未来的预告。

② 六翼天使：《圣经》中记载的九级天使中地位最高者。

物怀恨在心。他们个个骨瘦如柴，就像不情愿地待在某个隐退之地的希伯来预言家，或者仍然等待对天使做出裁决的最早的牧师。有一个老人，他的那只曾经为许多人祝福、洗礼的手上有一道烫伤的疤痕。因为他曾经紧紧抓住一位年轻的游击队员[①]的枪筒。“我琢磨，那个孩子不想朝我开枪，”他经常这样说，“他乳臭未干，本来应该和妈妈一起待在家里。于是我说：‘把枪给我。’他真的把枪给了我，脸上还挂着一丝微笑。我不能把枪扔在地上——我心里想，倘若那样会给人留下笑柄——也没法把枪递到另外一只手里，因为那条胳膊受了伤，用吊带固定在胸前。只好抓着那支枪一走了之。”

他们去过莱恩和奥伯林[②]，懂得希伯来文和希腊文，有他们的洛克[③]和弥尔顿[④]。他们中的某些人甚至在泰伯创立了一所规模不大但相当不错的学院。从这所学院毕业的人，特别是年轻妇女，将以传教士和教师的身份到地球那一端。几十年之后，他们再回来的时候，可以给我们讲土耳其和朝鲜的故事。他们仍然是勇敢的老人，他们这些人。祖父的坟墓看起来宛如有人试图熄灭一个火堆的地方，是世界上最自然不过的事情了。

---

① 指美国南北战争前及战争期间活动在堪萨斯州和密苏里地区的反对蓄奴制的游击队员。

② 奥伯林：此处系指美国俄亥俄州奥伯林学院。奥伯林（1740—1826）是法国基督教信义会牧师，致力于慈善事业和教育改革，关心教区内信徒的福利，开办农村学校。奥伯林学院即以他的名字命名。

③ 此处应是指约翰·洛克（1632—1704），英国经验主义的代表人物，著有《政府论》《论宗教宽容》等。

④ 弥尔顿（1608—1674）：英国诗人，对十八世纪诗人产生深刻影响，因劳累过度双目失明，作品除短诗和大量散文外，主要是晚年写的长诗《失乐园》《复乐园》和诗剧《力士参孙》。

刚才我在听收音机里播放的一首歌，站在那儿跟着节拍轻轻摇晃。我猜你母亲一定在门厅看见了我，说："我教你怎么晃。"她走进来，伸出一双胳膊搂着我，头放在我的肩膀上，过了一会儿用你能想象到的最温柔的声音说："为什么你非得这么老？"

我问自己同样的问题。

几天前你和妈妈手里捧着花回到家里。我知道你们上哪儿去了。她当然要带你去那儿，让你熟悉熟悉那个地方。我还听说她把那个地方弄得非常漂亮。她是个什么事情都考虑得很周到的女人。你手里拿着金银花，教我如何吸吮花蜜。你咬掉一朵花的尖儿，递给我。我假装不知道如何吸吮，假装把整朵花都放到嘴里，似乎要把它嚼一嚼咽到肚子里，或者把它当成一个小哨子吹。你笑呀笑呀，说："不对！不对！不对！"然后我假装有只蜜蜂在嘴里嗡嗡嗡地飞。你说："不，你没有蜜蜂。根本就没有蜜蜂！"我便搂住你的肩膀，对着你的耳朵吹。你跳起来，仿佛心里想，也许真的有只蜜蜂。你哈哈大笑，然后一本正经地说："我想让你这样做。"然后你伸出一只手摸着我的面颊，把花凑到我唇边，那么轻柔，小心翼翼，说道："现在，吸吧。"你又说："你该吃药了。"于是我吸，正是金银花的味道，正像我在你这个年纪的情形，金银花盛开在每一个篱笆桩上，盛开在门廊栏杆上。

那天下午的阳光给我的感觉非常震撼。我对阳光一直十分关注，但是没有一个人能对阳光做出正确的评判。我感觉到阳光的重量——压榨出草里的水分，压榨出门廊地板日久年深的树脂的酸味，甚至像晚冬的雪，压在树身之上。阳光落在你的肩膀上就像猫卧在你的膝盖上那样熟悉。老索佩躺在阳光下，宛如一堆泥灰涂抹在人行道上。你还记得索佩。我并不真的知道为什么你应该记得。它实在是个不起眼的小家伙。我要给它拍一张照片。

我们就那样待着，吸吮金银花的花蜜，直到吃晚饭的时候。你妈妈拿出照相机，所以，你或许还保存着那天拍的照片。我还没来得及给她拍一张胶卷就没了。这倒颇有点“典型”。有时候我想给她拍照，她却用双手把脸捂起来，要么干脆一走了之。她认为自己长得不漂亮。我不知道她关于自己的种种看法从何而来，也不认为我能弄得清楚。有时候我纳闷，她那样一个充满活力的、出色的女人为什么要嫁给我这样一个老头。我绝不会想到向她求婚，也绝不敢向她求婚。那是她的主意。我经常这样提醒自己。她也提醒我。

我永远无法相信我会亲眼看到一个属于我的妻子宠爱着我的孩子。就是现在每每想到这一点，仍然惊讶不已。我写这些，部分原因是告诉你，如果你惊异自己一生做了什么——谁都会或迟或早感到惊讶——你就应该明白，你是上帝对我的恩赐，一个奇迹，甚过奇迹。你也许压根都不会清楚地记着我。毫无疑问你一定会离开这个破破烂烂的小镇。也许在你看来在这样一个小镇，做一个老头的好儿子没什么大不了。哦，若是把这些话都告诉你，那该多好啊。

阳光下，那个小孩儿的头发闪着微光。那虹霓般的光彩，细碎、轻柔，宛如你有时候在露珠上看到的光泽，在花瓣上、在小孩的皮肤上闪烁。你的头发又直又黑，皮肤非常白。我想你不比大多数孩子更漂亮。你只是一个好看的男孩儿，有点儿瘦弱，举止良好，干净整洁。所有这一切自然都很好，但我主要爱你的存在。在我看来存在是可以想象到的最非凡的东西。我要摆出一副永恒不灭的样子。哪怕只是瞬息之间，只是目光闪烁的一刹。

目光闪烁，这是最奇妙的表情。我常常想那表情是生活中最美好的东西。当美妙或者幽默打动人心，你就在他们身上看到那炽热的光芒。“目光使心灵愉悦”，这是事实。

当你读到这里，我是永恒不灭的。我比以往任何时候更具活力，充满年轻时的力量，身边是亲爱的人们。你在读一个忧心忡忡、糊里糊涂的老人的梦。我生活在比我的任何梦想都要美好的阳光之下——尽管不在等你，因为我希望你亲爱的终将死灭的自我长久地活着，并且爱这个可怜的终将死灭的世界。我无法想象自己会不苦苦想念这个世界，尽管我渴望看到和妻子、孩子团聚将意味着什么——我是指路易莎和丽贝卡。这件事我已经想了好多年。好了，这颗老种子就要掉在地里了。那时候我便什么都知道了。

我有几张路易莎的照片，不过我觉得和她本人不太像。考虑到已经五十一年没有见她，我的判断也许不准确。她九岁或者十岁的时候，经常发了疯似的跳绳，如果你故意吸引她的注意力，她就转过脸继续跳，绝不会跳错一步。两条辫子在脊背上荡来荡去。有时候我想抓住一条，她就跳着绳向大马路跑去。她想跳到一千次，或者一百万次，没有什么能分散她的注意力。我母亲有一本《家庭健康指南》，书里说，不应该允许小姑娘做过分剧烈、消耗体力的运动。可是我翻到印着这些字的那一页让路易莎看的时候，她却说，留心你自个儿的事儿吧。她总是光着脚到处跑，帽子歪戴在头上，两条辫子“飞”来“飞”去。我不知道姑娘们什么时候不再戴遮阳帽，也不知道为什么她们喜欢戴那玩意儿。如果她们认为戴遮阳帽可以不长雀斑，我可以告诉你，根本没用。

我一直嫉妒那些可以看着妻子变老的男人。鲍顿的妻子五年前才去世，而他结婚比我还早。他的大儿子已经满头白发，孙儿孙女大多数也已结婚。而我永远看不到自己的孩子长大，也看不到妻子变老。身为牧师，我引领许多人度过一生，给成百上千婴儿施过洗礼。这当儿，我一直觉得生活的一大部分已经对我关闭。你母亲说，我像亚伯拉罕。但是我没有年老的妻子，看不到孩子的未来。我只是靠书、棒球和煎鸡蛋三明治混日子。

你和猫跟我一起待在书房。索佩卧在我腿上，你爬在地板上画飞机，一方阳光照在身上。半个小时前，你坐在我腿上，索佩卧在阳光之下。你在我腿上坐着的时候，画了一架梅塞施米特109型战斗机[①]——你对我这样说——把飞机名称写在那页纸的一角。你从利昂·费奇一个月前送给你的那本书里知道了这些飞机的名称。利昂·费奇趁我转身的时候，偷偷塞给你那本书。因为，他肯定认为我不同意你看这种书。你画的那几架飞机和这架

① 梅塞施米特式战斗机：第二次世界大战期间德国空军使用的战斗机，尤指ME109型。

差不多，但是你在每一张纸的角落写下的名称各不相同：斯巴德双翼飞机，福克尔[①]，零式飞机[②]。你总是缠着我给你念那本印刷精美的书——飞机上配备多少枪炮，可以携带多少枚炸弹。如果我的父亲在这儿，如果我是我的父亲，就会想办法让你明白，一个高尚的、有男子汉气概的人应该把这本书还给老费奇。我真的应该这样做，但他是一番好意，也许我把那本书藏到食品储藏室就可以了。你什么时候才能对我们家的食品储藏室有个了解呢？凡是我们不想让你碰的东西都放在那儿。现在想起来那里面的东西有一半一直那么放着，所以我们三个人不管是谁，对那些东西其实都不了解。

我本来可以在尚且年轻时再婚。会众愿意他们的牧师是个有家室的男人。我被介绍给方圆百里他们每一位侄女、外甥女、小姑子、大姨子，可我对谁都不满意，一直单身一人，直到你母亲来到我身边。回首往事，我对那时的“挑剔”非常感激。现在想起来，在那浓重的黑暗之中，奇迹正在酝酿。所以我把那一刻记忆为上帝赐福的时刻，并且充满信心地等待，是非常正确的，尽管我连自己在等待什么都不知道。

后来当你母亲真的来到我身边，当我几乎还不认识她的时候，她用那样的目光看着我——眼睛眨都不眨——非常轻柔又非常严肃地说：“你应该娶我。”我有生以来第一次明白，爱一个人

① 福克尔（1890—1939）是美籍荷兰飞行员和飞机制造商，第一次世界大战时为德国制造了四十多种型号的飞机，发明螺旋桨空隙射击装置，战后致力设计和研制美国民航飞机。此处系指由他发明的飞机。

② 零式飞机：第二次世界大战中日本使用的一种飞机。

是怎么回事。这倒不是说我以前没有爱过别人，而是我以前没有意识到，爱他们意味着什么。甚至对我的父母，对路易莎。她对我说出那番话之后，我大吃一惊，半晌不知道该如何回答。她转身就走，我不得不跟在她身后沿着那条大街向前走去。我仍然没有勇气碰碰她的袖子，但是我说："你说得很对。我一定娶你。"她边走边说："那么，我明天来看你。"这是我一生中遇到的最激动人心的事情。我希望你也能有这样的经历，尽管想到此前发生在我还有你亲爱的妈妈身上的一切，我不敢断定是否应该抱有这样的希望。

在这里我想让自己聪明一点，作为父亲，当然也作为一个年老的牧师。我不知道该说什么，除了告诉你，最大的不幸不只是不幸。就在我写这些文字的时候，婴儿丽贝卡仍然在我心中。我还记得她在我怀里那副样子，因为每一次给一个小宝宝洗礼，我就想起她。手心抚摩婴儿额头时那种感觉——哦，我多么喜欢这种生活。我对你说过，鲍顿为她洗礼，可是我把手放在她的额头上为她祝福。我能感觉到她脉搏的跳动，她的体温，湿淋淋的头发。主说："他们的使者在天上，常见我天父的面。"(《马太福音》(18 ： 10））这就是鲍顿给她取名为安吉丽妮的原因。许多许多人都从《圣经》这一节里找到慰藉。

最近我一直在想关于"存在"的问题。事实上我一直对所谓"存在"赞叹不已，以至于几乎不知道该如何恰如其分地欣赏它。今天早晨去教堂的路上，我经过战争纪念馆旁边那排高大的橡树——如果你还记得的话——想起另外一个早晨。那是一两年前的一个秋天，橡子掉下来密集得像冰雹。树叶仿佛被鞭打，橡子飞过我的头顶重重地砸在人行道上。当然一切都发生在黑暗之中。我记得天上挂着月牙儿，比这弯新月大不了多少。那是一个晴朗的夜晚，或者黎明，非常安静。可是那些树木焕发出巨大的力量像暴风雨，又像分娩的剧痛。我站在那儿稍稍躲开橡子的“射程”，心里想这一切对于我依然是新而又新。我在大草原度过一生，可是这排橡树还会让我惊奇。

我有时候觉得自己像个孩子，睁开眼睛看一次世界，看见那些永远说不出名堂的、令人惊奇的东西，然后不得不再闭上。我知道和等待我们的东西相比，这只不过是幻影，然而正因为如此，那幻影才更可爱。这里面有一种人性之美。我无法相信当我们都被改变，都具有坚定理想的时候，还会忘记我们终将死灭、无法永存这样一种怪诞的处境。对于我们，繁衍后代和自身消亡的辉煌梦境才是整个世界。我相信倘有来世这个世界将是特洛伊[①]。这里经历的一切，将是这个世界伟大的史诗，是他们在大街上传唱的民歌。因为，我不去想象任何一种现实会把这个世界完全置于阴影之下。虔诚禁止我去尝试。

莱赛·斯拉史昨天夜里去世了。这像个名字吗？她母亲就叫莱塞。他们是这儿一个古老的家族，但她是这个家族最后一个成员。至于斯拉史家，早就到加利福尼亚去了。她是个老处女。她死得很痛快，也很体面。我想她一定为我考虑，因为她对我的身

---

① 特洛伊：小亚细亚西北一古城，位于达达尼尔河附近。从青铜器时代起便是弗里吉亚的一座城市，传说为特洛伊战争所在地，大约在公元前 1200 年被希腊军队侵占并毁灭。特洛伊城废墟于 1871 年由海因里希·希里曼发现。

体一直非常关心。她前半个小时清醒，后半个小时昏迷，然后就死了。我们先念了主祷文[①]、《诗篇》[②]第23篇，然后她想最后听一次《当我眺望奇异的十字架》。于是我唱，她轻轻地哼了几句就开始打盹。我对她非常赞赏。可以说，她在许多方面都值得我效仿。至少她没有让我在该就寝的时候还大睁着一双眼睛。她在睡梦中那么安详，在很大程度上使我也安然入睡。这些老圣人利用一切机会为我们谋福祉。

我祖父和他的朋友们经常讲下面这个故事，而且边讲边哈哈大笑。我不敢保证这个故事绝对真实，因为看他们说话时那副眉飞色舞的样子，我怀疑他们认为给一个故事添枝加叶和完全脱离真实没什么区别。

在附近某个被人遗忘的废奴主义者小村庄，人们刚刚在大路一边建起一个干货店，另一边建起一个车马出租所，就开始在这两座建筑物中间挖地道。那时候，挖地道很流行，人们把聪明才智都用到设计藏身之地和逃跑路线上。爱荷华州的表层土很厚，可以比土壤条件不好的地区——比方说新英格兰——挖更多、更宽敞的地道。这个州的这个地区自然也都是沙土。

这些人都明白事理，用心良好。可是他们一心一意挖地道，完全忽略了考虑问题应该实事求是。他们以极大的热情投入这项工作，地道简直就成了一座座地下城市纪念碑。有一个老头说，惟一缺少的就是枝形吊灯。说实话，他们挖得太大，离地面太

① 主祷文：是基督教最常用的一篇祈祷文，其首句为 Our Father Who art in Heaven，即“我们在天上的父”。

② 《诗篇》：基督教《圣经·旧约》中的一卷，有150篇。

近，也没法用柱子支撑。因为那年月大草原①上树木稀少，像这种建筑物用的木料都得从明尼苏达州用大车运过来。甚至考虑周到的人也经常判断失误。

快要完成挖掘任务的时候，一位陌生人骑着一匹大黑马穿城而过。他在一个完全错误的地方勒住马，打听这是什么地方，结果连人带马陷入地道。尘埃落定，马站在一个齐肩胛骨深的洞里。陌生人从马背上爬下来，兜着圈子转来转去，惊讶不已，绞尽脑汁也没弄清这是怎么回事。村里人都跑过来看个究竟，注意到骑马人手足无措、迷惑不解，决定最好也装作迷惑不解。他们都站在那儿，胳膊抱在胸前，说“这可太危险了”，或者诸如此类的话。村里人讨论，把这样一匹高头大马弄到手，会不会冒什么风险。那匹可怜的马当然开始挣扎。有人拿来一桶燕麦，还往里面倒了两瓶威士忌。马吃了以后很快就进入梦乡。陌生人难过极了，他的马不但陷入窟窿不能“自拔”，而且完全失去知觉。这位陌生人如果不是个绝对禁酒主义者，或许不会伤心成那个样子。可是他偏偏就是个绝对禁酒主义者，眼巴巴看着马脑袋搁在路边鼾声大作，难过得不知道说什么才好。

这种小村庄里的人都有很强的宗教原则，看到这位无害的陌生人难过得揪扯胡子，把帽子扔到地上，他们没有幸灾乐祸。当然多多少少觉得好玩儿。他们想最好赶快把这个家伙打发走，再来对付那匹醉酒的大黑马。因为从密苏里州来的丛林开伐者和追赶奴隶的人很有可能以小人之心猜测，用怀疑的目光看待这件事

---

① 大草原：多为广阔而无树木的平坦或起伏的草原区域，尤指北美洲中部的大平原。

情。于是有一个村民提出拿自己的马换掉在窟窿里的大黑马。你或许以为那个陌生人一定觉得占了便宜，可是事实上他在干货店的长凳上坐了好长时间，掂量这笔交易是否合适。人家要给他的那匹马是匹母马，个头比较小。陌生人承认他合算。他看马的牙齿，结果被马咬了一口。他骂骂咧咧，抱怨不走运来到这么个鬼地方，提出借一把铁锹把马挖出来。传教士满脸严肃地对他说，他们的铁锹在一场可怕的大火中都烧光了。“铁锹头倒是完好无损，欢迎你使用，”他说，“只是没了锹柄。”这当然是撒谎。不过当时情况紧急，这样说也无妨。

最后陌生人同意换那匹母马，包括马鞍、笼头和别的小零碎儿。村民们还给了他一些麻绳、皮鞋油，希望他因此而恢复对大千世界尚有公正的信仰。作为对这场麻烦的补偿，陌生人接受了这些东西。这倒也合情合理。

把那个人打发走之后，村民们开始考虑那匹马的问题。有几个人从地道两头钻进去，查看马腿的情况。因为如果马腿断了就得开枪打死那个可怜的畜生，然后肢解了塞到大路下面那个窟窿里掩埋起来。可是马腿没有断。

在马四周挖掘只能暴露更多的地道，但他们还是决定挖一个足够大的坑，让马从那个窟窿里走出来，除此而外别无选择。这当儿，马已经醒酒，甩着尾巴不停地嘶叫。于是他们抬起一个先前当作坑道基础的木头棚屋，“罩”住大路中间那匹马。那是一个很小的棚屋，所以不得不斜着放在马身上。马的身长就是两个直角三角形的斜边。

所有这一切看起来都荒谬可笑。事实上对于任何一个细节的判断失误，很快就造成只有愚蠢的选择才会造成的后果。有人注意到马尾巴还露在外面，所以不得不让一个小孩儿从棚屋窗户爬进去把那玩意儿弄回去。

那时候村子里有个黑人小伙子。他是第一个逃亡到这儿的黑奴。这就让村民们觉得应该严肃认真、果敢坚定，同时马的事儿也给他们平添了几分尴尬。这个年轻人平常总是待在干货店，除非发生什么让他警觉的事情。他看到也听到了这件事的全过程，显然很想哈哈大笑。但他只是懒洋洋地斜倚在门框上，强忍着不让自己笑出声来。他极力避开他们的目光，差点儿咬破嘴唇。等村民们把那个棚屋抬到大路上，正要斜着"罩"到马身上的时候，干货店里突然传出一阵刺耳的、并非故意但让人讨厌的大笑。

这时候他们才想起这个家伙也许有充足的理由认为自己应该提高警惕，而且他的这种感觉和他们的判断力不无关系。确实就在那天夜里他逃走了，独自一人向北而去。毫无疑问，他认为这儿发生了这么多事情，一定会成为当局怀疑的地方，作为一个逃亡者最好还是离得远一点儿。

意识到发生了什么事情之后，两个村民骑着两匹也相当不错的马去追他。村民们没有拿这两匹马去换陷到窟窿里的那匹马（他们想确保陌生人能走得很远很远，不再回来找麻烦，所以给他的那匹最好）。不管怎么说，他们希望追上那个逃亡的黑人，给他点儿食物、几件衣服，再告诉他下一个废奴主义者的村落在什么位置。但是整整两天，他一直躲着他们。后来他们翻身下马准备过夜。刚刚躺下要睡觉的时候，他从黑暗中走出来，说："感谢你们的好意。不过，我想最好还是我自己处理这件事情吧。"村民把为他准备的那个包袱递给他。他又退回到黑暗之中，问："你们弄没弄出那匹马？"说着笑了起来。这是他们最后一次听到他的声音。

他们确实挖了一条有坡度的壕沟，把马弄了出来。所以这活儿干得蛮不错。可是，随后他们不得不面对这样一个事实——很难“除掉”这条地道。挖地道的时候，他们费了很大气力把挖出来的土尽可能运到远处，不让人看出这里的土曾经被人动过。现在再倒过来做这件事情当然已经不可能了。他们当初是秘密地挖、从容地挖，现在却不得不在光天化日之下，把它尽快“处理”掉。窟窿边缘的沙土层不停地碎裂、坍塌，每天都暴露出更多的地道。（他们已经小心谨慎地挪走那个棚屋。因为，大路中间一个窟窿上立着一个棚屋，其引人注目的程度不亚于那匹大黑马。）最快的解决办法应该是让整个地道坍塌，然后从上面把它填平。可是这样一来，从干货店到车马出租所之间的小路立刻就隐隐约约出现在人们面前。于是他们选中一座小山，把它削平，不分昼夜地往地道里运土。他们在干货店房顶上安排了一个瞭望哨，一看到陌生人走近就发信号。如果人家问他们干什么，他们就说修梯田。传教士那本书里介绍过东方人的这种种田的习惯。我想那种情况下这也许是他们的最佳选择。

村民们都是吃苦耐劳的人，可是世界上根本就没有办法从地道里面把土夯实，无论如何也不可能像开天辟地以来的雨雪冰霜、炎炎赤日那样把泥土变得那样坚实。也就是说，他们以艰苦的劳动去抵消曾经付出的艰苦劳动，可是第一场豪雨就使得那条大路从地道一头到另一头完全塌陷。他们别无选择，而且也没有什么可损失的东西，村民们便从上面填土。可是只要下雨路还是不断塌陷。

于是当冬天终于到来，下了雪，结了冰，他们便用撬棍撬起那几幢房子，放在厚木板上，再把马套上去，沿着大路把整个村庄搬到半英里之外的地方。为了不让人知道这里曾经是他们的村庄，村民们还撬起墓碑。这可是一件让人伤心的事，尽管只有不超过三座或者四座坟墓的墓碑需要连根拔掉。渐渐地地道变成河床，春天河水猛涨。从前花园里的花草都成了野花、野草，长在河岸上十分茂盛。不知道内情的人来这儿野餐，把毯子和篮子铺在那几座被人遗忘的坟墓之上。总而言之，倒也是件乐事。

你和托拜厄斯在洒水车周围跳来跳去。洒水车真是个了不起的发明，因为它将雨点一样的水珠喷洒在阳光之下。自然界也会有这样的情形，不过很少。我在神学院的时候，经常去看河边举行的洗礼仪式。那情景值得一看。牧师从河里抱起受洗的人，水从他的衣服和头发上流下，看起来真有点儿像人的诞生或者复活。对我们而言，牧师的手触摸头骨时，水增加了那种奇妙的感觉，有点像接通了电流。我一直喜欢给人施洗礼，尽管有时候希望施洗礼时，水里能有闪烁的微光和哗啦哗啦泼溅的声音。而你们俩在那从天而降、色彩斑斓的水幕中舞蹈，快乐地叫喊，跺脚，正如心智健全的人碰到像水这样不可思议的东西时应该做的那样。

爱德华从德国回来之后的那些日子里，我对他念念不忘，经常偷偷溜到旅馆去看望他。有一次，我带着棒球、手套和父亲的手套去看他，我们俩到一条人行道上练习接球。起初，他还挺注意身上那套衣裳。他说，他已经好几年见都没有见过棒球。可是玩了一会儿，他就变得非常机敏。他扔过一个球把我的手打得很疼，我不由得“哎哟”了一声。他高兴得笑了起来，因为这说明他的胳膊又像当年一样有力。其实我的手本来不会那么疼，只是没想到他会使那么大的劲儿打过来，所以没有准备罢了。于是我们“真枪实弹”地干了起来。我扔了一个高球，他纵身一跃接到手里，动作非常漂亮。这时他脱下外套，只穿一件衬衫，领口敞开着，裤子的背带耷拉在旁边。有几个人站在旁边看我们俩玩。那是一条尘土飞扬的小街，天气又热，我们扔高飞球和滚地球。爱德华和一个姑娘要水，她给我们每人送来一杯。我喝了我那杯，他却把水倒到头上。水从他的大胡子上流下，就像屋顶流下的雨水。

我心里想，以后我们可以在某个时候谈谈心。心倒是没有谈，不过那天之后，对于他灵魂的状态我确实不再担心。当然我没有资格对他做出判断。

他站在那儿，水淋淋的头发贴在头皮上，水珠从唇髭上滴答下来。他说：

看哪，弟兄和睦同居，

是何等的善，何等的美。

这好比那贵重的油，

浇在亚伦[①]的头上，

流到胡须，

又流到他的衣襟。

又好比黑门[②]的甘露，

① 亚伦：基督教《圣经》中的人物，摩西之兄，犹太教第一祭司长。

② 黑门：在叙利亚、黎巴嫩边界，是安替黎巴嫩山脉的最高峰，海拔近3000米。对古腓尼基人信奉的太阳神的崇拜者来说，此山是圣山，据《圣经》记载是耶稣改变形象的地方。

降在锡安山[1]。

这几句诗出自《诗篇》第133篇。由此可见，我知道的东西他都知道，每一个字都知道。也许他就是要告诉我，我知道的东西他都知道，无须别人说服。可是我仍然经常想，他能和我玩棒球、能给我念这几句诗真是棒极了。我很希望父亲也在场，因为我知道，他会高兴得哈哈大笑。他还像他这个年纪的人一样有一条强壮的胳膊。我那时候很年轻，认为他们永远不会和解。我很惊讶，爱德华能那么平静地应对整个局面。我告诉他，我已经开始读"费尔巴哈"。他扬了扬两道浓眉，说："别让妈妈发现！"

当我说我因为虔诚、正直以及诸如此类的美德而声名卓著，也许有点儿夸张。因此，我不希望你相信我很轻率地接受了天命。这是我一生的使命。我的希腊文和希伯来文至今讲得相当好。鲍顿和我经常逐字逐句推敲我们准备宣讲的经文。他来我这儿，因为他家里满屋都是吵闹的孩子。他带来妻子或者女儿给我们做的热腾腾的晚饭。我总是害怕走进他家，因为去过他家，再回自己家，屋子里越发显得空空荡荡。鲍顿看得出我的心思，他了解我。

他有四个女儿、四个儿子，用他自己的话说，个个都是精力充沛、吵吵闹闹的小野蛮人。可是好运气不只是好运气，在过去的岁月里，这个家也发生了许多变化，出了几件让人伤心的事情。尽管如此，许多年来这个家在我看来还是"令人炫目地美丽"。确实如此。

---

① 锡安山：耶路撒冷山名，古大卫王及其子孙的宫殿及神庙的所在地。

在我的厨房里，我们度过许多愉快的夜晚。鲍顿是个信仰坚定的长老会教友——我这样说，就好像还有另外一种长老会教义的信徒——所以我们俩的意见经常不一致，不过从来没有严重到足以伤害对方的地步。

我不认为我那时候感觉到的是怨恨。那是我对自己生活的某种忠诚。仿佛我想说我有妻子，也有孩子；仿佛拥有她们的代价就是失去她们。然而我不能承受它的暗示——即便这个代价太高。人们说，像你姐姐丽贝卡那么大的婴儿看不见东西，可是她睁开一双眼睛，看着我。她是那么小的一个小东西。可是当我把她抱在怀里的时候，她睁开了一双眼睛。我知道，她并不是真的端详我这张脸。记忆可以使一件事情比它的本来面目丰富多彩得多。但我知道她确实看着我的一双眼睛。这件事是有点不同寻常。我很高兴那时候就明白这一点。现在处于眼下的境地——就要离开这个世界——我才意识到，没有什么东西比人的脸更让人惊讶。鲍顿和我也探讨过这事儿。这和所谓"道成肉身"有点关系。你看到这个孩子，抱过她，就觉得对她有了一份责任。任何一个人的脸对你都是一种呼唤，因为你不得不理解它的特点、勇气和孤独。而婴儿的脸最真实。我想这是一种幻影，像任何其他幻影一样神秘。鲍顿同意我的看法。

你还是个小宝宝的时候，我很怕你。我常常坐在摇椅里，你妈妈把你放在我的怀里。我就一边摇晃一边祈祷，直到她做完不得不做的事情。我还经常给你唱歌，《去黑暗的客西马尼》[①]，直

① 客西马尼：《圣经·新约》中，耶路撒冷以东，橄榄山脚下的一座花园，传说耶稣被出卖和受难的地方。

到她问我，会不会唱一支快乐一点的歌。其实我甚至不知道自己在唱什么。

今天早晨，我一直在琢磨天堂，但是没琢磨出个名堂。我不知道为什么指望自己对天堂能有什么想法。如果我不是在这个世界行走了将近八十年，我永远想象不出它的模样。人们说，对于儿童，世界那样奇妙，这话没错。因为儿童认为他们将在这个世界成长，并且了解这个世界。我非常清楚自己不会，即使再活一百次也不会。随着时光流逝这一点我看得越来越清楚。每天早晨我都像亚当在伊甸园里漫步，惊异于自己的手那么灵巧，惊异于通过一双眼睛"流泻"到头脑中的思想那么精彩——老手，老眼，老头脑，一个已经被时光完全磨蚀了的亚当，但依然不同寻常。我还能有什么呢？苍老的身躯一直是很好的伴侣。就像巴兰[①]的驴子，它看到了我还没有看到的天使，它正躺在小路上。

我还必须说，我的思想虽然有种种不足，但它当然保证我不至于成为一个索然无味的人。我还记着这些年读过的许多诗歌，记着许多词汇，尽管没有用过的不在少数。还有《圣经》。对于《圣经》中的经文，我理解的方式和我的父亲，或者他的父亲都不同，但是我非常熟悉，当然也应该熟悉。我比你现在还小的时候每学会五行经文，父亲就给我一个便士，这样我就能一字不差地背下来。然后他就像做游戏一样，自己先念一句，让我接着念下一句。我们就这样念啊，念啊，有时候一直念到家谱，或者我

---

① 巴兰：基督教《圣经》中的先知，被派去诅咒以色列人，在遭到自己所骑驴子的责备后，转而祝福了以色列人。

们俩都累得不想再念。有时候我们还扮演某个角色。他扮演摩西[①]，我扮演法老[②]；他扮演法利赛人[③]，我扮演上帝。他自己也就是这样长大的。等我上神学院的时候，发现这种训练给了我很大的帮助，影响了我的一生。

你已经知道主祷文，《诗篇》第23篇和第100篇。昨天夜里，我还听见你母亲教你"登山宝训"[④]。她似乎想让我知道，她将让你在这种信仰中长大。对于她这可是了不起的努力。因为坦率地说，我第一次见她的时候，她对宗教的了解比我这辈子见过的所有的人都差。她是个极好的女人，可是对《圣经》一窍不通，其他宗教方面的常识也一无所知。按照她的情况这是真的。我是满怀敬意说这话的。

然而她身上总有那么一股妙不可言的认真劲儿。她最初来教堂的时候，总是坐在这座圣殿后面的一个角落里，但我觉得她是惟一真正听我讲道的人。我有一次梦见我给耶稣基督本人讲道，信口开河，说我能想得出来的蠢话。他坐在那儿，身穿白色长袍，看起来很有耐性、很悲伤，也很惊讶。会众对我讲道的感觉大概就是这样。事后我经常这样想。一定是这样，她再也不会来了。可是到了星期日，她又出现在那个角落。于是准备了一个星期的说教在我嘴里又一次变得味如嚼蜡。这些事情发生的时候，

---

① 摩西：犹太教、基督教《圣经》故事中犹太人的古代领袖，传说《圣经》首五卷为摩西所制律法。

② 法老：古埃及君王称号。

③ 法利赛人：古代犹太法利赛教派的教徒。该派标榜墨守传统礼仪，《圣经》中称他们为言行不一的伪善者。

④ 登山宝训：据《圣经·马太福音》，耶稣登山训众论福，其首句是："虚心的人有福了。"

我甚至连她的名字都不知道。

今天上午我和施密特先生——托拜厄斯的父亲作了一次有趣的谈话。他似乎听到儿子说一些不恰当的话。其实我也听到了。因为上星期，那一直是你们俩最喜欢说的玩笑话。我承认我认为这种玩笑话根本没有必要反对。我们小时候也说过这种话，我相信对我们的成长并没有造成任何损害。你们俩一个用稚嫩、清亮的声音问："AB，CD 金鱼？"另外一个用尽可能装出来的浑厚、低沉、俗不可耐、不无嘲讽的声音回答："L，MNO 金鱼！"然后两个人极不文雅地放声大笑起来。（让施密特先生心神不定的是字母 L。）那个年轻人非常认真。我绷着脸没有流露出什么表情，很严肃地说，根据我的经验对孩子最好不要管得太严，不要把他们和社会隔绝起来。如果对他们事事处处限制，管教就会失去力量。我的满头白发和牧师的权威终于说服了他，尽管他问了我两次，是不是一位论派[①]。

我和鲍顿说起这件事，他说："I have ong fet that better ought to be excuded from the aphabet."[②]然后笑了起来，笑得特别开心。自从听到杰克的消息他一直非常高兴。"他很快就回家了！"他说。我问他从哪儿回来，鲍顿说："他那封信的邮戳是圣路易斯[③]。"

---

① 一位论派：认为上帝只有一位，并否认基督神性的教派。

② 为了和上文的玩笑话呼应，鲍顿故意省略了句子中的 l，把 I have long felt that better ought to be excluded from the alphabet 说成 I have ong fet that better ought to be excuded from the aphabet. 意思是"我早就觉得最好把它（L）从字母表里排除掉"。

③ 圣路易斯：美国密苏里州东部港市，位于密西西比河畔、密西西比河与密苏里河交汇点南部。

我不会对你母亲提起和施密特先生的谈话。她非常希望你有个朋友。你没朋友的时候她难过得要命。她为你难过，简直有点过分。她总觉得过错在她。可是在我看来，根本就没有什么过错。

那天她对我说，她想读我放在阁楼上的那些旧讲道手稿。我相信她一定会这样做，真的相信。尽管不会全部都读，那得花几年的时间。也许我哪天可以从阁楼上取下一箱子，归归类。这样心里安宁点，觉得自己可以给后人留下更好的印象。就在讲道坛上，读我写下的那些文字时，我常常意识到，离我希望达到的标准相去甚远。从某种角度看，这些讲稿就是我一生最主要的工作。我不由得纳闷，自己如何能忍受得了这一切？

今天是纪念“最后的晚餐”①的日子，我讲《马可福音》②第14章22节。“他们吃的时候，耶稣拿起饼来，祝了福，就掰开递给他们说，你们拿着吃。这是我的身体。”通常布道时，我不讲《圣经》里这些原话，因为圣餐本身就是最美好的说明。可是最近几个星期，我一直在心里琢磨关于“身体”的事儿。受祝福、被碎裂的身体。作为《圣经·旧约》的经文，我读了《创世记》第32章23至32节，雅各③和天使格斗的故事。我还想谈一谈天生的肉体的癖性以及神恩与圣餐如何调和这种癖性。最近我一直在想我是怎样热爱自己的肉体的。

---

① 最后的晚餐：耶稣被钉上十字架前夜与他的门徒们共进的晚餐，期间他创立了圣餐，也作 Lord’s Supper。

② 《马可福音》：《圣经·新约》中的一卷，从门徒角度记录耶稣的一生和训导。

③ 雅各：据《圣经·旧约》记载是以撒之子，亚伯拉罕之孙。他的十二个儿子后来成为以色列十二个部落的祖先。

不管怎么说你都该记得，几乎所有人都离开了教堂，面包和葡萄酒还摆在桌子上，蜡烛还在燃烧，母亲领你走过侧廊，一直走到我面前，说："你应当把这些东西给他一点儿。"你当然太小了，但她的话完全正确。耶稣基督的身体为你而碎，耶稣基督的鲜血为你而洒。你那张庄严、漂亮、孩童的脸抬起来，从我手里接受圣体。这是最奇妙的圣餐礼，身体和鲜血。

这是我完全有可能错过的经验。现在，我只担心，没有足够的时间去品味这种思想。

今天早晨屋子里的阳光像平常一样明媚。这是一座朴素、古老的教堂，可以刷一层油漆装饰一下。在那些艰难岁月里，我经常在太阳升起前就走进教堂，坐在这儿看阳光照射到屋子里。我不知道在别人眼里这景象是不是也很美。那些早晨我的心灵非常平静。有时候为那些可怕的事情祈祷——经济大萧条，战争。周围的人们日子都过得很苦，一直持续了好几十年。只有祈祷让人心灵安宁。我相信你已经懂得这个道理。

那些日子如我所说，夜里大多数时间我都在读书。如果醒来时还坐在扶手椅里，如果时钟指向四点或者五点，我就想，在黑暗中走过一条条大街，走进教堂，看黎明的曙光照亮这座圣殿，该有多好！我喜欢听门闩抬起的声音。这幢建筑物已经安定下来，因此走过侧廊，听得见它屈服于你的重压时发出的响声。那声音比回声更悦耳，是一种亲切的、乐于助人的声音。这声音只有你一个人在场才能听见。也许它不会感觉到一个孩子的重量。但是如果你读到我写给你的这些文字时，它还矗立在那儿，如果你离这个地方不是千里之遥，或许可以找机会一个人进去，体会一下我说的这种感觉。过了一段时间我确实开始想，我是不是更喜欢教堂里面空无一人。

我知道人们正在计划推倒这座教堂。他们在等待，等我不再在这里讲道时才动手。他们是一片好意。

人们常常夜里起来，因为婴儿患急腹痛、孩子生病，或者夫妻干仗，或者焦虑不安，或者满腹歉疚。当然还有送奶工以及上早班、下夜班的工人。有时候我从族人门前走过，看见窗口射出灯光，不由得想也许应该进去看看是不是有需要我帮忙的事情，可是转念一想，或许这样做只能打搅人家，便继续走自己的路。我也从鲍顿家门前走过。那是我真正知道他们家那些麻烦事儿之前好多年的事了，尽管我们的关系一直很密切。有时候我一点儿也不困，也不想看书，就半夜一两点到大街上溜达。那时候大约一个小时我就可以走遍小城的每一条大街，经过每一幢房子。路上我努力回想每幢房子里住的是谁，我对他们了解多少。人数很多。因为他们之中有许多人不是我的会众，是鲍顿的会众。我为他们祈祷，想象他们不曾期望、无法解释的事情——消灾祛病、平息纷争或者实现梦想中的安宁。然后我就走进教堂，再祈祷，等待天亮。看着长夜结束我常常心里难过，虽然我喜欢看黎明到来。

夜里，树木发出的响声不同，散发出的气味也不同。

如果你还记得我，就会发现我是用我对你说的这些话做一点解释。如果你不是以孩子的眼光而是作为成人看我的话，肯定会在我身上发现那种在黄昏时或黎明前活动的动物的特点。读到这里，我希望你能理解，当我说到我的幸福岁月之前的那些漫漫长夜的时候，我想起的安宁与慰藉远比忧伤和孤独多——忧伤，但从来不是没有慰藉；孤独，但从来不是没有安宁。几乎从来不是。

有一次鲍顿和我花了一晚上研究经文，我们一直讨论，累得精疲力竭，我便陪他走出门廊。我一辈子也没见过那么多萤火虫。成千上万的萤火虫到处都是，从草丛中飞起在半空中熄灭。万籁俱寂，夜色正浓，我们在门口的台阶上坐了好长时间，看那飞来飞去的萤火虫。鲍顿终于说："人犹如火星向天上飞去，生来就要遇到麻烦。"确实，那个夜晚大地仿佛在闷燃。是的，过去是，现在依然是。古老的火化作黑色的硬壳，变成核，就像我们这个行星。我想同样的比喻可以用于描绘作为个体的人。也许基列，也许文明世界，概莫能外。稍稍捅一下，火星就向天空飞去。我不知道是诗为萤火虫祝福，还是萤火虫为诗祝福，或者这二者都为烦恼祝福，总而言之，从那以后我一直非常喜欢它们。

杰克·鲍顿来过电话，也就是和我同名的那个约翰·埃姆斯·鲍顿来过电话[①]。他还在圣路易斯，还在计划回家。是格罗瑞来告诉我的。她也是又兴奋又焦急。她说："爸爸听见他的声音高兴坏了。"我估计他迟早会出现在家人面前。我不明白一个小伙子怎么会让那么多人失望，从来就没有给任何人一个希望的理由。应该说他早就不是什么小伙子了，而是个大男人，因为他早已年过三十。不，到现在他一定已经四十多岁了。他不是鲍顿家最大的孩子，也不是最小的，或者最好的、最勇敢的，他只是

---

① 杰克（Jack）是约翰（John）的昵称，故有此说。

最受宠爱的那个。我想我也许应该告诉你一个关于他的故事，或者这个故事中我认为适合你听的部分。下一次吧。我必须三思而后行。有机会和他谈话的时候，我一定把所有的麻烦都扔到脑后，而且一字不写。

老鲍顿盼望看到他，也许既焦急又热切。他的孩子们都不错，但是真正放在心上的只有这一个。丢失的羊，丢失的钱币。这个浪子，不要对他有太大的指望。成年之后我每星期至少说一次，上帝的爱和我们的功绩之间总是有明显的差距。可是当我看到为人父母者和子女之间的这种差距，还是有点儿气恼。（我知道，你一定会是，我也希望你是一个出类拔萃的人，即使你不是，我也绝对爱你。）

今天早晨我做了一件傻事。天还没亮我就醒来，于是想像从前那样步行到教堂。我留了个字条，你母亲也看到了，所以我想事情还没有弄得太糟。（我承认，字条是后来想到的。）她似乎以为我一个人出去找死去了——按照我的思维方式，这可不是什么好主意。我对自己生命最后时刻会是个什么样子一直有点担心。这是另外一件你知道，我却不会知道的事情——如何完结。也就是说，你将看到我的生命如何终结。这是你母亲非常关心的事情，当然也是我关心的事情。我没有把握确信自己的身体不会突然之间就不行了。想起这一点我就心烦意乱。大多数时候我并不觉得哪儿不舒服。因为不总是这儿疼那儿痒，我就常常忘了自己有什么毛病。

医生告诉我，从椅子上站起来的时候要小心。他还告诉我不要爬楼梯。这就意味着，不能到书房读书。这事儿我做不到。他还让我每天试着喝一小杯白兰地。我照此办理，每天早晨站在餐具室，一饮而尽，因为你的缘故拉着窗帘。你母亲觉得非常好玩。她说：“如果你细细品味，一定对身体更有好处。”但我母亲就这样喝酒，我又是个重视传统、因循守旧的人。上次她带你看医生的时候，医生说，如果你把扁桃体摘除了，会更健壮。想到他总能从你身上挑出毛病，你母亲回家时觉得头晕目眩，我就给她倒了一杯我当药喝的白兰地。

她想把我的书搬到楼下客厅，让我在那儿康复。为了不让她着急，我同意她的意见。我对她说，我无法给自己的生命期再增加片刻的时光了。她说：“好呀，我也不想给你减掉一时一刻。”一年前她会说“也不会”。我一直爱听她说话，但是她认为，为了你，必须提高自己的表达水平。

如我所说，我在夜色中走进教堂。那天夜里月光非常明亮。你不熟悉黑夜的世界真是怪事。我无数次见过明亮得足以投下阴影的月光。风还是同样的风，摇动着同样的树叶，不分白天、黑夜。小时候我每天都起得很早，取水，取劈柴。那是一种完全不同的生活。我记得走进黑暗之中仿佛走进冰冷的茫茫大海。房屋、棚屋、树林，都在“海水”中漂浮，就要离开它们的停泊地。那时候我总觉得自己是个“入侵者”。现在也还有这种感觉。好像黑暗有权拒绝所有的东西，我跨出家门便亵渎了它。今天凌晨，月光照亮的世界宛如一个久远的、无法追忆的熟人。这个熟人，我一直想待之如友。然而即使有过什么机会也已经擦肩而过。说来也怪，我觉得自己就是这个样子。

不管怎么说，那一刻我觉得特别有必要沿着那条路一直走到教堂。走进去，坐在黑暗之中等待黎明到来，全然忘记你母亲会因此而着急。实际上这些日子我很少想起自己终有一死。我说过我身上确实有点疼，但是不常发作，而且即使发作也不太厉害，久而久之也就不以为意了。

对于我的身体我必须更加当心。那天我想把你抱在怀里，就像你还没长这么大，我也没有这么老时那样。这时候我发现你母亲正非常担心地看着我，我才意识到自己这样做真蠢。我一直喜欢那种感觉——你牢牢地攀附在我的身上，就像猴子，爬在一棵大树上。我体味着男孩子的瘦削，男孩子的力量。

我又跑题了，也就是说，离开了你的宗谱。我还有许多事情要告诉你。我的祖父在联邦政府军里干过，我想这事儿我对你讲过。他认为他应该像正规的士兵那样上前线打仗，可是人家说他年纪太大了。他们告诉他，爱荷华州有一个“白胡子团”，专门招收老家伙。这些“老家伙”用不着打仗，他们的任务是看守给养和铁路线以及诸如此类的事情。可是他一点儿也不喜欢这个主意，最后终于说服他们让他留下来当随军牧师。他没有带任何可以证明他是牧师的证书。我父亲说，他让他们看了看他随身带着的那本希腊文的《圣经·新约》就足以证明他的身份了。我现在还保存着这本已经残缺不全的书。他们告诉我，这本书曾经掉到河里，直到相当破旧，也没能完全干透。我记忆中的故事是他在一次秩序混乱的撤退——实际上是溃退——中被敌军追上，仓皇中《圣经》掉到河里。正是这本《圣经》被人从堪萨斯州送到我父亲手里，然后我们才去寻找老人的坟墓。

和我一样，我的父亲也生在堪萨斯州。因为老头从缅因州来帮助自由土壤党[①]人争取选举权。那时候正要投票通过一项法案，这项法案将决定堪萨斯州是否进入联邦，堪萨斯州要成为自由州还是蓄奴州。因为这个原因许多人都来这儿奔走呼号。密苏里州的人也来这儿活动。他们希望堪萨斯州归顺南部邦联。所以有一阵子那里的局面相当混乱，失去控制。最好忘记吧，我的父亲经常说。他不愿意提那时候发生的事情。他和祖父的关系因为那些事情搞得很僵。后来我对那个时期的文献做了大量的研究，觉得还是父亲对。不过这也无所谓，因为人们早已把那些事情忘得精光。当然发生过许多不同凡响的事件，但是，从那时候起，世界上出现了那么多麻烦，人们很少有时间总去想堪萨斯州的那些事。

我还是个小男孩儿的时候就搬进了这幢房子里。好多年都没有电，点的都是煤油灯。更没有收音机。我还记得母亲非常喜欢她的厨房。当然，那时候的厨房和现在的厨房有很大不同。我们有一个冰盒，一个带抽水机的洗涤槽，一个放馅饼的冷藏箱，一个烧木柴的炉子。那张旧餐桌和现在我们用的这张没有什么两样，餐具室也一样。她那张摇椅离炉子那么近，用不着起身就能打开炉门。她说这是为了不让东西烤煳。她还说我们浪费不起。这倒是真的。可她还是经常烤糊，而且随着岁月流逝，烤糊的时候越来越多。不过，我们照吃不误，所以也没有浪费。她喜欢暖融融的火炉，但是坐在炉火旁边，特别容易睡着，尤其洗了

① 自由土壤党：1848 至 1854 年间反对奴隶制的美国政党，提出“自由土壤，自由言论，自由劳动，自由人民”的政治口号。

一天衣服，或者做了一天果酱之后。哦，上帝保佑她的心脏。她腰痛，还有风湿性关节炎。为了治病，她喝一点儿威士忌。夜里她总睡不好觉。我想，我就是遗传了她这个毛病。她说，猫打个喷嚏就能把她吵醒，可是，当礼拜日的大餐在离她两英尺之遥的炉子上冒烟的时候，她却能酣然大睡。那是星期六，因为我们家严格遵守安息日[①]的时间。所以我们提前整整一天就能知道期待中的饭菜是什么——我记得特别清楚的是烧糊的豌豆、烤焦的苹果泥。

我第一次对你母亲提到星期日晚上不必熨衣服时，她吃了一惊。让她不要干活儿那么难，以至于我不知道对她大谈“休息日”有何成效。主知道，她想弄清楚这些习惯，而且也都记在心里。发现学习不算干活儿，她大大松了一口气。不管怎么说我从来不认为学习是工作。所以现在她坐在餐桌旁边，抄写她喜欢的诗歌和短语，还有这样那样的生活常识。她这样做都是为你，因为我要走了，她得为你树立榜样。她说：“你最好告诉我，应该读些什么书。”于是我从书架上拿下一本约翰·多恩[②]的诗集。事实上对于我来说，这些年他的作品一直意义重大。“短暂的睡眠过去，我们长久地醒。/不再有死亡；死亡，将永远消逝。”多

---

① 安息日：基督教徒大都以星期日为安息日，犹太教徒和某些基督徒以星期六为安息日。这部小说的主人公以星期日为安息日，母亲在星期六为第二天的饭菜做准备，故有下文的“所以我们提前整整一天就能知道期待中的饭菜是什么……”

② 约翰·多恩（1572—1631）：英国玄学派诗人和神学家，曾任詹姆斯一世的宫廷附属教堂牧师、圣保罗大教堂教长，著名作品有《歌与十四行诗》，宗教长诗《灵魂的进程》等。

恩的诗集里还有一些非常美妙的诗句。如果你还没有读过的话，我希望你读读。你母亲努力让自己喜欢他。但我真希望能有一些新书让她读。我的藏书大都是神学方面的书籍，还有一些战前出版的旅游方面的旧书。我敢肯定不少我过去喜欢读的珍贵资料、文学杰作早已没了踪影。

你母亲到公共图书馆借书。和周围大多数单位一样，这家图书馆长期以来也很不景气。上次她带回一本《寂静松林的小路》。这本书已经很破，用胶粘带粘着。她看得入迷，完全被书中的人物和故事所感动。为了不打断她，晚饭我做了几个炒鸡蛋、奶酪三明治。许多年前我读过这本书。那时候风靡一时，人手一册。但是我不记得自己特别喜欢这本书。

我还是个小男孩的时候，听说村子里出了个杀人犯。凶器是一把鲍伊猎刀[①]，据说被扔到了河里。所有的小孩儿都谈论这件事情。一个老农民在牲口棚里挤牛奶的时候，被人从背后袭击。有一个人有把鲍伊猎刀，他很为自己这把刀骄傲，经常拿出来炫耀，结果被列为主要嫌疑犯，差点被绞死。我想因为他拿不出那把刀，村民们又谁也找不到那把刀。于是大家认为一定被他扔到了河里。他的辩护律师指出嫌疑犯另有其人。也许是个陌生人偷了那把刀，杀人之后把刀扔到河里或者携刀而逃。这种分析听起来当然也很有道理。除此而外，世界上并非只有他一个人有鲍伊猎刀。再加上谁也说不出他的作案动机，最后只好把他释放。

---

① 鲍伊猎刀：单刃猎刀，比匕首略长，传说由1799年出生于美国的墨西哥殖民者詹姆斯·鲍伊所创，故称。

这样一来没人知道凶手是谁，该怕谁，搞得很恐怖。刀的主人不知去向。不时有谣言传来，说他就在这一地区。也许这个可怜的家伙真的就在这一带。因为这儿有他的姐姐。除了这个姐姐，他在世上没有第二个亲人。谣言通常在圣诞节传播得最热闹。

这些事让我非常担心。因为有一次，父亲带着我往河里扔了一支枪。祖父有一把手枪，是战争爆发前他在堪萨斯州捡的。离开西部时，他把一条旧军毯留在父亲家里。那是用细绳捆着的一个包裹。得知他去世的消息之后我们打开包裹，看到里面包着几件曾经是白色的衬衫、几十篇布道用的手稿，还有另外一些用细绳捆着的纸和那把手枪。当然我最感兴趣的是那把手枪。那时候我比你现在大得多。父亲看了很厌恶。祖父留下的那些东西对他似乎是一种冒犯。他便把这些遗物都埋到地下。

他挖了一个足有四英尺深的坑。他挖坑的样子给我留下了深刻的印象。然后他就把那个包裹扔了进去，开始填土。我问他为什么要把讲道手稿也埋掉——那时候我自然而然地认为一切手写的东西都是讲道用的稿子。事实证明我没有猜错。还有几封信。我之所以知道那些是信，因为埋到地里还不到一个小时，父亲就又把它们挖出来。他把衬衫和纸放到一边，把枪埋了进去。大约一个月之后他又把枪挖出来，扔到河里。如果他把那玩意儿埋在地里，应该在院子后面的篱笆之下，也许离篱笆一两英尺远。

他没对我说什么。哦，把那支很大的枪扔到坑里时，他倒是说了句："就把它埋在这儿吧。"然后他把讲道手稿递给我，让我拿着，自己抖了抖那几件衬衫，叠好。他让我把那些纸拿回家，他又把坑填好，在上面踩了又踩，踩了又踩。过了大约一个月，他又把枪挖出来，放在树桩上，用借来的大锤砸得稀烂，然后用一块粗麻布包好，领着我向那条河的下游走去，离我们通常钓鱼的地方挺远。他使劲把那些砸碎的零部件扔到河里。当时的情景给我的印象是他希望那些东西压根儿就不存在，即使沉入海底也不会让他心满意足。如果想出让它彻底消失的办法，他一定会再从海底把那些玩意儿捞出来。我说过，那是一支很大的手枪，枪柄上有你在铸铁散热器上看到的那种装饰图案。我似乎还记得它的冰凉、它的分量以及留在我手上铁的味道。但是我知道父亲绝对不会让我碰这种东西。我想那支枪一定用镍镀过。坦率地说，我想这支枪一定和可怕的罪恶有过联系。因为我的父亲从来没有真正告诉我他和祖父不和的原因。

他用水管子把那两件衬衫冲洗干净，然后下摆夹在妈妈的晾衣绳上挂起来。我断定他要把它们烧掉。那玩意儿沾满油污、早已泛黄，看起来特别寒碜，袖子耷拉下来，被风吹得晃来晃去，“头”朝下挂着，就像倒挂着准备梳理皮毛的一头鹿，看起来破烂不堪，让人脸红。我的母亲走过来，从晾衣绳上取下那两件破衬衣。那时候一个女人晾出来的衣服可以让她骄傲无比，也可以让她大丢其人，尤其是白颜色的东西。洗衣服是个重活儿，母亲做梦也想不到将来会有洗衣机、甩干机。她用洗衣板把衣服搓得干干净净，漂洗得又白又透亮，的确非常出色。所有的女人都是这样。每个星期一是洗衣服的日子。刚刚有电的时候，天亮前和吃晚饭时会来一会儿电，为大家做家务提供方便；星期一额外供应几个小时，为女人们洗衣服提供方便。

是呀，我母亲不能容忍这样又破又脏的衬衣挂在她的晾衣绳上。她坚信，人们判断她的人品主要看晾衣绳上晾的衣服，我不能说她这种看法不对。不过她思想里还有比这种想法更多的东西。《圣经》里有几句经文我父亲特别喜欢。“战士在乱杀之间所穿戴的盔甲，并那滚在血中的衣服，都必作为可烧的，当作火柴。”这是《以赛亚书》[①]第9章第5节的话。母亲一定觉得她知道他想怎么做，一定对那些东西很轻蔑。不管怎么说，她把衬衫拿走擦洗一番，泡了一夜，用靛青漂白粉漂白，终于收拾得干干净净，除了有几块洗不掉的黑斑。她说那是墨汁。还有几片棕色的污渍，是血迹。她把衬衣挂在葡萄架下，那儿没人看得见。晾干之后她又仔仔细细熨烫。她一边熨一边唱，熨完之后虽然还有污渍和枪伤留下的血迹，但看起来已经相当不错了。她把衬衣叠好，那么白，那么干净，看起来就像大理石胸像。她把衬衫装在一个面口袋里，埋在篱笆旁边的玫瑰花下面。我的父母并不总是“一条心”。

我应该在那儿挖一挖，看看还有没有那两件衬衫的踪影。她费了那么大气力，如果最终只是像扔掉的垃圾，一定是一件令人遗憾的事情。我个人认为如果烧掉更好一点。

有一次我鼓起勇气问父亲，祖父是不是做过什么错事。他说：“对于他做的事，上帝会做出评判。”我因此而相信他肯定犯过什么罪。我们家里什么地方有一张祖父的照片。这张照片是他年老之后拍的，可以帮助你明白为什么我这样认为。那是一幅拍得不错的头像。一个满头乱发、独眼、骨瘦如柴的老人，拳曲的胡子就像沾了油漆而且干透了的油漆刷子。他凝视着照相机，仿

---

① 《以赛亚书》:《圣经·旧约》中的一卷。

佛那镜头突然之间因为什么可怕的事情向他发难，而他还在思考如何回答，并且用凶残的目光挡住问题的锋芒。这样一副表情当然只能用负罪之感解释。

因此，我倾向于相信，祖父做了非常可怕的什么事情，父亲在隐瞒证据，而我也被卷入这个秘密之中——不知道我在哪些问题上被卷了进去。哦，我想这是人性的局限。我相信我被卷了进去，即使从来没有看见过那支手枪，也会。我的经验是，罪恶可以突破最小的豁口淹没整个田野，潜藏在水塘和黑暗中，就像水那样自然。我相信，父亲多多少少在为该隐[①]掩盖罪证。就我那时知道的情况，堪萨斯州发生的事情都隐藏在这一切背后。

那个农民被杀之后，我认识的孩子们都不敢去挤牛奶。如果奶牛憋得厉害非挤不可，孩子们就让奶牛站在他们和大门之间。不过挤奶这种事情很挑剔，常常不能这样做。于是他们就让小姐妹、小兄弟和狗站在黑暗笼罩的牲口棚外面放哨，一看到陌生人马上通报。好多年人们一直这样生活着。故事流传给更年轻的孩子，直到那个凶手不管是谁，也早已变成老头。父亲不得不亲自挤奶，因为我哥哥总是忙不迭地挤压奶牛的乳房，以至于奶牛不再像先前那样产奶。后来村民们又流传有人藏在鸡舍里。于是孩子们谁也不敢去收鸡蛋，即使硬着头皮去收，也因为匆匆忙忙，要么丢三落四，要么把鸡蛋打破。过了一段时间，大家又说看见有人藏在木柴棚子里，菜窖里，顶楼上。这个地方发生的变化，真是触目惊心。恐惧一直笼罩着孩子们，尤其那些年纪更小的孩

---

① 该隐：在《圣经·旧约》中，是亚当和夏娃的长子，他出于忌妒而谋杀了他的弟弟亚伯并作为逃犯而被判罪。

子，他们不记得凶杀案发生之前这里一片祥和，以为恐怖是自然而然的事情。家务劳动那时候的确非常重要。如果三四个县每一个农庄每天少挤一品脱牛奶，少收几个鸡蛋，二十年加起来，那将是多么大的损失。我不知道孩子们还会听到这个古老故事怎样的版本，会不会因为他们还害怕做家务，而慢慢减少这个地方的财源。

我们大家一看见有个影子晃动或者有咚咚作响的声音，就连忙跑出牲口棚或者柴房。于是有更多的故事流传。我记得有一次路易莎说，我们应该为那个人回心转意、皈依上帝而祈祷。她的想法是要找到问题的根源，而不是代表我们这些有可能处于危险境地的孩子祈求神灵的干预。她说，这样做还可以保护那些从来没听说过那个杀人凶手的人，保证他们在挤牛奶之前用不着做祈祷。这个主意听起来很有道理，能从根本上解决问题。于是我们就开始为那个人皈依上帝而祈祷，至于效果如何只有天知道。如果你和托拜厄斯碰巧听到这个故事，我可以向你保证，那个坏蛋已经一百多岁了，对任何人都不会造成威胁。

我确实是因为父亲和祖父的一次吵架，知道了一点儿关于衬衫和手枪的事。祖父当然和我们一起到教堂做礼拜。那天父亲刚刚讲了大约五分钟，祖父就站起身走了出去。我记得父亲那天讲的经文是："你想，百合花怎么长起来？"[①]母亲让我出去找他。我看见他沿着大路走，便一路小跑追过去。他转过脸，独眼凝视

① 引自《圣经·路加福音》12∶27。

着我，说："去你应该去的地方！"我只好再回教堂。

晚饭之后他才回家。我和母亲正往下收拾餐具，他走进厨房给自己切了一块面包，连一句话也没对我们说。就在这时父亲走上门廊前面那溜台阶，站在门廊下面看着他。

"牧师。"祖父看见他之后说。

我父亲说："牧师。"

母亲说："今天是礼拜天。是主日。是安息日。"

父亲说："我们都知道。"但是他没有从门廊走开。母亲连忙对祖父说："坐下，我给你拿个盘子。你总不能吃片面包了事。"

他坐了下来。父亲走进来，在他对面坐下。两个人好一阵子没有说话。

过了一会儿父亲说："我讲的道是不是惹你生气了？你听到的那几个字让你不高兴了？"

老人耸了耸肩："谈不到生气不生气。我只是想听讲道，所以就去了一趟黑人教堂。"

又过了一会儿父亲问："好呀，你听到讲道了吗？"

祖父耸了耸肩："经文是'爱你的仇敌'。"

"在我看来，眼下这倒是一篇极好的经文，"父亲说，"刚刚有人在教堂后面放了一把火。早些时候，我已经提到过这事儿。"

老人说："充分表现了嫉妒精神。"

父亲说："你听起来很失望，牧师大人。"

祖父一双手捧着脑袋，说："牧师大人，没有足以表达痛苦的字眼，没有足以怀抱希望的漫长的日子。没有一个头。失望。我吃饭失望，喝水失望，醒来失望，睡着也失望。"

父亲的嘴唇变白了。他说："是呀，牧师大人。我知道你对战争寄予无限希望。我却把希望寄托在和平上，所以我不失望。因为和平是它自身的报偿。和平是它自身的理由。”

祖父说：“这正是我的心灵被扼杀的原因，牧师大人。上帝从来没有到过你身边，六翼天使从来不曾饶恕你的罪过——”

父亲从椅子上站起来。他说：“我记得你穿着那件带血的衬衫，腰里别着那把手枪走上讲道坛。我当时脑子里想到的东西像任何‘启示’一样清楚明白。那就是，这和耶稣没有任何关系。没有。没有。就像任何一个人对所谓异象深信不疑一样，无论过去，还是现在，在这个问题上我都不怀疑。我不顺从任何人。不顺从你，不顺从使徒保罗①，不顺从约翰②。牧师大人。”

祖父说：“‘所谓异象’。上帝站在我的身边，向我一百次展示你现在要站在这儿的事实。”

过了一会儿，父亲说：“谁也不会怀疑这一点，牧师大人。”

他们的分歧自此真正公开。不久之后祖父就离家出走了。他在厨房餐桌上留了一个字条：

善未到来，恶未终结。

这就是你的和平。

没有异象人就会灭亡。

上帝保佑你们，照顾你们。

我至今保存着这张字条。我把它夹在《圣经》里。

---

① 保罗：犹太人，曾参与迫害基督徒，后成为向非犹太人传教的基督教使徒，《圣经·新约》中《罗马书》的作者。

② 约翰：《圣经》故事人物，耶稣十二使徒之一。

我经常看父亲站在讲道坛上，讲亚伯[①]愤怒的呼喊。我也经常纳闷他怎么能以那样的方式讲这个故事。我非常尊重父亲。我觉得，他肯定会掩盖他父亲的罪行，而我也会掩盖自己的罪行。看他站在讲道坛上大谈上帝如何痛恨说谎，我们的所作所为终将大白于天下的时候，我怀着一种最古怪、最痛苦的激情去爱他。

随着时间的推移我渐渐明白，战争爆发前祖父在堪萨斯州的暴力活动中陷得很深。我曾经说过，这正是他们矛盾的根源。他们后来达成共识永远不再提堪萨斯州的事。所以我相信，父亲在自己家里发现那些“纪念品”——可以这么说——一定非常厌恶。那是我们去堪萨斯州寻找老人坟墓之前的事。我想父亲一定会为自己当时那么恼怒，那么痛恨祖父而觉得应该真诚地悔恨。

父亲痛恨战争。一九一四年，他差点儿一命呜呼。医生说他得了肺炎，但是我认为毫无疑问主要是因为生气和恼怒。战争刚刚爆发的时候整个欧洲一片喜庆，就好像最美好的事情马上就要发生。游行队伍浩浩荡荡，铜管乐队演奏着进行曲穿街而过。我们已经知道，我们正把军队送到战火纷飞的战场，那是多么悲惨的事情！整整四年，我每次看报都非常可怜父亲。他看到了堪萨斯州的动乱，然后他的父亲就随军到了前线。最后，战争快结束时，他也上了前线。他有四个姐妹，一个弟弟。他母亲身体不好，四十多岁就撒手人寰，留下一大堆孩子自己照顾自己，由他们的父亲、我的父亲、邻居、会众中的好心人——或者说会众中没有上前线还剩下的人——照顾。他的弟弟，我的叔叔爱德华兹

① 亚伯：《旧约》中亚当和夏娃的儿子，后被其兄该隐杀害。

离家出走，或者说大家都希望他是离家出走。不管怎么说，他失踪了，战乱之中再也没有找到他。他的名字和神学家乔纳森·爱德华兹[①]的名字一样。祖父那一代人对这位神学家非常崇拜。我的哥哥爱德华本来和叔叔同名，也叫爱德华兹，但是他从来就不喜欢名字后面那个s，上大学时自作主张把它去掉了，变成爱德华。

格罗瑞来告诉我，杰克·鲍顿回家了。这天晚上他在父亲家里用晚餐。她说，明天或者后天杰克会来看望我。我很感谢她提前告诉我这个消息。我可以利用这段时间做点儿准备。鲍顿当年用我的名字给他这个儿子命名。因为他认为，他不会再生儿子了，而我压根儿就不会有孩子。他真是一片好心。可是十四个月之后，上帝就又赐给他一个儿子——西奥多·德怀特·魏尔德·鲍顿[②]。他获得医学学士学位和神学博士学位，在密西西比州什么地方专门为穷人开设了一座医院。他为鲍顿家争了光。有一次杰克说，他很高兴他不是他们家惟一经常见诸报端的人。想到父母如何艰难地面对因他而陷入的尴尬，这个玩笑不无辛酸。因为每次要印下他的全名——约翰·埃姆斯·鲍顿，更让他们难堪。

---

① 乔纳森·爱德华兹（1703—1758）：美国清教神学家和哲学家，为正统宗教改革提供哲学论证，主张合理宗教，认为真正的德行应是对上帝的爱，著有《意志自由》等。

② 西奥多·德怀特·魏尔德（1803—1895）：美国废奴主义运动者。他的宣传小册子《奴隶制度现状》激起了哈丽雅特·比彻·斯托创作了小说《汤姆叔叔的小屋》。本文作者以他的名字给鲍顿的儿子命名，以说明鲍顿的政治立场。

我们两个人在堪萨斯州迷路之后四处游荡。这当儿，父亲给我讲了许多事情。我想一方面是为了消磨时间，另一方面是想向我解释，为什么他认为祖父会到这里，为什么我们必须找到他，准确地说，找到他的坟墓。父亲说，祖父从战场上回来之后，每逢安息日就出去和贵格会教徒[①]坐在一起。他说，他父亲的教堂一半都空着。去做礼拜的几乎都是寡妇、孤儿、失去儿子的母亲。有的男人从营房带回疾病——他们管这种病叫作“营房热”[②]——传染了家人。有的男人曾经被关在安德森维尔[③]，回来时已经无法救治。他说，教堂墓地里的坟墓一半都是新坟。他的父亲每个礼拜日都来讲道，大谈所有这一切证明了神的公正与正直。老太太们听了轻声啜泣，他说，孩子们也跟着哭了起来。那场面他无法忍受。

现在，我站在祖父的立场去想象，不知道他还能说些什么，不知道他还能把什么当成真实。他确实布过道，鼓舞那些年轻人去打仗。他的教堂遭受过猛烈的袭击。战争一开始他们就参军，一直打到战争结束，所以南部邦联的支持者没少朝他们身上开枪。祖父和他们一起上前线，尽管那时候他已经四十多岁。他失去了一只眼睛，终于回来的时候伤口早已愈合，就像什么也没有发生。他已经那么习惯自己蒙受的损失，甚至忘了告诉家里一声。那场战争过后，受点伤、留个疤，已经是司空

① 贵格会教徒：基督教新教的一个派别，反对任何形式的暴力和战争，不尊称任何人，也不要求别人尊称自己，不起誓。

② 营房热：露营发生的热病，尤指斑疹伤寒。

③ 安德森维尔：位于乔治亚洲中部偏西南阿梅里克斯东北偏北的一个村庄。南北战争期间一万两千多名士兵死在这里臭名昭著的邦联监狱里，现已成为国家历史遗址。

见惯的事情。那么多人被截肢。我还是个小孩子的时候，周围那么多老家伙缺胳膊少腿。那时候至少在我的眼睛里他们已经很老。

祖父回来和他的会众待在一起，照顾孤儿寡母，他做了一件令人尊敬的事情。循道宗信徒[①]集资建一座教堂，已经在路那边买下一块地，所以由他管辖的教徒没必要非得和他待在一起。有的人确实离他而去。我是从祖父的讲道手稿中得知这一情况的。那些手稿父亲埋到地下之后又挖了出来。祖父对循道宗讲道的巨大的吸引力做了一番评论，对新牧师的年轻有为大加赞扬。这位年轻的牧师为美国联邦事业做出积极的贡献。我把这份讲道手稿读了很多遍。别的稿子上都洒着墨水。

新来的人和年轻人都成了循道宗信徒。他们在河边举行露天集会。从各地农村来的几百号人钓鱼，野炊，洗衣服，相互拜访，直到傍晚。夜幕降临之后他们就点起火把，讲道，唱赞美歌，直到深夜。祖父也去那儿，非常欣赏他们举行的这些活动。礼拜日他就打开门窗，让家里人听河边传来的歌声。他尊敬循道宗信徒，因为他们承受了战争诸多的负担。他不相信他们会长久地忍受主教的统治。

我估计他知道自己不可能再回到那座像他一样蒙受了重大损失的教堂讲道，只好出去给人家干零活儿——修房顶，修门廊，辅导小孩读书，宰猪。总之，你能想到的活儿他都干，因为剩下的那点会众给不了他什么东西。那些雇他打杂的人也只能给

---

① 循道宗信徒：基督教新教路德教会的成员，此教会遵循英格兰的约翰和查尔斯·卫斯理在十八世纪初期提出的原则，该教派的特色是积极关心社会福利和公众道德。

他一只炖母鸡或者几个土豆。大多数时候他干活儿仅仅因为那些活儿需要干。他到一家劈引火柴，到另外一家砍树，“扶持孤儿和寡妇”（这是《诗篇》第 146 章里的话），父亲说。他给战争部[①]写过无数封信，替退役老兵和寡妇们要补助金和抚恤金。这种钱要么从来没有来过，要么来得慢而又慢。父亲说，这件事颇具讽刺意味。因为那时候他和妹妹们从某种意义上讲也是没有爹的孤儿。他们的母亲很明显不久于人世，家里的日子过得非常艰难。

父亲那时已经长大成人，二十多岁。两个妹妹也将近成年。如果不是祖母身体不好，经常被病痛折磨，他们的日子本来还过得去。我想，她一定是得了什么癌。那时候城里有个医生也跟部队走了，而且一直没有回来，究竟是打仗死了还是怎么回事，谁也不知道。尽管有传言说，他脑袋一侧打进去一块弹片，从那以后一直没能恢复健康。不管怎么说那时候缺医少药，人们只能拿膏药、鱼肝油、芥子硬膏[②]，或者白兰地治病。外伤就用针缝合。

父亲说，邻居的女人们用红三叶草花熬汤给祖母治病。这种“药”大概至少没什么坏处。女人们还剪掉她的头发，因为她们认为长头发会让她的力气渐渐枯竭。看到剪下来的头发她哭了。她说，生命中最让她骄傲的东西之一就是这满头秀发。父亲说，她已经被病痛折磨得筋疲力尽，完全没有先前的模样，可

① 美国战争部：美国陆军部的前身，1789 年由美国国会创立，1947 年变更为美国国防部下设的陆军部。

② 芥子硬膏：由黑色芥子末、面粉和水混合制成的酱状医用膏，特别是用来作对抗刺激剂。

是这几句话一直在他耳边回荡，也在妹妹们耳边回荡。那个年代，就连我还是个孩子的时候，女人们都留长发。因为她们觉得《圣经》说应该把头发留起来（《哥林多前书》[①]第 11 章第 15 节）。如果得了病就要剪掉。对于女人这是一件伤心事，和她们不得不经历的其他痛苦一样，是一种耻辱。所以这件事让祖母受到沉重的打击。父亲告诉祖父她的情绪多么低落时，祖父说："你回来了，我回来了，我们俩都很健康，胳膊、腿都能派上用场。"父亲认为他这话的意思是，因为她的痛苦还没有超过这个地区大多数人们的痛苦，所以他不能特意拿出时间去照顾自己的妻子。

我认为这位老牧师主要的错误是，总是竭尽全力做好那些涉及伦理道德方面的事情，虽然最终受到人们的赞美，但是对家人造成了某种伤害。漫长的岁月里他确实有过许多异象，这些异象对他提出苛刻的要求，所以和别人相比，他更难松懈下来。我说过，在一次仓皇的溃退中，他那本希腊文《新约全书》过河时掉在水里丢了。我总觉得这件事有一种象征意义。他这辈子河水从来没有为他而分流，就我所知，一次也没有。他总是面对无穷无尽的困难——不曾有稍微的和缓，而他又总能知难而上。

几年之后，有人从阿拉巴马州把那本《新约全书》寄给他。显然，某位南部邦联的支持者费了好大力气找回这本书，又设法查明那天他们追赶的是哪个团哪个连。那个连的随军牧师又是谁。此举或许不无嘲讽之意，但是不管怎么说，还是值得称赞。

① 《哥林多书》：基督教《圣经·新约》中的一部分。以 1、2 冠其前，分别指前书和后书。

书已经破烂不堪。我希望你能保存它。虽然它属于那种看起来毫无价值的东西。

我相信，这位老人对于什么是异象的看法一定不够深刻。他也许——可以这样说——被自己经历的“灿烂辉煌”搞得眼花缭乱，意识不到日头照着所有人。或许这是我想告诉你的事。有时候，任何一个特殊的日子的异象会在你对它的回忆之中重新降临于你，或者随着时间的流逝，记忆之门大开。比方说，不论什么时候我把一个孩子抱在怀里施洗礼的时候，就更充分地理解了自己已有的经验——因为看到更多的生命，因为更清楚地认识到确认一个人神圣不可侵犯的权利意味着什么。我认为只有在记忆之中，只有在回首往事的时候，所谓异象才会在我们眼前出现。这是讲道坛上讲的话，但是它道出了真情。

今天，约翰·埃姆斯·鲍顿来看望我。我正坐在游廊里看报，你母亲在侍弄她那几盆花。他走进大门，走上一溜台阶，满脸堆笑地伸出一双手。他说：“你好吗，爸爸？”他从小就这么叫我。我想这是他父母怂恿的结果。我情愿这么想。他从小就早熟——如果可以用这个词的话——所以即使他自己这样叫也不足为奇。但我从来没觉得他真的喜欢我。

看到他长得那么像他的父亲，我确实吃了一惊，尽管我也知道，在每一件重大事情上，他们的看法都有天渊之别。他向你母亲介绍自己是约翰·埃姆斯·鲍顿时，你母亲显然吃了一惊。他笑了起来，看着我说：“我猜想，过去的事还没有完全过去，牧师大人。”他说的是什么呀！当然也是我的疏忽，以前没有对她提起过世上还有这么个人，一个和我同名的人，而且还算个教子。那天你到灌木林里找索佩去了。它时常“打点行装”跑到不知道什么地方，把你和妈妈急得要命。那时你正好把老猫夹在胳肢窝下面从房子那边转了过来。它的耳朵朝后抿着，一双眼睛强忍着恼怒，尾巴不停地颤动。它已经挣扎了那么长时间，你本来可以加快脚步把它送回家。很清楚，如果把它放在地上，它一定撒腿就跑。可你还是把它放了下来，它也果真就溜之乎也，而你就像没有看见一样，因为你正准备和约翰·埃姆斯·鲍顿握手。“见到你真高兴，小弟弟！”他说。你听了非常高兴。

我没想到你和你母亲对于他和我同名这件事那么感兴趣。否则我会事先告诉你们。

他走上台阶，手里拿着帽子，脸上挂着微笑，就好像我们之间有过什么笑话。“你看起来身体很棒，爸爸！”他说。我本来以为这么多年没有见面，他一开始说出的话一定支支吾吾、含糊不清。那时候，我从吊在游廊下面的秋千上站起来有几分吃力。其实本来问题不大，只是秋千没有可以让你抓着稳住身子的东西。而医生说，我坐着的时候猛然起身会对心脏造成很大的压力。经验告诉我的确如此。我想最好不要死在或者倒在你们俩面前，免得日后可怜的“老怪物”老鲍顿苦思冥想这一切的必然性。于是他脸上带着那样的表情，扶着我的胳膊肘帮我站起身来。我一边起身一边抱怨好像踩到一个窟窿里。他比我高得多，比他自己以前也高得多。我当然知道自己的个子缩了好多，但是不管怎么说那情景的确非常可笑。

一切都那么奇妙。那一刻我是一位受人尊敬的公民，正在看埃斯蒂斯·基弗维尔[1]的政治评论，年轻可爱的妻子在早晨温暖的阳光下侍弄她的百日菊，漂亮天真的小儿子有点粗鲁地对待那只总是跑丢的老猫索佩，我又一次暂且从地狱回到总是那么美好的生活之中。有几只苍蝇飞来飞去惹人烦，但是阳光明媚，报纸上有那么多好看的报道。因为脚趾有点关节炎，我穿着在卧室穿的拖鞋。几乎是一个无可挑剔的早晨。

然后杰克·鲍顿来了。从外表看他确实酷似他的父亲。同样的黑头发，同样的深色皮肤。他和你母亲年纪相仿。我想起给她施洗礼时，她抬起那张可爱的脸看我的样子——面对冬天早晨的阳光，初雪过后的阳光——我心里想，她既不老也不小。她让我惊讶，我几乎无法把水淋到她的额头上，因为她看起来不只是美丽，忧伤占了很大的比例，确实如此。这些年她变得更年轻了。这是因为你的缘故。但是我从来没有见过她像今天早晨这样年轻。

哦，阳光明媚，她在花园里。你光脚追赶那只猫，连衬衫也没有穿，露出肩膀上的雀斑。你母亲把一截热狗绑到一根棍子上，让你引诱索佩。她管那根棍子叫“抓猫竿儿”。你就喜欢干这种傻事，所以一上午都在灌木林里、房前屋后抓猫。我在看报纸上关于竞选的消息。那些日子的快乐之一就是看他们如何竞选，每一个细节都不放过。确实是很好的消遣，直到发现我被杰克·鲍顿搀扶着站起身来。我还看见你母亲和你脸上的表情。我知道，这表情不会是因为我们之间这种巨大的反差才显现的。你

---

① 埃斯蒂斯·基弗维尔（1903—1963）：美国律师，民主党众议员，参议员，主持调查州际集团商务犯罪的参议院特别委员会的工作，支持民权立法。

们不是直到今天早晨才意识到我已经到了垂暮之年。我不知道我看到的表情到底意味着什么，我也不想再费心劳神想这件事情了，这和我眼下的情况很不相宜。

他没有多待一会儿喝杯咖啡。气氛还不错。后来他就走了。

如果我能活到那天，我就选艾森豪威尔[①]。

我多么希望你能在我身强力壮的时候认识我。

我谈到过异象。记得有一次，我还是孩子的时候，父亲去帮忙拆一座已经烧毁的教堂。雷电击中塔尖，塔尖倒下来砸在教堂上。我们去拆的时候天下着雨。讲道坛完整无缺，矗立在雨水中。教堂内的靠背长椅大部分被火烧毁。大家都盛赞上帝，让这一场灾难发生在星期二午夜。那天天气很暖和，雨水也不是那种刺骨的冷雨，而且没有真正可以避雨的地方，所以谁也没怎么当回事儿。各色人等都来帮忙，就像举行营地集会[②]和野餐。他们卸下马，我们这些小孩儿就躺到停在路边马车下面的旧褥垫上聊天儿，弹玻璃球玩，看比我们大的男孩和男人吃力地攀爬在废墟上，找《圣经》和《赞美诗集》。他们不时引吭高歌，同声歌唱《遵命聚集歌》和《十字架永存歌》。风裹着雨水一阵阵猛扑过来，水花溅到马车下面，溅到我们身上，比雨水还凉。雨丝雨线打着车底板就像打在顶楼屋檐上。从来不下雨，可是那天的雨我记得很清楚。收集起所有被毁的书籍之后，他们给这些书“造”了两座坟墓。《圣经》被放进一座，《赞美诗集》被放进另一座。

---

① 艾森豪威尔（1890—1969）：美国将领，第三十四任美国总统。

② 营地集会：在帐篷里或户外的一种传教、布道的集聚，常持续数日。

然后教堂的牧师——记得那是一座浸礼会[①]教堂——给它们做了祈祷。看着那些成年人我经常感到惊讶——在任何情况下他们似乎都知道该如何处事，都知道怎样做才得体。

女人把她们带来的馅饼、蛋糕和还能用的书放到我们避雨的那辆马车上，然后用厚木板、防水油布和膝毯[②]盖好。食物都已变潮，似乎谁也没想到会下雨。很快就要秋收了，他们都将非常忙，恐怕在相当长一段时间内不会再来。他们把讲道坛放到一棵大树下面，用一块鞍褥盖起来，"抢救"能"抢救"出来的任何东西，主要是木瓦和钉子，然后把还立着的柱子、门窗都推倒，等它干了之后生起一大堆篝火。灰烬在雨水中飘浮着化成条条浊流。在废墟上干活儿的人们都浑身污泥，满脸漆黑，直到分辨不出谁是谁。父亲给我送来几块落满灰的饼干。"没关系，"他说，"没有比灰更干净的东西了。"话虽这么说，饼干毕竟变了味儿，我想有点像那个年代我们经常提起的"苦面包"，尽管现在人们早已把那玩意儿忘到脑后。

"逆境也会带来好处，真是不可思议。"但这是事实。夜晚我在书房一边听收音机，一边看手里捧着的旧书。风在窗外呼啸，房子发出吱吱扭扭的响声。那时我忘记自己身处何方，仿佛又回到艰难的岁月，我所不理解的那些经历中竟有一些甜蜜。而这一切只能提高它的价值。我的意思是，你永远都不会弄懂你的经历真正的性质。或者那些经历压根儿就没有确定的性质。我还记得

---

① 浸礼会：基督教新教的一派，崇尚个人自由、政教分离、自愿洗礼、理智信仰，反对给婴儿施洗礼。

② 膝毯：在没有取暖设备的轿车或四轮马车上，乘客用来覆盖膝、腿和脚的毯子或毛皮。

父亲蹲在雨中，水从帽檐上滴答下来，他伸出烧伤的手，喂我吃饼干，背后是那座教堂黑乎乎的废墟，雨水落在篝火的余烬上，团团蒸汽升腾而起。大雨瓢泼，妇女们一边照料东西，一边高唱《十字架永存歌》。她们脚步轻盈，仿佛合着圣歌的节拍起舞。那年月，成年妇女不能让人看到自己披头散发的样子，可是那天，就连年事已高的老太太也像女学生一样长发披肩。那场面如此快乐，又如此心酸。我再次提起这件事情，是因为就是在那一刻我顿悟了生命。当我从父亲手里接过圣餐的时候，忧伤常常把我带回到那个早晨。我把它当作圣餐记在心中。我相信那就是圣餐。

我无法告诉你，也无法告诉自己，那个雨雾蒙蒙的早晨对我意味着什么。但是我知道，那个早晨将多少东西无可争辩地拼合到了一起。

现在，年纪大的女人都把头发剪短，染成蓝色。我想，这也很好。

无论什么时候一拿起《圣经》，我就想起他们冒雨把那些被烧毁的《圣经》埋到大树下面的情景。记忆使那一幕变得神圣。我想起那位老牧师在教堂废墟上讲道。所有人家的窗户都敞开着，因而还留在家里为数不多的人，听得见从循道宗信徒聚集的地方飘然而起、在山谷间回荡的《十字架永存歌》。我自己的教堂因为我听到的故事而变得神圣。记得父亲告诉我，他们俩第一次回家时，发现教堂的房顶年久失修，过道里、长椅上到处都是接雨水的桶和盆。他说，女人们在教堂四周和篱笆前面都种了向上攀缘的玫瑰，所以那地方看起来比以往任何时候都更漂亮。草原又变成农田和果园，车辙之间的大路上长出一株株向日葵。尽管她们身处其间的教堂摇摇欲坠，女人们还是来参加祷告会[①]，学习《圣经》。我想着这一切，心中的感觉很强烈也很美好。我真诚地相信，不对类似幻影这样的东西表示敬意是一种浪费和忘恩，不管你亲眼看过没有。

我们从右边接近老祖父的时候总是小心翼翼。他失去的是右眼，所以我们有这样一种印象——他的“异象”都是从那边来的。他和我们从来不怎么谈这方面的事情，因为他认为在许多问题上，我们的看法全然不对。但我们还是努力表现出对老人恰当的尊重。有时候我放学回家，妈妈就在后门廊接我，压低嗓门儿说：“老头儿在客厅里呢。”于是我就只穿着短袜蹑手蹑脚走进去，朝客厅敞开的门瞥一眼，看见祖父坐在沙发左边，看起来神情专注，和蔼可亲，自得中显露出一丝冷峻。我不时听见他说：“我明白你的意思”或者“我自己就经常这样想。”之后好几天，老人显得容光焕发，神色坚定，更明目张胆地把家里的东西拿出去送人。

有一天吃晚饭时，他对我们说：“今天下午，我在河边碰到上帝了。你们知道，我们俩谈了一会儿话。他提出一个我觉得很有意思的建议。他说：‘约翰，你为什么不回家养老呢？’我对他说，我不知道自己还能不能经得起长途跋涉的艰辛。”

“爸爸，”我母亲说，“你现在就在家里呀。上帝的意思也许只是你应该放松一点，别总是把弦绷得那么紧。”

---

① 祷告会：尤指在周末晚上所召集的福音教派祈祷式，在祈祷式中，教徒们唱歌、祷告或表明他们的信念。

“是呀，”老人说，“是呀……”又变得容光焕发，想他自己的心事去了。

后来父亲常说，如果老人认为上帝希望他回堪萨斯州，我们说什么也没用。对他而言，相信这一点很重要，不过我怀疑，他未必真的相信。

有一次，我在上学的路上看见有几个小孩儿拿祖父寻开心，好像他只是一个骨瘦如柴的老头，往帽子里拣黑莓，一边拣一边点着头自言自语。他们从右边抓他的胳膊，拽他的外套。这样揪扯的时候，他还是一边点头一边嘟囔。那几个小家伙高兴得捂着嘴，撒腿就跑。

这件事让我十分惊讶。我意识到从某种意义上讲，我那么相信他右边的身体潜藏着某种神圣的东西，以至于看到那几个小孩揪扯他、亵渎他，大为震惊。我站在那儿眼巴巴地看着，不知道该怎么办。就在这时老人转过脸凝视着我。我不明白他怎么知道我在这儿；我永远都无法理解，他为什么用那样的目光看我——仿佛我是出卖他的人。那时候我觉得他对我很不公平，而且一直没能摒弃这种感觉。我无法告诉自己那只是误解，其实那目光中什么也没有。

哦，我承认他确实让我感觉到某种困窘，甚至耻辱。而且这种感觉并非第一次。但我那时候只是个孩子，在我看来他完全可以对别人更体谅一些。那些能看透你的人，永远都不会公平地对待你，因为他们永远不相信你为使自己变得更好而做的努力。这种努力当然困难重重，出于好意，应该得到哪怕些许的关注。

或许也可以这样说，他那样离去极大地伤害了我们大家。尽管我们知道一切自有公论。但是无论我们怎样为自己辩护，为自己的通情达理、良苦用心侃侃而谈，在他看来都微不足道。而他的这种看法最终也使得那些理由在我们看来没有多大的说服力。他离开的时候，随之而去的竟那么多。

父亲说，从军队回来之后，走进祖父的教堂，他第一眼看到的是圣餐桌上方墙上挂着的一幅刺绣。那幅刺绣非常漂亮，朵朵鲜花、团团火焰环绕着这样一行字："我主上帝是净化我们的火。"我想，这就是为什么我总把祖父的教堂想成那座被雷电击毁的教堂的原因。而事实正是这样。

父亲说，正是那条横幅使得他站到贵格会教徒一边。他说，一旦认真看过那条横幅，他就觉得他最不可能用来形容战争的词汇就是"净化"。那些女人居然认为，不管怎么说世界因为少了她们的儿子和丈夫更加纯洁。这种想法让他大为惊骇。他站在那儿看着，显然清楚地表露出自己的不满。因为有个女人走过来说："这是《圣经》里的话。"

他说："请原谅，太太。不，这不是《圣经》里的话。"

"哦，"她说，"当然应该是。"

他听起来觉得简直糟糕透了，她居然会这样认为。即使《圣经》里没有这样的原话，也有可以提炼出这个意思的段落。她的话就是这个意思。

我一直希望能亲眼看看她们制作的挂毯——如果是挂毯的话。他说，两边绣着小天使，像古老的图画一样，天使大张着翅膀。本来应该放约柜[1]的地方，挂着那个条幅，鲜花和烈火环绕

① 约柜：放置刻有十诫的两块石板的柜子，藏于古犹太圣殿内的至圣所。

着那行仿佛火一样燃烧的字。我不知道那些女人怎样设法找到做挂毯和条幅的材料，不知道她们用了多少碎布和从家里仅有的那点最好的布上抽出的散纱[①]才拼接出这些图案。我一直在想，那些东西后来怎么样了？物质的东西容易蒙受腐败的羞辱，而有些东西我非常希望能避免这样的命运。

女人们一个接一个知道自己已经成了寡妇之后，又回到东部的老家。不是全部，而是许多。她们之中有的人把丈夫和儿子埋在教堂旁边，所以无法离开。有的人离开之后隔了好几年又回来。但是会众还是越来越少。循道宗信徒买了地新建了一座教堂，旧教堂因为已经无法再修缮，只好一把火烧掉。

父亲有一次在讲道时说，他很后悔战争结束之后，自己站到了贵格会教徒一边，而祖父搜肠刮肚地想出一些话，安慰还幸存的那些可怜的教友。他说，那时候祖父打开所有还能打开的窗户，让大家听从河边传来的循道宗信徒的歌声。如果那歌是《十字架永存歌》，或者《万古磐石歌》，女人们会跟着唱起来，哪怕牧师正在讲道。而牧师——他的父亲也停止讲道，听她们唱歌。他说，风吹来泥土的气息，因为到处是新坟。可是后来人们还记着礼拜日的早晨和星期三的傍晚，久久不能忘怀，仿佛那是发生过什么奇妙事情的日子。每当谈起那些日子他们都柔声细语。父亲说，从那以后他一生都后悔不已，但是怎么后悔也于事无补。因为离开自己的会众和贵格会教徒坐到一条板凳上，是一个原则性的问题。他的父亲讲道时鼓动会众去打仗。他说，奴隶制存在

---

① 散纱：从一件织好的物品上分下来的线或纱。

一天，和平就没有希望。但是，那只是一场拥有强大武装的社会集团压迫被奴役的、手无寸铁的人们的战争。他经常说只有战争结束，和平才能到来，所以和平之神号召我们去结束战争。他说这些的时候，腰带上别着那把手枪。在场的人都齐声高喊“阿门”，甚至小孩儿。

今天回来吃午饭的时候，我看见你和杰克·鲍顿在大街上玩传球游戏。你戴着他的棒球手套。那是一双很漂亮的守场员戴的新手套，几乎到你的胳膊肘。他戴着爱德华那双旧手套。这双手套我一直保存在我的书桌里。我疏忽了，应该给你买一双棒球手套。我会办这件事情的。

小鲍顿教你如何接滚地球，也许为了掩盖你接不住飞球的事实。你学得非常认真，两条灵活的小腿跑过来跑过去。他一边拍打着手套，一边不停地说：“快点儿！快点儿！”然后用体育节目主持人的声调说：“各位观众，他转身第二次投球。这次会及时投出吗？”你又没接住，他接着说：“观众朋友，这太了不起了！跑垒的球员似乎被自己的鞋带儿绊了一下。他倒下了！他让自己喘了一口气！他起来了，向本垒跑去！”他继续说：“他拖着一条左腿，各位观众，一只脚跳着走！”这时候，你已经笑得喘不过气来，但是终于把球朝他扔了过去。他说：“好了，观众朋友们，跑垒的球员已经退场！”看着你们俩在不停颤动的树荫下玩真是美极了。

我想起路易莎在大街上跳绳的情景。她穿一件大红外套，辫子在冷风中上下跳动。时值早春，扬不起尘土，树木刚吐新绿。这些树看起来还像小树一样纤细、充满活力。我不知道这是谁的主意，在小城四周都种上榆树。不管是谁，都做了一件天大的好事。傍晚，老鲍顿和我经常在这些树下扔球玩，直到他的关节出了问题。回想起来，那时候他还不到四十岁。健康对他是另外一个严峻的考验。看外表，这个杰克·鲍顿和他父亲那个时候一模一样。

我想充分利用我们之间的这种年龄悬殊的状况。也就是说我想告诉你许多事情。这些事情，作为父子，如果我能像别人那样看着你一天天长大，绝对想不到要告诉你。当事物按照一般规律发展的时候，很难记住哪些事情重要。而且，有那么多事情你从来想不到要告诉别人。我相信那些事情对你意义重大。为了对你有所了解，甚至你自己的孩子也应该知道，我还记得童年时代的那一天，我和别的孩子躺在马车下面，看他们扒那座浸礼会教堂的废墟。父亲拿来一块饼干给我当午餐。我从马车下面爬出来和他一起跪在雨水中。我记得他似乎掰开一个面包，往我嘴里放了一小块。尽管我知道他不曾这样做。他的手和脸因为沾了灰，黑乎乎的，就像烧焦了一样，俨然一位古代的殉道者。他跪在泥水中，从衬衫口袋里掏出一块饼干。他把这块饼干掰开，这倒是真的，给我一半，他自己吃了一半。那真是“苦面包”。那时候大伙儿都很穷。连续几年大旱，日子非常艰难。尽管当谁都穷得叮当响的时候，人们也就不觉得多难了。我想这也正是那天谁都不在乎大雨倾盆的原因。久旱无雨。有一件事情我一直牢牢记着，那就是女人们怎样披散发，裙子拖在泥水中，似乎一切都无所谓。还有那歌声，在我的记忆里非常悦耳。当然我相信事实上那歌声不可能悦耳，只是和风雨声一起回荡。《耶稣的十字架下》。那动人、忧伤、古老的曲调。随着岁月的流逝，那首歌表现的辛酸与苦涩意味着越来越多的东西。我在许多场合都想起这首歌。

我把那天记成父亲给我圣餐——从身边取出面包，用一双沾满灰的手掰开——并不奇怪。奇怪的是记忆之中我领取圣餐的方式。因为按照我们的习惯，牧师从来不像有的教堂那样，把面包放到领受圣餐者的嘴里。我想起这件事是因为，那天早晨领圣餐的时候，你母亲领着你走到我的面前，说："你应当给他吃一点儿这个。"我掰开面包，让你从我手里吃了一点点，除了在我的记忆之中，我的父亲从来不这样做。我知道，那一刻我之所以这样做，是希望能在你的脑海里留下同样的记忆。那记忆对我一直非常宝贵，尽管只有现在我才意识到，它是怎样常常出现在我的脑海之中。

> 时光，宛如滚滚向前的河水，
> 将他所有的儿子带走；
> 被人遗忘的远行，像一场梦
> 在开始的那天便无影无踪。

老伊萨克·瓦茨[①]。我经常想起这些美妙的诗句。我一直纳闷，眼前的现实和最终的现实有着怎样的关系。

> 在你的眼里，千年万载
> 犹如逝去的黄昏……

---

① 伊萨克·瓦茨（1674—1748）：英国非国教派牧师，被公认为是英国赞美诗之父，写有著名赞美诗《千古保障歌》《耶稣普治歌》等，下段的诗句就出自《千古保障歌》。

毫无疑问，确实如此。我们对生活的梦就如所有的梦想一样终将结束。结束得突然，彻底。当太阳升起，阳光普照，我们会想，所有的担心，所有的忧伤都一文不值。但是，不可能真的这样。我无法相信，我们一定会全然忘记曾经的苦难。根据人的经验和知识，那就意味着，忘记我们曾经的生活。在我看来痛苦是人类生活最主要的内容。比方说，就在此刻我对读着这些文字时的你，充满了爱怜和忧伤。因为我不认识你，因为你在没有父亲的岁月里长大。可怜的孩子，此刻你肚子朝下趴在阳光里，索佩躺在你背上睡觉。你在画那些糟糕透了的图画。一会儿就拿来让我夸奖。我当然要夸奖，因为我不想说哪怕一个让你日后想起来就生气的字。

让我再给你讲几个过去的故事。我知道的那么多关于过去的事情都是父亲和我在堪萨斯州迷路后四处流浪时经历的。我不记得自己哭没哭过，但是我知道，我花了好大的气力让自己不要哭。鞋底磨穿，土、砂、草棍、枯枝钻进来，磨破短袜，扎烂双脚。哦，那么脏！哦，那血泡！孩子们有时候也会感觉到时间紧迫。但是如你所知，他们匆匆忙忙走着只是为了按时走进教堂罢了。我却是在茫茫无际的蛮荒之地跋涉，日复一日，总想放慢脚步，总想坐一会儿，躺一会儿。父亲在前面走着，毫无疑问有点孤注一掷的意思。因为他有一千条理由这样做。有一两次我真的坐了下来。我就在那炎炎赤日下坐着，周围是萋萋白草，蚱蜢在我脑袋周围飞来飞去。我看着父亲在前面走着，走着，直到几乎从我视野里消失。在堪萨斯茫茫的草原，那应该是很远的距离。我只得跑着追他。他说：

“你会把自己搞得很渴。”是呀，在我看来，我这半生都口渴。

最惬意的事情是我和父亲肩并肩坐着的时候，他会给我讲些鲜为人知的事情。我敢肯定换个场合他绝对不会给我讲这些事情。如果有晚饭好吃，他就讲故事表示庆祝；如果没有，就拿故事当饭吃。有一次，几只偶尔爱“吹毛求疵”的猫头鹰把我们吵醒。父亲就给我讲了这样一个故事。他说，有一天夜里他被一阵响动惊醒，走出家门看见老约翰·布朗的骡子从他父亲教堂的大门走出来，朦胧的月光下，有人哄着它走下门前一溜木头台阶。他听见那头骡子突然停了下来，一个阴郁、低沉的声音说：“好点儿。听话，好点儿。”紧接着这匹骡子身后又走出四匹马，步伐轻快、灵敏，已经备好马鞍、勒好马肚带。那几个人翻身上马，两个人一匹，还有一匹跟在后面。因为有一个人受了伤，必须有人扶着。他们一句话也没说，纵马而去。过了几分钟他听见牲口棚的门开了，还听见他们家那匹马的喘息声和马蹄声。他父亲对马嘟囔了几句什么，然后也骑着马走了。

他对我说，他走到教堂跟前，在黑暗中坐着，不知如何是好。那时候他连十岁都不到。他说，教堂里有一股马身上散发出来的气味，火药味和汗味儿。（那年月，还没有我们现在用的子弹。那几个人就是利用这段时间给他们的枪装火药和弹丸的。）他们把长椅和放圣餐用的桌子推到墙根儿，给那几匹马腾出地方。人显然睡在长椅上。至少那个受伤的人在那儿躺过。因为有一张长椅和长椅旁边的地板上留下许多血迹。父亲说：“晨光照亮教堂的时候，第一眼看到的就是那一摊摊鲜血。”

他把那张长椅拖到教堂后面，横放在很高的草丛中，让草没过椅子，尽量不让人看出那里藏着东西。然后他拿把铁锹和扫帚尽可能打扫干净马留下的蛛丝马迹。他还提来一桶水，拿来一块肥皂，擦洗地板上的血迹，但是血污越擦越大，只好把整个地板都泼上水，才不太显眼。他心里想的是，如果那几个睡在教堂里的人正被人追赶，追赶他们的人就随时可能追到这里，寻找类似教堂里的马粪或者长椅上的血迹的东西。而且不管怎么说，这些东西都得清理掉，特别是第二天就是礼拜日。

可是那些追赶他们的人如果发现太阳还没有出来，就有人在那儿打扫、刷洗教堂，同样会产生怀疑。于是他觉得这些事情真不像是他父亲干的。他怎么能在这样一个非同寻常的时刻扬长而去呢？没有做任何安排，掩盖那些人留下的踪迹，也没有留下任何指示，告诉别人如何把事情搞得天衣无缝，而是任凭还不到十岁的儿子起床后溜达到一片狼藉的教堂。面对那副景象他真不知如何是好。他心里想着这些事，吃力地提着一桶水走进教堂，看见黎明的曙光中，一个身穿联邦军装的士兵坐在靠墙的一张长椅上，帽子拿在手里，枪放在旁边那张椅子上面。

“你把这儿收拾得不错呀，”士兵说，然后扯了扯膝盖皱皱巴巴的裤子，“我那匹该死的马跑了。有一只猫头鹰叫了几声，吓得它撒腿就跑。你们村有没有可以征用的马？只用一两天。”

“这事儿你得和我父亲谈。”

士兵说：“你父亲不在呀。我猜他上什么地方去了，骑的正是我希望借到的那匹马。”过了一会儿，他又说，“你听说过约翰·布朗吗？当然听说过。谁都知道他。看得出你是个好孩子。不要着急。我不会让你在这儿——在教堂里说谎，小兄弟。你知道约翰·布朗在干什么事业。”

父亲说，他听说过关于他的故事。

士兵点了点头。"这一带有许多好人，只要有机会就愿意帮助他。包括宣讲福音的牧师们。如果他请求，他们会把他那头老骡子藏到教堂里。他们把这样的举动看作自己的光荣。我觉得这真是不同凡响。那些逃亡的人可以带着武器，浑身是伤，穿着沾满泥巴的靴子，走进教堂，鲜血洒在地板上，他们也不以为然。然后一位联邦政府的士兵来找他们——他是拿了报酬做这件事情的——连一杯咖啡也没人请他喝。"

我父亲说："我们有咖啡。肯定有，肯定请你喝。"

士兵站起身，说："我们排离这儿大约两英里远，往东去了。他们知道，那些家伙月亮一落，就会藏到什么地方。所以用不着发现你遗留在前面台阶上的马粪，就知道这儿发生过什么事情。如果你父亲跟他们走了，现在就该看到那儿出了什么麻烦事儿。"他又说，"我想，喝咖啡之前，应该告诉你这些事情。"

我父亲说，听了这番话他嘴唇麻木，一句话也说不出来。士兵说："我自个儿去喝口井水得了。"他走出教堂，喝了几口井水，向那条大路走去。走路的时候一条腿似乎有点儿跛。我父亲虽然不愿意相信他就是祖父打死的那个人。实际上他还是认为那事儿就是他干的。我的意思并不是说，祖父当场就把他打死。那个年代，那个地方，一个人除了枪伤，还可能死于许多别的原因。

士兵到了下一个农庄，征用了他们一匹马。他认为他们排在东边，便翻身上马，朝大致是东的方向飞驰而去。如果还是刚才那个人，他的方向偏南了。布朗和他手下那几个人朝南边绕了回来。他们知道后面有人追踪，想到大山里藏身。这时候祖父骑着马，徐步缓行在回家的路上，腰里别着那支大手枪，胳膊下面夹着那两件血染的衬衫。他这样做真是愚蠢至极。他光膀子穿着外套，因为他把自己的衬衫脱给那个受伤的人，换回那两件血衬衫。父亲说，从那天起他就再也不是一个头脑冷静、切合实际的人了。我不可能知道他这种不切实际的根源，但是我当然愿意证实他真的不切实际。不管怎么说，一个士兵确实向他走去，大声吆喝着要他停下。士兵骑的就是从邻居家征来的那匹栗色马。他开始盘查他，被堵了个正着的祖父没有撒谎。他有枪，枪里装着弹药。

“是呀，我开枪了，打伤他的胳膊，”祖父说，“他骑的那匹马尥了个蹶子，把他摔下马背，撒开腿就跑了。”他就让那个士兵躺在地上，没有管他。“老布朗问我，遇到紧急情况，愿不愿意掩护他们撤退。我说愿意，就那么干了。”他说，“我能拿他怎么办？把他带回到这儿来？”他的意思是，会众们动了好多脑筋，下了很大工夫，在房屋、茅舍、仓房、棚圈的墙壁修了夹层，挖了藏身的地窖，还挖了地道。地道口可能是装了活底板的土豆箱子，出口却在一百多码之外的干草垛下面。他们还在教堂墓地放了一具活底棺材，搞了一座假坟墓。“坟墓”里有两块木板，木板上面铺着粗麻布，麻布上盖了一层土。这实际上是一条地道的入口，地道一直通到一间柴草房。他们费了这么大的劲，都是为了解放那些被奴役的人。为了他们的利益必须保守这个秘密。那个士兵只能得出这样一个结论，那就是我的祖父和约翰·布朗一定是勾结得非常紧密的同谋。倘若他真的这样认为，一切都完了。

老人之所以对父亲说这些事，是因为父亲把在教堂里发现那个士兵的事告诉了他。“你说的那个家伙是不是黑不溜秋，说话时拉着长调？”他对父亲说，这是非常严重的事情，关系生与死。永远都不能对任何人吐露一个字，而且要编好一套谎话，以防有人询问。就这样，睡睡醒醒，醒醒睡睡，他总想着那个被他打伤的士兵，一个人躺在旷野里。他极力想象，安慰自己压根儿就没见过这个人，没和他说过话。

政府从来没有为那个士兵的事找过他们。父亲寻思，他也许已经死在那茫茫无际的荒原。他说："每天，没有人来调查，你会松口气。可是松口气过后那种感觉又非常可怕。"一个人死的日子是他生命中最糟糕的日子，这种几率当然非常高。但是父亲说："当他告诉我，那匹马跑了，我的心不由得沉了下去。"我们就在那儿，躺在人家抛弃的谷仓阁楼上听猫头鹰的叫声，听老鼠跑来跑去、蝙蝠飞来飞去的声音，听风的呼啸，不知道黎明什么时候到来。父亲说："我永远不能原谅自己，那天没有去找他。"我感觉到了这话的真诚，虽然我还从来没有感觉到任何其他人言语的真诚。他说："就在那个礼拜日，'老魔鬼'穿着那两件衬衫中的一件，腰里别着手枪站在讲道台上讲道。你无法相信人们的反响有多么强烈。人们哭泣着，叫喊着。"那以后，他说，他的父亲一走就是好几天。礼拜日，常常就在早礼拜马上要开始的时候，他骑着马突然出现在教堂门前的台阶上，朝天上放一枪，让大家知道他已经回来了。大家看见他站在讲道台上，脸色苍白，眼睛布满红丝，胡子上沾着泥土，准备讲上帝的仁慈和恩典，审判和报应。父亲说："我从来不敢问他干什么去了，也不敢冒险弄清楚那些比我的怀疑更加可怕的事情。"

我躺在父亲身边，头枕在他胳膊上听呼啸的风声，感觉着某种怜悯，那种怜悯因为太过深沉而没有一个特定的目标。我可怜母亲，她一定四处打听我们的下落，可是永远永远都不会找到我们。我可怜蝙蝠和老鼠。我可怜大地和月亮。我可怜上帝。

第二天，我们来到缅因州那位妇人的农庄。

今天上午我和“财产代管人”会面，还算愉快。他们很礼貌地“忽略”了我关于修缮教堂的几个建议。我非常清楚，一旦我死了，他们马上就会盖一座新教堂。我这样说并无恶意。我知道他们只是不想让我心里难受罢了，所以他们在等待时机，做他们想做的事情。他们是一片好心。他们会推倒这座老教堂，再建一座更大、更坚固的教堂。他们赞赏路德教教徒们新建的教堂。听起来确实不错。红砖，门廊前面一溜白色廊柱，宽敞的大门，漂亮的尖塔。他们还告诉我，里面更是富丽堂皇。他们邀请我参加奉献仪式。我会去的，只要那时候我还能行能动，还能参加这类活动。换句话说，只要上帝愿意。我也愿意看到我们的新教堂。不过他们说得很对，看到这座旧教堂夷为平地，我会非常痛苦。我相信，倘若真的看到那一天，我会死去的。对于我这把年纪的人来说，那不是什么可怕的事情。一阵忧伤——所谓致命的一击，也蕴涵着诗意。

我是不是没有耐心？会是这样吗？今天没有皮肉里扎了刺的感觉，倒更像是心里扎了一根拔不掉的刺。胸口一直怦怦地跳，在我看来就像一头老母牛咀嚼反刍的食物，同样的沉闷、满足、无穷无尽。半夜解来，我又听到它说了。再来一次，它说。再来一次，再来一次，再来一次。“因为保存是一种创造，比创造的意义更大。它是一种持续的创造，每时每刻的创造。”这是乔治·赫伯特[①]的诗句。但愿你读过他的作品。《再来一次》，那是所有心

① 乔治·赫伯特（1593—1633）：英国玄学派宗教诗人，工于格律和韵文技巧，其诗语言洗练贴切、纯净真挚，诗作有《圣殿：圣诗及抒怀》等。

灵的呼声。就在你说出这个字的时候，那一刻便成为过去。所以，没有任何希望。

为什么，我那坚强的心
每一个部分
都相聚于这个躯体；
赞美你的英名，
即使我闭口无言，
这些石头也将永远歌颂你。

还要一段时间。

如果赫伯特说得没错，这个年老的躯体就像你是你自身一样，依然是一个全新的创造物。我是说像你现在的样子，在我窗前荡秋千。你一定记得那是丹·鲍顿为你安的。他把一根钓鱼丝拴到一支箭上，射过一根粗树枝，然后用钓鱼丝扯起一条绳子。他花了一整天的时间才给你安好。他是个心灵手巧、心地善良的小伙子；是父母亲的好帮手，也是他们极大的安慰。听说他现在在密歇根州什么地方教书。他没有当牧师，尽管好长时间人们都以为他会选择这个行当。

你站在秋千板上荡得比你应该达到的高度还要高。那姿势就像一个水手在波涛汹涌的大海上勇敢地航行。绳子很长，你很轻，秋千便像蛛丝一样，呈弓形缓缓地、懒懒地荡来荡去。你穿件红衬衫——那是你最喜欢的一件衬衫——飞到阳光之下，闪烁着耀眼的红光，停留一秒钟，然后又回到树荫里。你看起来那么快活。我想起这就是我们对宇宙间最基本的物质——地球引力和光——最初的实验。那真是纯粹的快乐。你母亲也站在那儿。“别荡那么高！”她说。你便小心起来。你是个乖孩子。

我并没有责备“财产代管人”的意思。眼下他们不愿意给这座教堂实质性的投资，我也理解。你知道吗？如果我再年轻几岁，就会自己爬到屋顶上亲自修理。可是现在这副样子，我大概只能往门口的木头台阶上拧几个螺丝钉了。我看不出为什么非要让它在最后一两年破破烂烂。这座教堂是非常简朴，但它的格局相当不错。如果能重新刷一遍油漆，它便是谁都需要的教堂，至少从表面上看应该是这样。当然我也承认，其他方面还有很多不足。

我记得和他们说过，尖塔上的风标是我的祖父从缅因州带来的，已经在他的这座教堂上空屹立许多年了。是老人家在为我父亲举行的授任圣职的典礼上送给他的。他对我说，缅因州的人们喜欢把这种“公鸡”安到尖塔上，提醒他们记住彼得①的背叛，帮助他们忏悔。那时候他们真的不怎么把十字架安放到尖塔上。但是我一提到尖塔上安的是“公鸡”，他们就显得局促不安——原来尖塔上连十字架也没有！此前，居然没有人注意到这一点。我知道，现在既然他们已经惦记上这件事，就一定会竖起一个十字架。他们会抽出时间做这件事情的。他们说，将来可以把这个风标安到什么地方的墙上，比方说，剧院前厅，让大家欣赏。他

① 彼得（？—67？）：又称圣彼得，原名西蒙，基督教《圣经》故事人物，耶稣十二使徒之一，耶稣死后，为众使徒之首，在罗马殉教。

们怎么做，我都不在乎。我只是提醒他们，因为我不想让这个风标和别的东西一起当垃圾扔了。它已经很古老了。如果真的安到什么地方，至少你可以好好看看它。

“公鸡”尾巴上有个子弹洞。关于这个洞，有许多故事。其中之一是，我的祖父没有可以敲的钟或者别的像样的、能发出响声的东西，来召集会众开会，而且那时候，谁家也没有钟表，每逢要大家集合的时候，祖父就朝天上放枪。有一次，他没大注意，子弹就打到公鸡尾巴上了。还有一种说法是，一个从密苏里州来的人，路过我们村的时候，正碰上村民聚集在教堂前面。他知道他们都是“自由战士”①，想要耍威风，吓唬吓唬他们，就朝“公鸡”开了一枪。“公鸡”被他打得团团转，尾巴上留下这个枪眼。第三种说法是，教堂运来一箱莎普斯牌步枪。有个好事之徒想看看这种步枪是不是真的像人们说的那么精确，就开了一枪，结果在“公鸡”尾巴上打了一个洞。

“莎普斯”是一种非常精确的步枪，但是我更倾向于第一个故事。因为根据我的经验，能精确到一枪打中“公鸡”尾巴的射手，在我们这一带还没有，所以只能是碰巧。我的祖父打中“公鸡”之后一定非常尴尬，不愿意再提这件事情，就由着人们瞎编去了。我给“财产代管人”讲了密苏里州人的故事，因为这个版本还有点基督教的色彩——把“公鸡”打得叮当作响、团团转已经是相当克制的行为。因为那个年代，不同派别的人们凑到一起情绪往往非常激昂。此外我觉得这个故事颇有点历史意义，完全

---

① 19世纪50年代，美国堪萨斯内战中，反对蓄奴的居民被称为“自由战士”（the Free Soldiers），他们为将堪萨斯州合并到自由州组成的联邦而奋斗。

可能是真的，尽管我心里明白恰恰相反。一般来说，旧东西很难让人们感兴趣，所以我觉得应该尽可能为那只可怜的老“公鸡”增加点儿色彩。

开拓者的教堂起初只不过是个遮风挡雨的地方，直到人们有了时间、有了钱之后才开始兴建更好的。所以岁月并没有给他们带来荣耀和尊严。它们只能越来越破败，永远不可能神圣庄严。我还记得父亲帮忙推倒的那座浸礼会教堂，在雨水中黑森森地矗立着，比它被雷电击中之前令人敬畏十倍。在我的观念里教堂在很大程度上就应该是这个样子。小时候我甚至相信，尖塔的目的就是吸引雷电。我认为它们的初衷就是保护其他建筑和房屋。在我看来那是勇敢无畏的象征。后来我读了一些历史书，又过了一阵才认识到，并不是每一座教堂都像大平原①的教堂这样粗糙，并不是每一座讲道坛上站着的都是我父亲这样的牧师。教堂的历史错综复杂。我想让你知道我是怎样认识到这一点的。那个年代许多人认为，对宗教的忠诚即使不比愚昧更糟，也是一种愚昧。我意识到这一点，知道反对教会的势力很强大。我也知道自己对于教会的经验在很多方面都很狭隘。我深信从任何一种意义上讲，除非那是真正普遍、超然物外的生活，除非无论走到哪里，面包就是面包，杯子就是杯子，那都是和那位在客西马尼园蒙难、为每个人而来的主在一起的日子。那块从父亲烧伤的手里接过的沾满灰的饼干，这一切都蕴含着比我能告诉你的更多的东西。所以你一定不能只凭我说的话就判

---

① 大平原：北美中部广阔的草原地带，从加拿大阿尔伯达、萨斯喀彻温、马尼托巴诸省南延伸至美国得克萨斯。其大片土地被用来饲养牛群和种植小麦。

断我知道的那些事情。如果我能把我父亲给予我的给予你的话。不，凡是上帝给予我的一定会给予你，但是我希望你能以上帝赋予你的才能表达自己。如我所说，我这里讲的并不是指牧师生涯。

今天上午我做了一件很古怪的事情。收音机里播放华尔兹圆舞曲，我想跟着跳。我不是指寻常意义上的跳华尔兹。我对华尔兹只是略知一二，没有人教过我舞步和别的什么动作。我只是小心翼翼地晃晃胳膊，转个圈儿。想起青年时代，我才意识到自己其实从来没有真的过够所谓青年时代。我还没有来得及好好体会，美好的年华就已成为过去。一想起爱德华，我就想起在热浪蒸腾的大街上和他玩传球的情景，想起虽然胳膊累得酸疼，但心里快乐。我还想起跳起来接一个高球时，身体各部分配合默契的那种美妙感觉。想起当你知道手套在它应该在的地方时，因为确定无疑而生的惬意和惊奇。哦，我多么怀念那一切！

所以，我觉得跳跳华尔兹很好，确实如此。我计划就在书房跳我的华尔兹。我还想要准备好一本伸手可及的书，一旦感觉到不同寻常的疼痛，就可以抓住这本书。等人们发现我手里拿着这样一本书的时候，就会把它当作我的特别推荐。想起来这种做法颇具戏剧性，而且会产生违反常情的后果，看到这本书的人会生出许多不愉快的联想。在我考虑之列的书应该是多恩和赫伯特的作品。还有巴特[①]的《罗马书释义》和加尔文的《基督教原理》

---

① 巴特（1886—1968）：瑞士基督教神学家，提倡宗教改革和《圣经》的教义，出版的著作有《教会教义学》等，此处应是指巴特最著名的作品《罗马书释义》。

第二卷。当然也绝不能因此而轻看第一卷。

把一个老人作为老人重新塑造的想法有一种神秘色彩。因为所谓的长寿在他身上忠实地保留了所有瑕疵与伤痕；他们所有的主张、所有的癖好都得到人们的尊重。拿我来说，左膝的关节炎正一天重似一天。我有时候想，可以说上帝一定把我们所有人的生命都保存在自己的记忆之中。他当然保存着。不过毫无疑问，“记忆”在这儿是个用错了的词。但是，二十二岁我在第二垒滑倒时折断的手指比过去弯曲得更厉害。按照赫伯特的观点，我可以把这个事实解释为“亲密的关注”。

今天早晨我溜达到鲍顿家。他正坐在装了屏风的门廊下的凌霄花①后面打盹。他和妻子都喜欢这种鲜花盛开的藤蔓，因为它们招蜂鸟②。现在藤蔓长得到处都是，把他们那幢房子掩映得宛如猎鸭掩体③。我对鲍顿说出这种看法后，他纠正我说：“应该叫‘猎蜂鸟掩体’。有时候一只小鸟被打死，会招来一千只。”但是他说，那东西太小，连一杯肉汤也做不了，他就只好等待时机了。

他的花园快变成灌木林了，不过我走近那条大路的时候，看见小鲍顿和格罗瑞正在清理蝴蝶花④花坛。这幢房子是鲍顿自己

---

① 凌霄花：产于美国东部的一种落叶木本藤蔓凌霄花属植物，有对生复叶和喇叭形红橙色花，也作 trumpet vine。

② 蜂鸟：美洲蜂鸟科中诸多鸟类之一，通常体型很小，有光亮、彩虹色的羽毛，嘴细长，翅膀能迅速扇动，因而能停在空中。

③ 猎鸭掩体：一种掩体，常用草或芦苇伪装以隐藏猎野鸭的人。

④ 蝴蝶花：一种鸢尾属植物，有狭窄的剑状叶和非常漂亮的各色花朵。

的。我经常想，这可是件令人嫉妒的事情。但是里里外外全靠他一个人收拾，这几年因为他年纪大了精力不济，花园便渐渐荒芜。

他今天的兴致似乎特别高。“孩子们，”他说，“正替我收拾园子呢。”

我给他讲棒球比赛，讲大选，可是我看得出他心不在焉，只是注意听花园里传来的孩子们的嬉戏声。那阵阵欢声笑语听起来那么悦耳。我还记得他们小时候在花园里放风筝，吹泡泡，玩猫。那都是你喜欢的游戏。他们的母亲是个很好的女人，特别爱笑。鲍顿说：“我非常想念她。”她从小和路易莎一起长大。我记得有一次，她们把煮熟了的鸡蛋偷偷放到邻居家的鸡窝里。我一直没弄明白她们俩为什么这样干，只记得她们笑得倒在草地上，眼泪流到头发里。还有一次，我和鲍顿还有另外几个小伙子，把一辆拉干草的马车拆卸开，然后跑到法院房顶上把它重新安装起来。为什么要搞这种恶作剧我也不明白，但是我们一个个兴高采烈，在夜色的掩护下干得非常起劲。那时候我还没有被任命为牧师，但是已经在神学院读书。我不知道为什么做这些事，只是开心地哈哈大笑。真希望还能听到那快乐的笑声。我问鲍顿，还记不记得在房顶上安装干草车的事。他说：“怎么能忘了呢？”为了让我高兴，边说边呵呵笑了起来，但他还是愿意坐在那儿，下巴搁在拐杖头上，听孩子们的欢声笑语。我只好回家。

你和你妈妈正把花生酱和苹果酱抹到葡萄干面包上做三明治。你显然知道我特别喜欢吃这种三明治。你让我在门廊下坐着，直到牛奶倒好，一切就绪。孩子们似乎都认为每一件快乐的事情都应该是一个惊喜。

你母亲有点儿着急，因为她不知道我上哪儿去了。我没有告诉她我也许会去鲍顿家。她怕我倒在什么地方，一口气没上来便一命呜呼。这种担心不是没有道理。实际上，在我看来更糟糕的事情可能发生，但是她不这么看。我大多数时候的感觉都比医生说的好。所以我更愿意尽可能享受享受生活。这对睡觉有帮助。

我在想老鲍顿的父母亲，想我们还是小孩子的时候，他们是副什么样子。这夫妇俩总是一副郁郁寡欢的样子，甚至在他们盛年之时。他们和鲍顿一点儿也不一样。他母亲消化不良，吃饭总是一小口一小口地吃，往肚子里咽的时候就像咽火炭。他父亲虽然是一位可尊敬的老绅士，但是身上有一种显示他吝啬、嫉妒的东西。我一直喜欢“积怨”这个词。因为许多人不轻易表现他们的不满，因为那怨气离他们的心最近。哦，谁知道这两位老“朝圣者”现在已经变成什么样子了。我一直想象，神的恩惠使我们又变成我们自己，让我们嘲笑我们变成的那副模样，嘲笑我们披上的那副可笑的伪装——低着头、斜着眼、瘸着腿、皱着眉。我一直希望当我们再度相见，你不会因为生活在我脸上刻下的那些古怪的印记而疏远我。当我看鲍顿的时候，我看到的是一个滑稽有趣、慷慨大度、充满活力的年轻人。他现在拄着双拐。他说，如果还能长出第三条胳膊就再拄一根拐杖。最近这十年他一直没有上讲道坛。我由此推断鲍顿已经完成他的差使，我还没有。但愿我没有滥用上帝的耐心。

我开始看《寂静松林的小路》。我去图书馆借了一本，因为你妈妈不能和我合着看她手头那本。我想她在读第二遍。如果我以前真的读过这本书，也已经忘得一干二净。一个年轻姑娘爱上一个比她大的男人。她告诉我："我要跟你走到海角天涯。"我笑了起来。我猜这本书相当不错。书中的男主人公不像我这么老，不过你母亲也没有那个姑娘年轻。

这个星期，我准备讲《创世记》第21章第14至21节。这部分说的是夏甲[①]和以实玛利的故事。如果是平常——如果我比现在年轻二十岁——我会按顺序讲。先读福音书[②]、使徒书[③]，然后再回到《创世纪》。这是我多年来养成的习惯。我一直觉得作为对会众的教导这样讲效果好。达到良好的效果自然也是我讲道的目的。现在我却是心里想到什么就讲什么。此刻我想到的就是夏甲和以实玛利。

今天早晨做祈祷的时候，我突然想到夏甲和以实玛利的故事。我从这个故事中找到了自信。故事说，不只是孩子的父亲关心他的生活，保护他的母亲；它还说，如果母亲找不到供养孩子或者她自己的办法，就应该预先作好安排。从某种意义上讲这个故事充满了慰藉。生活就是这样进行着——我们把自己的孩子送到茫茫荒野。有的看起来在他们出生之日，就走向那蛮荒之地，尽管我们给予他们种种帮助。有的看起来自己就是一片荒野。但是那儿一定有天使，有泉水。即使荒野，即使豺狼居住之地，也

---

① 夏甲：基督教《圣经》故事人物，亚伯拉罕之妻撒拉的婢女，她与亚伯拉罕生有一子，名为以实玛利。因受撒拉的虐待，携子逃入沙漠。

② 福音书：指基督教《圣经·新约》中的《约翰（或马太、马可、路加）福音》。也作布道时读的福音书中的一节。

③ 使徒书：指基督教《圣经·新约》中的使徒书信。

属于上帝。我得把这一点牢记心间。

小鲍顿来问你愿不愿意玩传球。你当然愿意。因为在花园里干活儿，他被太阳晒得黝黑，看起来更健康、更诚实。他说，不能留下吃晚饭。你很失望。我相信你母亲也很失望。

温暖的暮色中，月亮看起来那么美妙，就像晨曦中的烛光一样美丽。光中之光。这好像是对什么事情的暗喻。拉尔夫·沃尔朵·爱默生[①]对此的表述非常出色。

在我看来这是对人类灵魂的暗喻。大千世界一片辉煌中奇异的光芒。或者像语言的精髓——诗歌；经验凝聚的智慧；友谊和爱情的结晶——婚姻。我要记着在讲道时运用这个暗喻。我相信，在我关于夏甲和以实玛利的思索中，我为它找到了一席之地。他们在荒漠里度过的时光仿佛是创造宇宙万物的天意中的天意——一个特别的时刻。

昨天晚上晚饭前，杰克·鲍顿溜达到我们家。他在门廊前的台阶上坐下，谈棒球和政治——他支持“北方佬”。这当然是他的权利。他谈呀，谈呀，直到通心面和奶酪的香味扑鼻而来。我只能请他进来和我们一起用餐。你和你母亲仍然把他的到来当作一个惊喜。这个约翰·埃姆斯·鲍顿总是那样从容、宁静，一副

① 拉尔夫·沃尔朵·爱默生（1803—1882）：美国作家、哲学家和美国超验主义运动的主要代表，强调人的价值，提倡个性绝对自由和社会改革。其诗歌、演说，特别是论文，例如《论自然》（1836），被认为是美国思想与文学发展的里程碑。

传教士的派头。顺便说一句，他并没有做过任何努力，为自己赚得这样一份荣耀，他也不配。至少就我所知就是这么回事。他甚至小时候就是这样，我看了以后心里总是很不舒服。也许他不是故意摆出这样一副架势。他就是那样一天天长大的。可是有时候在我看来，他身上总有一种拙劣模仿的痕迹。我纳闷他到哪儿都是这个样子，还是只有在我面前——在他父亲面前，才这样装腔作势？我说的“传教士的派头”又是什么意思呢？那应该是一种拘谨、谦恭、热情、真诚又不失尊严与高贵的做派。我自己从来拿捏不出那样一种派头。我的父亲可以，鲍顿也行。我的祖父，那个老拿细耳人①是另外一种风格。可是那种完美无缺、无懈可击的“传教士的派头”除了在杰克·鲍顿身上，我还没有在任何别人身上看到。而他是，或者曾经是异教徒。你母亲问他，要不要做谢恩祷告②，他说做，优雅而简洁，以至于通心面和奶酪“黯然失色”。

他提到我已经好几天没去看他的父亲。这倒是真的，不是偶然的巧合。我原以为他只在父亲这儿待几天。我的生活中最恼火的事情之一就是看见他们俩待在一起。我打算他走之前回避几天，可是显然他还不准备离开。

从前我经常走进厨房，看看食品柜和冰盒里有什么东西可吃。通常会找到一盆汤，一碗炖菜，或者砂锅菜之类的食物。我也许热一下，也许不热，依心情而定。如果什么也没有找到，就

---

① 拿细耳人：古希伯来人中接受不饮酒、不剃发等戒律的虔诚教徒，后也指代修行者。

② 谢恩祷告：饭前或饭后祝福或感恩的短时间祷告。

吃加了番茄酱的冷烘豆和煎蛋三明治。顺便说一句，我很喜欢吃这东西。有时候还能在桌子上找到馅饼或者饼干。我如果在教堂或者书房，就会有一位妇女走到门口，把饭留在那儿就悄悄地走了。过几天再来拿走她的盘子、茶巾或者别的什么东西。她们还经常给我送来果酱、腌菜、熏鱼。有一次还送来鱼肝油丸。那是一种很奇妙的生活，自有它的乐趣。

和你母亲结婚之后，大家有点儿为难，不知道还能不能像以往那样来来去去给我送饭。她们怀疑她不会做饭。事实也的确如此，于是继续把沙锅菜或者别的饭菜留在门口。后来我意识到你母亲为此而不安，就把这个情况告诉了大家。有一天晚上我发现她在食品室里哭。原来有人来替我们换了灯绳，还在架子上新铺了一层纸。来帮忙的人当然是一片好心，只是考虑不周。这我明白。

我之所以提起这件事，是因为在我看来，和你们俩，还有小鲍顿坐在一起吃饭怪怪的。不多年前，我还是一个人摸黑坐在这张桌子跟前，一边吃人家送来的冷肉一边听收音机。这时候老鲍顿悄悄走进来，在桌子旁边坐下，说："别开灯。"我关了收音机，和他坐在一起谈约翰·埃姆斯·鲍顿的事，为约翰·埃姆斯·鲍顿祈祷。

这个故事也许你不应该知道，我也不应该讲给你听。如果一切都很正常，讲不讲又有什么意义呢？这个故事没有任何不同凡响之处，事实上非常普通。我所说的"普通"无论如何不是减轻罪孽的借口。我经常听人们对我说，他们陷入的罪恶，或者他们因别人的邪恶遭受的痛苦，心里就想，哦，又是这事儿！听说南方有些教堂强迫人们当着全体教友的面公开忏悔他们比较严重的罪行。我有时候想，让人们认识到这种古老的“违规”多么陈腐、多么没有新意，或许对大家有点好处。对于那些被诱惑的人，或许可以剥掉诱惑者美丽的外衣。但是，我还没有证据表明这种做法可以起到这样的功效。毋庸讳言，也有可以减轻罪过的特殊环境。可是如果我是法官，我会判定，虽然小鲍顿的情况非常特殊，但是绝没有减轻罪责的理由。当然，根据《圣经》的经文，我不是，也不应该是法官。

犯罪，这是一个法律术语。罪行从来不是单一的。它对于人类生活造成伤害，留下永远难以平复的伤痕。

避免犯罪。作为忠告，这样的话又有多大的意义呢？

我不得不做出决定，如何告诉你的母亲。我知道她会迷惑不解。他对她、对你都非常好，对我也好。谢天谢地，今天晚上他没有叫我“爸爸”。他那么毕恭毕敬，我真想告诉他，我还不是世界上最老的人。哦，我承认我在有些问题上比较敏感。我会努力让自己公平地对待他。

你看着他，好像他是查尔斯·林德伯格[①]。他不停地叫你小兄弟，你听了很高兴。

我希望他在我有其他那么多事情需要处理的时候突然出现，是天意。因为此时此刻我格外珍惜温馨安谧，而他的出现对这种宁静起到很大的破坏作用。

我不是在抱怨。或者说我不应该抱怨。

---

① 查尔斯·林德伯格（1902—1974）：美国飞行员，因单独完成不间断横越大西洋的飞行而闻名于世，著有《圣路易斯精神号》，记述其飞行经历。

我一直在想我葬礼上的讲话。我准备把它写下来，给老鲍顿省点麻烦。他讲话的风格我模仿得非常好。他会为此而哈哈大笑。

今天早晨小鲍顿又来了。带来他们家树上结的苹果和李子。他和格罗瑞把园子收拾得非常漂亮。他们干了不少活儿。

我想让自己对他更友好一点儿。他往后退了几步，脸上挂着一丝微笑看着我，仿佛在想："今天我们很友好！这是怎么回事儿呢？"他直盯盯地看着我的脸，似乎想让我知道，他明白我是在作戏，他觉得很好玩。我想从某种意义讲，带着目的做事就是做戏。但是除此而外我还能怎样做呢？这种情况下大多数人都会顺水推舟，不管他们私下里怎么想。我不情愿地把他这种举动称之为"魔鬼般的行径"。我当然因此而很不舒服。我敢肯定这正是他的目的。我也相信他确实觉得"很好玩"。于是今天我不想再表现得"真诚友好"，找了个借口去教堂料理一些事情。

我花了几个小时沉思默想，为约翰·埃姆斯·鲍顿祈祷，为约翰·埃姆斯——他的"灵魂之父"祈祷。这是鲍顿有一次对我的称谓，尽管我对此并不认同。任何灵魂的父亲只能是上帝。对于这个事实，我有许多需要仔细考量的东西。最好我能得罪或者拒绝自己的儿子——这是上帝禁止的事情——但是，你也是上帝的孩子，我也是，我们大家都是。我必须仁慈宽厚。我唯一的角色就是做一个仁慈宽厚的长者。显然，我必须设法仁慈宽厚地看待他，因为他把看穿我这一点看得非常重。我相信通过祈祷，我在这方面有了很大进步，尽管显然还需要取得更大的进步，还需要做更多的祈祷。

这是一件很重要的事情，我对许多人讲过。起初是父亲告诉我的，父亲又是听他父亲说的——当你和某人不期而遇，当你和无论什么人发生什么关系，就好像一个问题被推到你面前。这时候你就一定要想一想，此时此刻、此情此景，上帝要你做什么？如果你碰到的是侮辱或者敌意，你的第一个反应就是以牙还牙，以眼还眼。但是如果你这样想：这是上帝派来的使者，是为了我的利益而来，首先是我表现忠诚的场合，也是显示我并不急于分享上帝的恩赐与保护的机会，你就可以不受当时那种处境的左右，按照自己的处世之道行事。你就摆脱了对那个人的仇恨的冲动。他也许会嘲笑你居然认为上帝派他给你带来什么利益（同时也给他带来利益），但是这正是最完美的伪装。不过他自己对此一无所知罢了。

最近，我一直没能做到这一点，屡受挫折又让我想起这宝贵的教诲。加尔文在什么地方说过，我们每一个人都是舞台上的演员，上帝是观众。这个比喻总是让我感到新鲜贴切。因为它使我们成为自己行为的艺术家。上帝对我们的反应可以看作是从美学角度而不是平常意义上的道德角度做的评判。我们对自己的角色有多少了解？我们在扮演这个角色的时候，心里有多大把握？我想，加尔文的上帝是个法国人，正如我的上帝是一位有新英格兰血统的中西部人。我们都是尽可能用自己的看法影响对这类重大事件的看法。我确实喜欢加尔文这个形象化的比喻，因为它指出上帝实际上是怎样欣赏我们的。我相信，我们在这方面想得太少了。那应该是理解一些最根本的东西的方法，因为推测起来，世界就是为上帝的快乐而存在。当然所谓快乐不是简单意义上理解的快乐，而是犹如你为一个孩子的存在而快乐一样。哪怕从任何一个方面看，他都是扎在你心头的一根刺。当他的儿子忙于什么事情的时候，鲍顿经常说："他有自己的思想。"他这样说的时候不无赞赏。就拿爱德华说吧，他的确有自己的思想，值得尊敬的思想。

可我也不敢断定果真如此。他的思想当然值得尊敬，但事实是他的思想源于一种类型的书籍，正如我的思想源于另外一种类型的书籍。话说回来，很难说真的就是这样。我在神学院学习的时候，只要他提到过的书我都读。我认为他会读的书我也读，只要我能弄到手而且不是德文版。如果我手头有钱，就邮购那些我认为他有可能读的书。我把书拿回家父亲也读。那时候我非常惊讶。谁知道人的思想究竟是怎样形成的呢？真是一个谜。不管怎么说，鲍顿是正确的。杰克·鲍顿也是一件艺术品。

显然需要再做更多的祷告，可是我得先小睡一会儿。

我很冲动，想警告你们提防杰克·鲍顿。你母亲和你。现在你该知道我是个多么容易犯错误的人，在这个问题上我的感觉多么靠不住。你知道活了这么多年我还是无法预测，你是否一定会因为我警告你们而原谅我，或者因为我没有警告你们而原谅我，或者事实证明警告与否都不重要。对于我这是一个很严肃的问题。

这一段文字其实就是警告。也许我对你母亲只能说这么多。他不是一个品格高尚的人。要警惕他。

如果他继续来我们家，我想我会这样做的。

我已经有一两天没有给你写信。这几个夜晚非常难熬。浑身不舒服，呼吸有点儿困难。我觉得摆在我面前有两种选择：一，折磨自己；二，相信上帝。我面临的问题没有世俗的办法可以解决。相反越想问题越多。我相信这阵子我就是这样自寻烦恼的。所以干脆什么也不想。今天有“北方佬”和“红短袜”的比赛。这是天意，因为这是一场很得体的比赛，而我对谁输谁赢并不格外关心。所以我在看比赛的时候不会过分激动。（现在我们有了一台电视机。这是教友们为了让我看棒球特意送来的。我一定会看。但是放在收音机旁边，还是觉得没有立体感。）

你母亲把你打发到邻居家。她说，这样你就不会纠缠我了。可是我反倒因此想起今天早晨她给我留下的印象。这个可怜的女人脸色苍白。她睡得也不比我更好。昨天他们把电视机放到客厅，整整一个下午爬上爬下在房顶安天线。年轻人特别喜欢干这种事情。做这样一件实际上既危险又新奇的好事儿，他们都很开心。我记着，我记着。

你母亲把我写作用的东西和她在我书桌上看到的那几本书都拿到楼下。有人还用一个托盘端来我正服用的药片、眼镜和玻璃杯。大家似乎都认为我的病情很严重，以防万一。我自己不相信，不过也许我错了。

我在椅子上睡了一觉，醒来之后觉得精神好了许多。我错过八局半的比赛。第九局下半场也没有发生什么特别的事情（四比二，“北方佬”领先）。接收效果很好，我期待看这个赛季其他赛事——如果上帝愿意的话。你母亲也睡着了，跪在地板上，头放在我的膝盖上。我怕惊醒她，一动不动坐了好长时间，看电视里正播放的电影。电影演的似乎是一些身穿军用防水短上衣的英国人正忙着干一件让人心情郁闷的事情，而这件事情又和法国人、火车有关系。我没弄清楚到底是怎么回事。她醒来后看见我非常高兴，好像我们好长时间没有见面。然后她把你叫回来，我们一起在客厅吃晚饭。事实是不管饭是谁送的都给我们每人一份。因为晚饭是三种炖菜，两种水果沙拉，还有蛋糕、馅饼做甜点。我就想我那些用这样丰盛的饭菜对付生活中任何问题的教友，一定已经听到我不久于人世的“警报”。甚至还有豆子沙拉。一望而知是长老会教徒送来的。由此可见，焦虑已经使人们超越了教派的界限。你们可以设想我已经死了。我们把它留下，明天当午餐。

我们度过一段快乐时光。我们仨，看着电视。有变戏法、玩杂耍的人，表演口技的人，猴子，还有许多让人眼花缭乱的舞蹈。你要尝尝我盘子里的菜，好决定吃哪种炖菜，哪种沙拉。你和别的孩子一样，不喜欢让食物在自己的盘子里搅合到一起。于是我一边让你一样接一样地吃，一边在心里猜测饭是谁送的呢？布朗太太，迈克内尔太太，普拉依太太，还是多丽丝太太，特内太太？我用叉子喂你，你说：“我还没拿定主意呢！”我们就再来一遍。你是在开玩笑，要把饭都吃光。那自然是棒极了的笑话。我想起让你吃圣餐的情景。不知道你还记不记得那些往事。

今天上午我到教堂待了几个小时，回家之后发现我的许多书被搬到楼下客厅。书桌和椅子也搬了下来，电视机搬到楼上。这是你母亲的主意，但是我知道是小鲍顿搬上搬下的，或者帮她搬上搬下的。我没有为这件事生气。活到这份儿上，我拒绝生气。她是好意。迟早都得这么做。确实如果我不得不和什么人一起度过我的垂暮之年的话，我宁愿他是卡尔·巴特，而不是杰克·本尼①。不过我还有自己的书房，我还不认为现在就该放弃。杰克·鲍顿到过我的书房。这些书信也许就是他拿到楼下的。我楼上楼下跑了两趟，焦急地找了半天才发现它们在书桌最下面那个抽屉里放着。我从来没有把它们放到这儿。这似乎是对我的嘲弄，好像他特意把这些东西藏到这儿。我知道我有点不通情达理了。

今天我讲道的内容是夏甲和以实玛利。和平常不同我有点儿脱离讲稿。这也许不大明智，因为昨天夜里我没有睡好。不是睡不着而是不想睡。我只是躺在那儿，毫无希望地被那些让人心焦的事情折磨着。如果我真的刻意去做，许多焦虑可以从思想里排遣掉。可是这天夜里，我不得不忍受令人沮丧的瘫痪的痛苦。那种和瘫痪作斗争的感觉难以言喻。我怀疑，便吃力地动了动胳膊。等我醒来，累得筋疲力尽。

小鲍顿也来听我讲道。我一点儿也没有想到。你看见他进来便朝他招招手，拍了拍旁边的长椅。他走过过道在你身边坐下。你母亲看了他一眼道了声早安，没有再看他，一次也没有。

我开始评论，指出夏甲和以实玛利被放逐荒漠的故事和亚伯拉罕带着以撒去祭献的故事的相似之处。我的看法是，实际上亚伯拉罕被要求祭献的是两个儿子。在那两种情况之下，上帝都在

---

① 杰克·本尼（1894—1974）：美国喜剧演员，以迟钝的喜剧口才和广播电视表演而著称。

关键时刻派天使干涉，救出孩子。亚伯拉罕垂垂老矣，是这两个故事的重要因素。不只因为他几乎没有希望再生几个孩子，也不只因为老年得子多么宝贵，我想还因为任何一位父亲，特别是一位老父亲，必须最终把孩子交给茫茫荒漠，最终依靠上帝的眷顾。倘若即使在最好的条件之下，父母也只能给孩子如此少的保障，如此小的安全之感，那么一代人为另外一代人之父，几乎都是一种残忍。因此有必要树立坚定的信念，把孩子交出去，相信上帝会把父母的爱给予他，相信荒漠上确实有天使。

我指出亚伯拉罕自己就曾经被逐出过家门，被赶到荒漠。这是一代又一代人的故事，只是由于上帝的恩惠，我们才成为表达天意的“中介物”，成为父亲身份的分享者，而这个身份最终只能属于上帝。

讲到这里我脱稿说，一个老牧师为他的教堂焦虑同样是因为忘记了这样一个事实，那就是耶稣基督自己就是他的教徒的牧师，忠实地存在于一代又一代人之间。我想我这个观点非常好，可是有的女人哭了起来，我只好改变话题，提出一个问题：为什么上帝要让性情温顺的亚伯拉罕去做两件表面上看似非常残酷的事情——把一个孩子和他的母亲赶到荒漠，把另外一个孩子绑到祭坛上作为祭品。这个问题之所以突然出现在脑海之中，是因为我经常想起。现在我不得不给出一个答案。

我曾经想过，这是《圣经》里唯一父亲对自己的孩子不友善的两个例子。上帝可以问：“如果儿子向你要面包，你给他一块石头，你会是个什么人呢？”这是一个带修辞色彩的问题。经验告诉每一个人，我们之中有许多父亲虐待自己的子女，或者抛弃他们。讲到这儿，我看见小鲍顿咧开嘴朝我笑了笑。他脸白得像张纸，唇边挂着一丝微笑。如果我想到他会在场，绝对不会讲这个内容，当然如果我完全按事先写好的稿子讲，一切都会更好。

关于这些故事的残忍，我说，是因为它们描述了孩子们经常成为被抛弃的对象或者暴力的牺牲品。但是在这种情况下，孩子们仍然会得到上帝的眷顾和照料。否则《圣经》不会记录下这些事情。我还说，如果天使把他带回家送到他笃信的亲爱的天父面前，其真实性不亚于如果天父拯救他于刀剑之下，让他活得超过他在尘世间的寿命。

我不知道如何才能对这个问题做出完满的回答。这是一个如此困难的问题，我一直犹豫着，根本不想提起这个问题。我唯一应对的准备是人们曾经无数次向我提出这个问题，希望我能向他们解释。然而不管他们曾经怎样想，我都没有成功到让自己满意的地步，一次也没有。

我一直担心，当我说被侮辱的人或者被践踏的人也在上帝眷顾之列时，有的人便会认为既然如此，侮辱别人、压迫别人，就没有什么大不了，算不上罪恶。《圣经》的全部教导和这种想法截然相反。我在这里引了主的话："凡使这信我的一个小子跌倒的，倒不如把大磨石拴在这人的头颈上，沉在深海里。①"这话听起来是很严厉，但是确实白纸黑字在那儿写着。

小鲍顿只是坐在那儿微笑。这也是他总让人觉得高深莫测的原因之一。他把语言当作行动来对待。他不是听话里的含义，也不看人家行事的方式。他只是判断他们是不是心怀敌意，敌意有多深，从而确定他们是不是对他构成威胁，或者造成伤害，然后

---

①《圣经·马太福音》18∶6。

以同等的水平做出回应。如果他从你说的话里听出责备和惩罚之意，就觉得你是朝他开了一枪，或者咬了他的耳朵。

我说过，我没有预料到他会到场。此外会众中有相当多的人对孩子们的态度远没有达到应该达到的标准，所以虽然我离开了讲稿，虽然我承认，我的即席讲话和他带着那样一副表情坐在我的妻子和儿子旁边有关，但是他认为我的话完全是冲他来的——他显然这样认为——仍然是妄自尊大的表现。

你母亲看起来很着急。也许因为在她看来我是在谈自己的情况，谈她的情况、你的情况，或者因为我为了组织自己的思路显出几分艰难，或者因为我的情绪比以往激动。如果我看起来确实像自己感觉得那样——身心疲惫，甚至只流露出一半的倦容，她也有足够的理由为我担心。

但是我突然想到，也许因为小鲍顿和她说了他对我的训诫的看法，而且让她明白了其中的含义。我不知道他是什么时候对她讲的，但我相信如果他想找这样一个机会其实易如反掌。让我同样奇怪的是她连一眼也没有看他。如果在我讲道过程中，她希望在别人眼里她压根儿就不认识他，就可以解释这种情况了。我觉得会众中也许有的人也认为我的训诫是冲他去的。我不知道他为什么不和长老会教徒一起做礼拜。

现在我要做祈祷了。我要先睡一会儿。设法入睡。

谢谢上帝，又一个早晨。夜里睡得很好，没有什么不舒服的地方。刚刚吃过早饭，教友中一个女人就打来电话，让我去她家一趟。她年纪很大，前不久死了丈夫，一个人过，刚从农场搬到城里一幢小房子里住。你永远都无法知道，这样的人会遇到什么麻烦，会有多少担心的事情。我去了。原来她厨房的洗涤池出了问题。她告诉我，她非常惊讶，一个法制社会怎么会出现这样黑白颠倒的事情——热水龙头出来的是冷水，冷水龙头出来的是热水。我建议她，全当写 C 的是热水龙头，写 H 的是冷水龙头不就行了嘛。她说不行，她喜欢按规矩办事。我只好回家拿了一把改锥，帮她把两个龙头把手换了一下。她说，在找到真正的水管工人之前先凑合着用吧。哦，牧师的生活！我想倘若老妇人那会儿怀疑我丢弃了教义，现在对此一定确定无疑了。你母亲听了这事儿哈哈大笑。因为这个，我辛苦一趟也值。

昨天夜里我读完了《寂静松林的小路》。有一会儿似乎改变了我的看法。书中的主人公——那个老头看到姑娘和一个与她年龄相仿的小伙子站在一起，心里想他们多么相配呀！他自此越发显得年迈体弱，不修边幅，精神不振。姑娘当然依旧年轻美丽。结局很好。她只爱他，永远爱他。我怀疑如果这本书没有安排这样一个特别的情节，我未必对它那么感兴趣。我很想知道书里哪些故事让你母亲那么着迷？上帝保佑她，她是个难得的好女人。昨天晚上我读了大半本。睡不着，总在心里琢磨后来会发生些什么事情，就蹑手蹑脚回到书房，一直读到天大亮。然后就到教堂看晨曦照进这个神圣的所在。因为这种宁静比睡眠更容易让我恢复体力。这个房间里仿佛有一个寂静的宝库，储藏着所有曾经走进这里的寂静。记得小时候我做过一个梦，梦见母亲走进我的卧室，在屋子角落一张椅子上坐下。她两手交叉放在膝盖上一动不动，非常安静地坐着。一种那么美妙的安全之感、幸福之感从我心中升起。我醒来之后看见妈妈真的坐在那张椅子里。她朝我微笑着，说：“我在享受宁静。”在教堂里我也有这种体验，我在梦想那些真实的东西。

我突然想到，比起喜欢这本通俗小说，你母亲不可能找到更好的方式对我表示鼓舞。因为她那么喜欢，我才注意到这本书，也读了这本书。这是天意。通过这种方式，告诉我她无法说出口的事。

我希望能像某个年老的北欧海盗[①]一样。我要让执事们把我抬到这儿放在圣餐桌下面，像点燃火炬一样点燃这艘古老的船，让它和我一起驶向来世。尽管事实上我希望他们能省下那张桌子。他们肯定会。

就连至圣之所也会坍塌。浓重的黑暗化为明媚的阳光，上帝的神秘变得更加辉煌。我珍贵的“寂静宝库”也会四分五裂，巨大的沉寂化为乌有。但是，感谢上帝，他们会等到我死的那天。

有时候我几乎忘记自己写这些东西的目的。我是想告诉你倘若我能看着你长大一定要告诉你的事情。我相信这些事情能把我变得像个父亲一样教导你。当然有十诫[②]。我想你对第五诫特别熟悉：“当孝敬父母。”我特别指出这一条是因为第六、第七、第八、第九条都是根据刑法、民法以及社会习俗强迫人们必须做到的。第十条是不可强制执行的，即使自己愿意服从，即使出于天下最好的愿望，还是经常被人们违反。我已经十分坦率地对你讲

---

① 北欧海盗：八到十一世纪时，劫掠欧洲西北海岸的海盗。

② 十诫：犹太教、基督教的诫条。

过，看见别人结婚，看见所有人家都儿女成群，尤其鲍顿家，我心里就非常痛苦——不是因为我想要人家的孩子，是我想有自己的孩子。我想，所谓贪求的罪恶就是，甚至你最爱的人拥有你想有却没有的东西时，心里感觉到的那种怨恨和痛苦。从“爱人如己”的观点出发（《利未记》第19章第18节），没有什么比贪求更容易使人堕落。你觉得那种贪欲在你的心里，在你的骨髓里。所以从这个角度看，这条戒律是有教育意义的。我从来没有真正成功地遵循过这条戒律：你不能贪求。如我所说，我避免违背它的办法就是尽可能多地独处。我敢断言如果我自己就接受所谓贪求是人不可避免的欲念，我履行天职的辛劳会更有成效。就像保罗那样，就像身上扎着一根刺，可以这样说。“与喜乐的人要同喜乐。[①]”我发现要做到这一点，太难太难。倒是和别人一起哭泣，我做得更好。我不是当笑话给你讲这事，只是觉得很可笑。

如果我曾经活在这世上，你就会从我身上学到许多东西，有好的，也有坏的。我想告诉你，我失败在哪里——如果这些失败重要到足以得出真正应该引以为戒的结论。这次失败当然属于此列。

不过还是先回到尊重你母亲这件事情上吧。我想第五条戒律夹在与崇拜上帝有关的戒律和以正确的态度对待他人的戒律之间，自有道理。我一直纳闷“十诫”的次序是不是按其重要性排列。如果确实如此，尊重母亲比不能犯杀人罪更重要。这种观点看起来不同寻常，但我还是愿意接受。

或者人们认为这些戒律是不同的法律，不能按其重要性加以

① 见《圣经·罗马书》12:15。

比较。如果按崇拜对象的次序排列，尊重母亲可能放在最后，可是如果按正确行为的次序排列，就应该放在第一位。我想这种观点颇有说服力。

使徒[①]说："要彼此推让。"还说："恭敬人。[②]"这条戒律包含的内容却狭窄得多。从前的评论者经常说，戒律中"你的父亲和母亲"是指有权管你的任何人。好长时间人们就这样认为，这种解释带来许多害处。比如，奴隶制就是"父权制"的产物。任何人碰巧有权管你，就是你的"父亲"！于是这个世界就出了一些凶残、狠毒的"父亲"。"你是什么意思，压榨穷人！"经文里有没有什么地方说，"给孩子们好吃好喝，却把父母两手空空打发走？"没有。因为父母不能等同于富人或者有权有势的人。《圣经》里没有一个父亲凶狠地对待自己的孩子，而《圣经》里的富人和权贵经常那么狠毒。如果尊重权威仅仅意味着不要忘乎所以，公然蔑视权威，那就真正降低了"恭敬"这个字眼用于母亲身上时的价值。它就不会足够美丽、重要到被放到"十诫"的中心，哦，看在上帝的分儿上。

我认为第五条戒律一定刻在第一块牌匾上，列于那几条要求正确崇拜的法律之中。因为正确崇拜首先需要正确理解（见《罗马书》[③]第1章）。在这个问题上，《圣经》要求你正确理解那些你非常熟悉、深刻了解的人。你只有尊重与自己不相干的某个人，才能真正完成自己的责任与义务——对相互亲密、相互理解的人表示尊重。如果所有这些做法有利于父母的话，我愿意再次指

---

① 使徒：指耶稣基督派出传布福音的十二个或后来增加的门徒之一。

② 《圣经·罗马书》12:10。

③ 《罗马书》：亦译《致罗马人书》，基督教《圣经·新约》中的一卷。

出，《圣经》里的人物给我们树立了身为父母始终如一的好榜样，那就是他们都尊重自己的孩子。我觉得，关于这一点，值得注意的是，不是亚当，而是上帝谴责该隐。以利[①]从来不谴责他的孩子们。撒母耳也不谴责他的孩子。大卫[②]从来不责备押沙龙[③]。最后可怜的老雅各在为他的儿子们祝福的时候，才责备了他们几句。这也是一件不同寻常、耐人寻味的事情。

还有一篇讲道的经文，那就是《福音书》中关于"浪子回头"[④]的故事。我应该问问鲍顿，他有没有注意到这个故事。他当然注意到了。当然。我必须再想一想这件事。

我在这个问题上的看法是，上帝的仁慈、神的眷顾，给我们大多数人造就了一个尊重的对象。孩子有父母尊重，父母有孩子尊重。我就非常尊重你正直的人品、善良的心。你的母亲对你真是怎么爱也爱不够，怎么骄傲也骄傲不够。你生命中的每时每刻她几乎都关注着。她爱你就像上帝爱你一样，发自内心地爱，从骨子里爱。这就是对孩子的尊重。你看，爱某一个人的存在犹如神的爱。你的存在是我们的快乐。我希望你永远不要像我一样渴望有个孩子。可是，哦，当你终于到来的时候，那是一桩多么美妙的事情。将近七年，我一直享受着你带来的幸福，这是上帝多么大的恩赐。

---

① 以利：以色列先知撒母耳幼年时的大祭司兼士师，见基督教《圣经·撒母耳记》。

② 大卫（？—前962）：古以色列国国王，建立统一的以色列王国，定都耶路撒冷，据基督教《圣经》载，系耶稣的祖先。

③ 押沙龙：基督教《圣经》的人物，大卫王的宠儿，反叛其父，战败后被杀。

④ 浪子回头：这里指基督教《圣经》中，耶稣讲道时用的一个比喻。

至于孩子尊重父母，我认为必须加以引导，因为父母是更大的谜团，从某种意义讲是陌生人。我们的生命已经过去那么多时光，就连你母亲也是这样，尽管她比我小一代还多。但是她走到我身边的时候也已历经风霜。我的意思是我们俩结婚的时候她已经三十多岁。如我所说，那些年她一定经历了许多苦难。我从来没有问过她，但是生活让我学会一件事情，就是知道根深蒂固的、已成习惯的悲伤看起来是个什么样子。看到她，我心里就想，你从哪里来，我亲爱的孩子？那天，刚开始做祈祷她就走了进来，在最后一排椅子上坐下，抬起头看着我。从那一刻起我眼睛里就只有她那张脸。有一次我听见一个人说基督教徒崇拜痛苦。事实当然绝非如此。但是我们的确相信，这里有一种神圣而又神秘的东西，这样说也无可厚非。她脸上有一种总让我觉得要去努力胜任的东西，好像那里面有种真理要检验我说的话是否正确。那是一张很漂亮的脸，非常聪明，但是悲伤"嫁接"到聪明之上，可以这样说，直到合二为一。我相信悲伤之中有一种尊严，仅仅因为那是上帝美好的愿望。他觉得应该这样。他永远把被打入底层的人们提升上来。这并不是说，制造痛苦或者本来可以避免却非要无端自找痛苦是正确的，认可痛苦本身的价值是一件危险的、不同寻常的事情，所以我想非常清楚地表明自己的看法。那就是，上帝站在受害者一边，反对迫害他们的人。（我希望你熟悉先知，特别是以赛亚①。）

你母亲从来没有谈起过她自己，真的，从来不承认她生活中有过任何忧伤和痛苦。这是她的勇气，她的骄傲。我知道，你将

① 以赛亚：公元前八世纪希伯来预言家。

为此而骄傲，与此同时你要记住，她能做到这一点，需要非常非常巨大的温柔和善良。因为从来没有人有过这样的勇气，也没有人需要这种勇气。年纪尚轻的时候你也许认识不到这一点。教堂里人们对她的态度常常让我担心。她对谁都敬而远之。她禁不住这样做。于是别人也对她敬而远之。从另一方面看，我经常想，她和我很相配，不管从外表看我们之间有多大的差异。因为我饱经沧桑，可以理解她。大家对她并不是不友好，他们会给她她愿意接受的任何帮助。但是大多数人不像我，看不到她身上的青春活力。我相信在他们看来她甚至有点严厉。

我给她写了一封信，吩咐她一些应该做的事情。我还想把下面的内容加进去——过去好多年里，我给过别人一些钱，算不上太多，但也占了我薪水相当大的一部分。一般来说我都编故事说，是一笔忘记了的救济基金，或者匿名人的捐款。他们相信不相信很难说。那时候我没想到自己有朝一日也会有妻小，所以如我所说，不把这事儿记在心上。我没有做过什么记载，也记不得在什么情况下，给过什么人多少钱。教堂的修缮费，比如换窗玻璃、买油漆，都是我掏的腰包。大家都有过艰难的时候，所以凡是我自己能支付了的，我就不会找别人。我说这件事的目的是想让你和你母亲知道，你们得到的任何帮助，哪怕是相当大的一笔钱，都不要看作是别人的施舍，而是偿还。我从来没有想过，我的会众欠我什么，但是，事实是，我往水里扔了太多的面包，所以在有面包漂到你面前的时候，你都应该看作是我亲手送给你们的。当然也是上帝的恩赐。

关于第五条戒律，我还想说几点，说说为什么我认为它应该刻在第一块牌匾上。简而言之，对上帝的崇拜最根本的原因是源于对上帝的正确理解。上帝与众不同——他是独一无二的。他不是人们想象之中的“物中之物”（偶像崇拜——这是费尔巴哈没能把握的原理）。他的名字引人注目，是神圣的（我把它看作是《圣经》蕴含的“神圣”的反映，是别的语言不可企及的创造性的表达）。安息日又被从其他日子中划分出来——也许，超越了存在于时间当中的生灵——作为对一段时间的享受。因为“最初”也许可以称之为“时间的种子”。“种子”落地之后，一切创造的条件才渐渐成熟。之后，你看，又把父亲、母亲划分出来。在我看来，几乎是复述了《创世记》的故事——首先是上帝，然后是上帝的话，然后是日子，再接下去是男人和女人——这之后是该隐和亚伯——你不能杀戮——所有罪恶都记录在这些戒律里，就如所有罪行都被记录在防止这些罪行发生的法律里一样。所以牌匾的区别就在于，它涉及的是“永久”还是“暂时”。

阅读会使你产生这样一个观点：父亲和母亲犹如人类之父和人类之母——上帝喜欢的亚当和他可爱的夏娃，也就是上帝亲手创造的人类的始祖。这些戒律有一个模式，那就是分门别类，从而凸显其神圣。每一天都是神圣的，但是把安息日划分出来，人们可以因此而体验时间的神圣。每一个人都应该被别人尊重，但是把父亲、母亲划分出来，可以使我们更有意识地尊重他们。他们通常整日辛劳，负担沉重，也许脾气古怪，为人小气，或者愚昧无知，傲慢专横，但是作为人父、人母，他们理应被儿女尊敬。相信我，我知道这是一条很难遵守的戒律，但是我也知道孝敬父母将得到巨大的回报。因为真正尊重的根源在于你感觉到了那个尊重对象的神圣。拿你母亲这个特例来讲，我知道如果你能以这样的方式关注她，就会在她身上发现巨大的爱。当你爱什么人达到爱她的程度，当你看她就像上帝看她，这条戒律便具有了上帝、人类和存在本身的本质。这就是第五条戒律刻在第一块牌匾上的原因。我一直劝告自己相信这种看法。

我睡得不错。星期一，只要有可能我就待在家里。这是我休息的日子。一大早就想问题，祈祷，还收拾了一下书架。这当儿一个念头浮现到我脑海之中——应该想一想，如果我为自己辩护的话，该说些什么？事实上就像任何一个头脑清晰的人一样，我一直这样做。但是考虑问题的时候，我喜欢像做数学题一样，约去一个问题两边相等的部分，的确如此。但是从另外一方面讲，我发现这种办法虽然本身看起来挺有意思，实际上什么问题也没有解决。如果我把自己的想法写到纸上，可以表达得更严密。一个必须做出的决定，首先要有可行性。不做决定实际上是可供我做出的两种选择中的一种，所以决定也必须等待机会。也就是说作为一种行为，不决定付诸实施和决定不付诸实施是完全相同的一码事。如果我在一系列可能性的一边决定不采取行动，另一边决定采取行动，最终的结果等于什么决定也没有做，也就是说什么行动也没有采取。

不管怎么说，我的观点是必须特别强调做我害怕去做的事情的可能性。那就是把我认为应该告诉你母亲的事情告诉她。

问：你最怕的事情是什么？死亡[①]？

---

① 原文为拉丁文，Moriturus（死亡）。

答：我，死亡，最害怕丢下我的妻子和孩子，被一个人品极差的人摆布。

问：你为什么认为，他和他们接触或者他对他们的影响，足以使他们招致损害？

这个问题提得真好。我自己不会提出这样的问题。答案是，他来过我们家几次，来过教堂一次。这个答案实在无法给人留下深刻印象。真正的原因是，当我站在讲坛上看着坐在下面的你们仨，觉得你们就像一家人，年轻、漂亮。我那颗苍老、邪恶的心从胸中升起。我曾经在别的什么地方提到的“贪求”淹没了这颗心。我又体会到当我看到别人过得很美，就衬托出自己的凄惨，就觉得冒犯了自己的感觉。我觉得我仿佛从坟墓里回头看这个世界。

哦，感谢上帝，经过思考我终于得出这样一个结论。

趁我现在尚能真诚面对自己，我必须再补充几句——大约两个月以来，我觉得人们对我的态度发生了某种变化。这种变化恰恰反映出我对他们的态度发生了变化。也许我理解得不像我应该理解得那么深刻，也许我明白的不像我应该明白的那么多。

事实是我不想老，当然更不想死。我不想在你的记忆之中只是一个颤巍巍的老傻瓜。我迫切地希望你在我年轻的时候认识我，倒也不必真的那么年轻。你在我六十岁时认识我就行，我身强力壮，这方面像我的祖父和父亲，区别仅在于，我比较瘦、个子高，但我很壮实，很健康。就是现在如果心脏没问题，我依然可以做许多事情。

我不必因为这样想就责备自己。作为牧师我曾经对大家多次讲过，就连上帝，在他被出卖的那个夜晚还在花园里哭泣。所以不是我内心深处尚未被救赎的异教徒的东西使我害怕我本来应该欢迎的东西。尽管我的痛苦显然和一种可耻的情绪——其他性质的情绪——混合在一起。当然，当然。“谁能将我从这将死之躯中解脱出来？”哦，我知道这个问题的答案。“我们不会都睡觉，但是我们都将被改变，一会儿的工夫，眨眼之间就被改变。”我想象一种让人欣喜若狂的皮鲁埃特旋转①，有点像你很小、身体还不知道用力的时候跳起来接击球员击出的平直球。保罗不会说出和这个答案完全不同的、别的什么意思，所以还可以期待这样一个答案。

我这样说，是因为我觉得自己真的不行了。当然不是从医学的角度考虑。我觉得被人冷落，似乎是一个早已被人遗忘的流浪汉。昨天夜里，我做了这样一个梦。在梦里我实际上就是鲍顿。可怜的老鲍顿。

今天早晨你拿着你画的一幅画跑来让我看，想让我夸夸你。我正在看杂志上的一篇文章，想把最后一段看完，所以没有抬起头看你。你母亲用最亲切、最悲伤的声音说：“他听不见。”不是“他刚才没听见”，而是“他听不见”。

那篇文章很有意思，刊登在《妇女家庭》上。那是格罗瑞在她父亲的书房里找到的一本旧杂志，她拿来给我看。杂志上面有一张纸条：给埃姆斯看。但是写在一大堆事情后面。我猜因为那是一九四八年。文章的题目是《上帝和美国人民》。作者认为，

① 皮鲁埃特旋转：芭蕾舞中，用脚趾的一点或脚尖着地的身体旋转。

百分之九十五的人都声称信仰上帝。但是我们的宗教并没有达到这个标准，远没有。在他看来，所有教堂、教堂里所有的人都是古犹太教的文士和法利赛人。在我看来他自己倒有点像文士，对自己行事的方式一味自嘲、揶揄。你怎么能分清法律学家和预言家呢？他显然把自己当作预言家。预言家热爱他所指责的那些人。而这位作者显然不属于此列。

“信仰上帝”这句奇妙的话让我想起费尔巴哈那本书的第一章。这一章实际上讲的是语言的笨拙，和宗教毫无关系。费尔巴哈不去想象“这一个”之外存在的可能性。我则认为现实包括了“这一个”，又超越了它。比方说，世界包括并且超越了索佩对它的理解。索佩也许一直是人类意识形态之争的牺牲品。它毫无疑问会对现状做出猫科动物的评价。这种评价和所谓“无产阶级专政”或者“曼哈顿工程”没有任何关系。它观念的贫乏和现实生活也没有任何关系。

这是过激的说法，不很准确。我不想推崇这样的“事实”。它只不过是这一事实扩大了的或者推断出来的“版本”。如果你在心里琢磨，我们称之为石头的东西和我们称之为梦的东西有着怎样的不同——我们知道，事实上这二者有天渊之别——我想说的则是一种更加截然不同的东西。我们和这种东西共同存在于世。尽管何为“存在”，人类的环境在我们身上创造出极具局限性的、独特的观念。有一次，我就这个话题讲过一次道。经文是“你的意念非同我们的意念。”那是比两个月久远得多的过去发生的事情。应该是去年。我想，那时候不少人听了大概迷惑不解，但是我自己颇为满意。我甚至希望爱德华在场。记得有位太太走出教堂大门时问我：“谁是费尔巴哈？”这个问题让我意识到自己的一种脾性——过分沉湎于自己的思想之中。你母亲想给我们家那只猫取名为费尔巴哈，可你坚持叫它索佩。

我对抽象的东西的确感兴趣。这自然情有可原。先是因为年轻，后是因为偏执，现在则因为老迈——这就意味着人们不再像从前那样领会我说的那些话的含义。到目前为止这是一种表示原谅的、最糟糕的形式。我以前有过一本书，书中讲了不少关于讲道的幽默故事。记得那是别人送的一件礼物。送书的人没有写名字，多少年以前送的，我已经忘了。也许不少人早就厌烦我了。说来也怪，这个想法竟让我感到安慰。有些事情我一直认为必须讲给他们听，哪怕谁也不想听，或者谁也听不懂。其中一件就是，对过去一两个世纪影响深远的信仰的攻击事实上毫无意义。我必须告诉你这一点。因为如果不建立这样一种信念，我告诉你和他们的其他事情就几乎失去了全部意义和给予关注的必要。

如果再回过头看一看我从前写的那些讲道稿，或许会发现有些内容就是关于这个话题。推测起来我大概离生命的终点、力量的终点已经不远，这也许是对你讲清这些事情的最好办法。我早就应该想到这一点。

今天下午我们去鲍顿家还那本杂志。很长一段路你都拉着我的手。马利筋[①]籽四处飘飞，你跑着去抓，可是又不时跑回来拉我的手。要对我耐心可不是一件容易的事情，这些日子我走路一直小心翼翼，生怕心脏出现问题。今年夏天晴天的日子那么多，

---

① 马利筋：一种马利筋属植物，有乳白色汁液，通常叶对生、花色各异且聚成伞状，果荚绽裂后，落下带绒毛的种子。

听说已经出现旱象。尘土飞扬，蚱蜢飞来飞去，不过还没有到肆无忌惮的地步。无论发生什么事我都看不到了。

鲍顿坐在门廊下面，“听微风吹过，”他说，“感受微风吹过。”格罗瑞拿来几瓶柠檬汽水让我们喝，坐下来和我们聊了一会儿电视节目。你母亲也一直看这个节目。我自己并不喜欢。这不是我希望这个世界留给我的最后的印象。

事情原来是这样的：格罗瑞发现那篇文章后，问她父亲还想不想让我看。鲍顿让她给他念一遍。他听了以后哈哈大笑，说：“哦，让，让。埃姆斯牧师大人一定想看看这篇文章。”他知道哪些段落会惹我生气，所以我一提到他就笑了起来，很为自己“料事如神”而得意。

我们俩都认为，当年这本杂志一定在我们俩的会众中广为流传。因为有一页刊登的菜谱是如何用橘子果冻加绿橄榄、切成细条的白菜和凤尾鱼做沙拉。在我最后这些年的牧师生涯中，女人们一直把这种沙拉源源不断地送到我的面前。如果鲍顿患了感冒，这道菜也会出现在他家的餐桌上。这本刊登着长达二十页的和宗教有关的文章的杂志，却同时发表做沙拉的菜谱，实在有失体统，应该有一项法律禁止这种情况的出现。

在当代世界，从基督教的观点出发，有两种很有诱惑力的思想。（无疑比两种更多，别的等一等再说。）一种思想是，宗教和宗教经验是某些人（费尔巴哈、弗洛伊德[①]等）的幻觉。另外一

① 弗洛伊德（1856—1939）：奥地利神经学家、精神病医学家、精神分析学派的创始人。

种思想是，宗教本身是真实的，但是你认为你参与其中是一种幻觉。我觉得第二种思想更具诱惑力，因为对于信仰宗教的个人的目的而言，验证宗教首先要靠你的宗教经验。

但是，对宗教敏感程度不同的任何人，倘若有人指责他们的意识或者他们的理解并没有达到信仰的最高标准，都无还手之力。因为对每个人而言，这种指责实际上切中要害。圣保罗说起这个问题头头是道。但是，如果宗教的尴尬、虚假和失败被诠释成它没有核心真理——《圣经》的证据从头到尾都不支持这种观点——那么，人们就无法信任他们的思想、他们对信仰的表达与理解，甚至无法相信他们自己以及邻居们信仰中总是有缺陷的经验中那种本质的高贵。在我看来，认真衡量起来，无神论也没有多少卑下之处。看起来，那篇文章探索的宗教自以为是的精神正是作者撰写此文时自身精神状态的表露。当然，在许多问题上他的看法是正确的。其中之一就是宗教自以为是的破坏性的潜能。

有一句话，我和鲍顿看了不由得笑出声来："你可以问，有多少基督教徒能给基督教下定义。"我说，在二十五卷里，或者不到二十五卷。

鲍顿说："不到。"然后朝格罗瑞挤了挤眼睛。格罗瑞说："永远都是道难题。"她说的没错。

（我当然只是用了一个当代的习惯性用语，他意识到了这一点。他不同意。其实我也不常用，但是我想，时不时开个玩笑也很好玩。）

下面这段话我们翻来覆去读了好几遍："大多数人表达他们

对天堂的看法时，虽然信心十足，但言谈话语中，确实有一种不无罪恶之感的骄傲的口气。因为，关于最后的审判，尽管《圣经》有诸多论述，对死亡之后生命的状态却没有做过明确的描摹。少于三分之一的美国人——百分之二十九——承认对于《圣经》默示中最含糊其辞、模棱两可的主题之一不知所云。”

这是一种我可以称之为带有欺骗性的解释。一个主题含糊其辞，并不是说你不可能，或者不应该对这个主题形成自己的观点，也不是说这样一来就有可能避免形成自己的观点。思想中的任何观念，都以某种形式存在于一系列联想之中。我很想和那百分之二十九所谓不知所云的人谈一谈，看看他们到底是如何看待这些问题的。

鲍顿说，他对天堂每天都会有新的看法。他说：“我主要是只想世界的辉煌，再把这些辉煌乘以二。如果我有精力，就乘以十或者十二。但是对于我，二就足以达到我的目的了。”所以他就只是坐在那儿，把风的感觉乘以二，把草的芳香乘以二。“我还记得我们把那辆旧马车放到法院房顶上的事儿，”他说，“在我看来，那时候的星星比现在明亮。明亮两倍。”

“我们那时候也比现在聪明两倍。”

“哦，聪明得多，”他说，“远不止两倍。”

杰克走出来，在我们旁边坐下。他问能不能看一下那篇文章。我把杂志递给他。他说：“我想，他主要的观点是，美国人对黑人的态度证明他们缺乏宗教的严肃性。”

鲍顿说：“这很容易判断。”

杰克面带微笑，把杂志还给我。“没错。”他说。

这是自从他星期日到教堂做礼拜之后我第一次见他。那天礼拜结束后，他绕过圣坛从边门走出教堂。我想他是为了避免和我握手。因为这个原因还有别的一些原因，我心里很不舒服。说实话，我和他目光相遇都有几分尴尬。我知道，自己来还杂志主要是找个借口来看看鲍顿和格罗瑞。看他们是不是因为我而心绪烦乱。我还没看完那篇文章，还打算带回去细看。有时候我也能把自己的动机掩盖得严严实实。星期日晚上躺在床上睡不着时，我甚至想象杰克也许会因为我在教堂里提起从前那场大灾难而再度出走，或者看起来，他相信自己会这样做。我想道歉，但是这样做只能让他确信，他对我的意图猜测得准确无误，而对此我并不完全相信，同时这样一来也排除了他对我的意图少一点歪曲的可能性。不管怎么说，都会在我们之间制造争端，也许压根儿就无此必要。后来我终于犹豫了，不知道是否应该来看他们，生怕来了会被人家看作是一种挑衅，一种刺激，而不来也有同样的担心。这时候格罗瑞来向我们问好。她看起来兴致很高。我长长地舒了一口气。在我们俩的有生之年，如果有什么事情我最不想做的话，那就是惹鲍顿生气。我想杰克回家对于他来说真是天大的快乐。我还想，从杰克这方面看，能回到这个可怜的老人身边也算是难得的慷慨之举，考虑到格罗瑞那些麻烦事，这对她可能也是一种恩赐。想起自己急不可耐地想让他离开我感到非常愧疚。我承认我只是考虑自己的生活。我甚至想过他可能让老父亲搬出这幢房子，因为他和其他几个孩子要继承这份家产。这个地方确实需要好好收拾收拾，格罗瑞一个人根本干不了。和杰克一起坐在门廊下时，我突然发现他的年纪也不小了。当然不再年轻。他应该四十多岁。安吉丽妮五十一岁，他四十三岁。他头上已见华发，眼睛周围显出倦容。像历来一样他看起来有点紧张，在我看来还有几分忧伤。

你母亲沿着那条大路走过来，告诉我们晚饭好了。是冷餐，她说，所以用不着着急。她同意和我们一起坐几分钟。她总得让人劝才能和别人待上哪怕一小会儿。那时候我才能从她那儿听到一言半语。我想她是担心自己跟别人谈话不得体。我却喜欢她谈话时的那副样子，或者说我第一次见到她时的那副样子。“没关系。”她总是用那种轻柔的声音悄悄地说。当她表示原谅某人的时候，她就这样说。但那是一种更为深沉、更为悲伤的屈从的声音。好像她原谅的是整个大千世界，是上帝。想到今后我再也听不到这声音，我不由得悲从中来。我相信是鲍顿使她意识到他纠正别人的那些小伎俩。并不是他亲自纠正过她。

“没关系。”仿佛她为了将自己的委屈化为乌有，宁愿抛弃整个世界。这样一种慷慨的放弃和自我克制，这样一种虽然两手空空却表现出来的胸怀和肚量，我只有在从前的记忆中才能找到。我没有什么可给予你，让你拿走，让你吃掉。沾满灰的饼干，夏天的豪雨，她的头发湿乎乎地垂下来，贴着脸颊。如果我把世界的辉煌乘以二——我所感受的辉煌——我对天堂形成的看法和你在古老画卷中看到的任何东西都截然不同。

如此说来，杰克·鲍顿已经四十三岁了。我不知道他自从离开这里，过着怎样的生活。从来没听说他结过婚，有孩子，或者做什么工作。我一直觉得最好不要打听。

我坐在那儿听老鲍顿“唠叨”（他自己用这个字眼儿）有一次他和妻子到明尼阿波利斯旅行的事儿。这时候杰克插嘴说道：

“牧师大人，我想听听你对预定论[①]的看法。”

这也许是世界上我最不想谈的话题。所谓预定论，我大半辈子听人们谈来谈去，可是没有一个人的理解有什么价值。我常常看到成年人、敬畏上帝的人为了这个学说争论不休。而此刻我脑子里出现的第一个想法是，他当然会提出宿命论。

于是，我说：“这是一个很复杂的议题。”

“让我把它简化一下，”他说，“你认为有的人会有意识地、无可挽回地永堕地狱吗？”

“哦，”我说，“实际上你这种简化不但无济于事，反而只能引起更多的问题。”

他笑了起来。“人们也许一直在问你这个问题。”他说。

“没错。”

“那么我想，你一定有办法回答他们。”

“我对他们说，宗教信仰将某些属性都归于上帝：无所不知，无限的权力，公正和恩惠。我们人类势单力薄，知识贫乏，对公正的见解那样肤浅，又没有能力施惠于人。因此这些伟大的品格和属性如何运作，都是一个我们无法看透的谜团。”

他笑了起来。“你讲的时候用的就是这些文绉绉的词儿？”

“是的。或多或少就是这些词儿。这是一个充满危险的问题，我不得不小心翼翼。”

他点了点头。“我想你的意思就是相信宿命论。”

“我不喜欢‘预定论’这个词。它已经被人们用滥了。”

---

① 预定论是加尔文神学理论体系的核心理论，认为上帝会拣选某些人让其获得救赎，而其余的人则会因自己或其他人的原罪得到永恒的诅咒。

“你还能想出一个更好的词吗？”

“一下子想不出来。”你瞧，我觉得他在纠缠我。

“我希望在这个问题上得到你的帮助，牧师大人。”他说，一本正经。我开始想，他也许是认真的。“这是一个很重大的议题，难道不是吗？我们不是在这儿死抠字眼，或是推敲一个抽象的概念。”

“你说的很对，”我说，“就是这么回事。”

“我猜想，按照你的理解，预定论的意思并非意味着，一个好人下地狱，仅仅因为他从一开始就注定要下地狱。”

格罗瑞说：“对不起，这种争论我听过不下一千次，我不想听。”

老鲍顿说：“我讨厌这种谈话。我从来也没看到能谈出个什么结果。尽管我不把这种谈话叫作争论，格罗瑞。”

“等我五分钟。”她说，站起身向屋里走去。你母亲一动不动坐在那儿听。

杰克说：“在这个问题上我是个‘业余爱好者’。我想，倘若在这个问题上我和你们有同样的经历，也会厌烦这个问题。啊，实际上，我相信，我和它也有历史的渊源。我有理由经常在心里琢磨这个问题。我希望你们能点拨点拨。”

“我不相信，一个在任何意义上都完美的人会堕入地狱；我也不相信一个在任何意义上都有罪的人就必然堕入地狱。《圣经》对这两种情况都有明确的论述。”

“我相信是这样。可是会不会有人天生就很坏，一辈子做坏事，然后就下地狱？”

“关于这个问题，《圣经》并无明确论述。”

“根据你自己的经验，你怎么看？牧师大人。”

“一般来说，一个人的行为和他的秉性是一致的。换句话说，他的行为也是一贯的。而这种始终如一、前后一致，正是我说到人的秉性时的含义。”我意识到这话绕来绕去，说得太啰嗦。他嘴角挂着一丝微笑。

“照你这么说，人是不可以改变的？”他说。

“会改变的，如果有其他因素起作用的话。比如喝酒，或者人相互之间的影响。这是不是意味着他们的性格发生了变化，或者性格的某一方面得以凸显就很难说了。”

他说：“对于一位以牧师为职业的人来说，你确实很精明。”

老鲍顿听了哈哈大笑。“你要是三十年前见到他就好了。”

“我见过。”

“那么好了，”他父亲说，“你得当心点。”

杰克耸了耸肩。“我当心着呢。”

我不由得有点沮丧，不知道鲍顿为什么这样“引导”他。我这个人，也许玩跳棋的时候很精明。

我说：“我只是想委婉地说明，有些事情我也不懂。我不想把什么理论强加到一个谜团之上，再拿它愚弄别人，仅仅因为夸夸其谈的人通常都这样做。”

你母亲抬起头看着我。我由此知道，听起来我一定有点心烦意乱。我确实心烦意乱。提神学方面问题的人，十个有九个都想把我置于尴尬的境地。我太老了，不想再开这种玩笑。这时候，格罗瑞走到门口，说：“你们五分钟的时间还没到呢。”似乎有谁需要强调这场谈话的徒劳无益。

你母亲突然开口说话，这让我们大家都大吃一惊。她说：

“得救[①]又是怎么回事呢？”她说，“如果你无法改变，得救也就没有意义了。”她满脸通红，“这不是我的本意。”

“你这个问题提得棒极了，亲爱的。”鲍顿说，“许久以来，我一直在想，如何才能把天命的奥秘和得救的奥秘变得相符合、相一致呢？我记得为此绞尽脑汁。”

“没得出个结论？”杰克问。

“不记得了。”过了一会儿，他又说，“艰苦探索的本质不是得结论。”

杰克朝你母亲笑了笑，好像正在寻找同盟者，寻找一个分担他的挫折的人。但是，她只是静静地坐在那儿，端详自己那双手。

“我认为，”他说，“埃姆斯太太提出了一个诸位先生应该认真对待的问题。我知道，你们只是作为感兴趣的旁观者参加帐篷会议。可是……原谅我。我不相信还有谁愿意继续讨论这个问题，所以我也不想再说了。”

你母亲说：“我感兴趣。”

老鲍顿有点生气，说：“但愿长老会教堂和任何别的地方一样，能让人们学会神圣的真理，首先是救赎[②]和拯救。上帝知道，我一直辛勤劳作完成这个使命。”

“请原谅，父亲，”杰克说，“我去找格罗瑞。她能告诉我，如何把我自己变得有用。你一直告诉我这是排遣烦恼最好的办法。”

---

① 得救（saved），《圣经》中指因皈依耶稣而获得的永恒的、精神和灵魂解脱。比如，“凡求告主名的，就必得救。”《罗马书》10∶13。

② 救赎：通过耶稣的牺牲使人从罪恶中得到救赎。

“别走，再待一会儿。”你母亲说。他留了下来。

谁也不说话，大家都有点尴尬。于是为了把谈话继续下去，我说，他或许能从卡尔·巴特的著作中找到点有用的东西。

他说：“难道这就是备受折磨的人夜半时分找到你家门口寻求帮助时，你的回答——推荐他读卡尔·巴特的著作？”

我说：“那得看情况。”确实如此。我发现巴特的著作充满慰藉。记得我在什么地方和你讲过这一点。但是，事实上我想不起曾经向哪个“备受折磨的”人推荐过巴特，除了向我自己。这就是我刚才说的“提神学方面问题的人，十个有九个都想把我置于尴尬境地”的意思。

你母亲说：“人是可以变的。一切都会变化。”她连一眼也没有看我。

他说：“谢谢。这正是我想知道的。”

谈话就此结束。我们起身回家吃晚饭。

我一直纳闷，他提到的“帐篷会议”指的是什么。我还琢磨了半天“精明”这个词。我一直害怕和那些与神学并不意气相投的人谈论神学。我有时的确在回避。我明白总是想当然地认为某人和你说话不怀好意是错误的。我也知道这是对别人的不尊重，所以我并不经常这样做。再说，我没有多少机会成天在镇子里转悠。大街上与我擦肩而过的人有一半都是我给他们施的洗礼。他们知道的神学知识基本上也都是从我这儿学来的。

但是，我很难从约翰·埃姆斯·鲍顿身上看到什么善意。这是个很糟糕的问题。回家的路上你母亲说：“他只是提个问题。”这话从她嘴里说出来，几乎就是一种谴责。又往前走了一会儿之后她说："也许有的人自己心里不舒服。"这就是谴责了。她说得很对。一个像我这样的老兵即使被人嘲弄——如果他确实意在嘲讽——也没有保护自己的必要。但问题不是有无必要，只是习惯。

我相信我一直努力要求自己不要说爱德华称之为"乳臭未干""天真无知"的话。依我看这种约束非常有用。这也是一种自卫的方式，但是我希望，总的来说，至少是有用的。有些宗教界人士有一些毛病，甚至招来别人的讥笑，或者理性的轻蔑。有时候，我觉得这种讥笑和轻蔑也很公正。但是，我要劝告你，不要总按原则自卫。因为这样做排除了最坏的可能性，但也同时排除了最好的可能性。最起码，表明一种信仰缺失。如我所说，最坏的可能性作为经验恰恰极具价值。经常，当我们认为自己是在保护自己时，其实是在反抗救助我们的人。我知道这一点，我亲眼看到确实如此，尽管我自己遇到这种情况也并非总能照此办理。我真的怀疑，我是否知道如何按照这个原则生活一天，甚至一小时。这确实是一个值得注意的问题。

我相信直截了当地告诉你这些争议中的问题，会使我心里安宁一些。睡觉成了大问题，睡神总是躲避着你，真的到来的时候，你早已精疲力竭。祈祷也无法平息不稳的情绪、不宁的心神。如果我觉得我告诉你的话在某些方面不够真实，或者我干脆就不应该对你说，我会销毁这几页。这当然不是我第一次销毁自己写下的东西。过去我们用烧木头的炉子，这事儿办起来不费吹灰之力。看到满篇胡言乱语被火焰吞没，也是件令人快慰的事情。我在想，应该请人给我们在外面砌一个烤肉的炉子。就像缪勒斯家的那个。

首先我想说的是，上帝的宽恕和恩典对任何过失和错误都已经足够了。因此非要判断那些过失和残酷的根源与本质是错误的。我认识到了这个道理，希望你也能。

我还要说，有一些关系和纽带迫使我对这个年轻人——约翰·埃姆斯·鲍顿，给予特别的容忍和关心。他是我最老、最亲爱的朋友最喜欢的儿子。为了弥补我膝下无子的缺憾，可以这样说，他把他送给我当教子。我在鲍顿的会众中给他施洗礼。我还清楚地记着那个时刻。鲍顿、鲍顿太太和他们家那几个小孩子都站在洗礼盆前面，看我喜出望外的神情。我希望他们确实看到了我的表情。因为我当时的感情比我想象的要复杂。他们事先没有告诉我。

这种情况下，做不利于他的证明，我良心何安。然而，人们常常有一种非常真实的感觉，带着这种感觉，为了人类的目标，我们把自己和自己的历史恰当地、公正地联系到一起。说一个贼是上帝的兄弟和喜爱的人是正确的。可是，因此就说贼不是贼就错了。我并不愿意以此影射小鲍顿。就我所知，他和任何传统意义上的“偷”字都不沾边。我只是想解释为什么我觉得有必要向你讲他的过去，或者说讲我知道的那点事情，讲和我们说的这个话题相关的事情。

我之前说过，人们基本的生活情况都大同小异，可以寥寥数语，一笔带过。大约二十年前，无论具体情况是什么，反正上大学的时候他和一个年轻姑娘搞到一起，结果生了个孩子。任何一位牧师都可以告诉你，这种事并不少见，而且总有这样那样的解决办法。

可是这件事却很糟糕。第一，这个姑娘非常年轻；第二，她家的情况糟糕透顶，穷得要命。换句话说，退一步说她得不到一个年轻姑娘需要的任何保护。杰克·鲍顿究竟怎么和她相识的，我一直不清楚。她和她的家人住在一幢孤零零的房子里，门廊下卧着那么多癞皮狗。那是一个凄惨的地方，她是一个可怜的孩子。他却是一副大学生派头，身穿印着校名字母图案的运动衫，开着据他自己说靠唱歌赚来的一辆普利茅斯牌敞篷汽车。（鲍顿有那么多孩子要教育，所以大家都得干活儿，杰克也不例外。连老鲍顿也买不起车。一九四六年，会众们送给他一辆二手别克车，因为那时候他走路已经很困难，哪儿都去不了。）

杰克·鲍顿绝对没有理由和这个姑娘搞在一起。没有一个体面人会干出这种事情。可是翻来覆去在脑子里想，这种事还是逡巡不去。这也算是我的偏见。通过多年观察形成的看法越发坚定了我的这种看法——罪人并非都是不体面的人，无论如何也不是。但是那些不道德的人从来不会真正悔改，从来不会真正改造自己。也许在这个问题上我又错了。《圣经》对人的这种属性并无论述。悔改和自新是只有上帝才能做出评判的灵魂的问题。以我的经验，不名誉的人都是些顽固不化的家伙。看到这些，我的心就往下沉，因为我知道自己无法帮助那些不道德的人。我知道这完全是自己的缺点。

不管怎么说，小鲍顿从来没有承认孩子是他的，没有预先采取任何措施，更没有给过对方任何帮助。但是他确实把这件事情告诉了他的父亲。在老鲍顿看来，是儿子向他这个牧师忏悔自己的罪行，但是在我看来，这完全是一种卑鄙无耻的行为。因为他肯定知道，这个孙子将是压在老鲍顿心头的一块巨石。他甚至告诉鲍顿那个姑娘住在什么地方。格罗瑞开着那辆傻乎乎的敞篷汽车带着老头儿去找那个姑娘。鲍顿想给那个孩子——是个小姑娘——施洗礼，或者至少因为知道有人将为孩子施洗礼而放下心来。但是那家人对他充满敌意，好像干坏事的是他。鲍顿丢尽老脸，十分沮丧，只好留了点钱走人了。鲍顿太太看到他那副可怜巴巴的样子好生奇怪，硬从格罗瑞嘴里弄清事情真相。她听了之后也非常难过，格罗瑞只好开着车带两位老人到田野里兜风。鲍顿太太一定要去看那个婴儿，一定要抱抱她。她这样做也许很不明智。哦，我也抱过她。在这种情况下，我真的不知道什么才是“明智之举”。她们带去尿布、小孩衣服，还留了些钱。这种情况持续了好长时间。事实上持续了好几年。格罗瑞经常找我，为这事哭哭啼啼。因为事情一直没有进展。那个孩子总是那么脏，而且好像总也长不大。

她带我亲自去看那孩子。我可以对你说，确实非常糟糕。人们当然有权按照他们自己认为合适的方式生活，但是，对于一个婴儿，那个家实在不是一个可以成长的地方。院子里到处都是罐头盒、碎玻璃，地板上铺着又脏又破的褥垫，乱扔着天知道的什么东西。到处都是狗。小鲍顿怎么会占这样一个姑娘的便宜？然后就把她抛弃？格罗瑞说，她问她哥哥是不是打算和那个姑娘结婚的时候，他只说了一句话：“你也看见她了。”去那儿的路上，格罗瑞告诉我，一定要说服那家人同意那个姑娘和她的婴儿一起到城里，在一个很好的基督教徒家里生活。我试着劝说，可是姑娘的父亲朝地板上吐了一口唾沫，说：“她已经有一个很好的基督教徒的家了。”

回家的路上，格罗瑞一直和我讲她想出来的一个拐骗那个孩子——就是那个婴儿——的计划。她听说过一些从前人们从密苏里州偷带逃亡者的故事。所以她认为把一个小婴儿藏起来更容易。城里的好几幢房子都有秘密地窖和阁楼，人在里面藏一两天毫无问题。教堂的阁楼上也有一个密室。我得记着哪天带你去看看。要爬过一截梯子才上得去。好的，我们会去看看的。

我对她说，从前像我们这样的小城都参与反对奴隶制的秘密活动。这儿的许多人都不惜采取任何手段和奴隶制作斗争。现在情况不同了。想说服什么人从一位母亲手里偷走她的孩子谈何容易。尤其格罗瑞没有任何证据说明自己有权得到这个孩子。她说，她一次又一次地给小鲍顿写信，要他看在父母的分上，承认自己是那个孩子的父亲。她还把婴儿洗得干干净净，打扮得漂漂亮亮，拍了一张面带微笑的照片寄给他。她还拍了一张婴儿在老鲍顿怀里的照片。杰克在格罗瑞过生日的时候给她寄来贺卡和一盒盒巧克力，但是只字不提他的孩子和他给全家人带来的苦难。她哭得那么伤心，不得不把车开到路边。“他们那么难过！”她说，“他们那么丢脸！”（小鲍顿还算有点儿“良知”，把那辆敞篷车留给家里，自己坐火车回学校去了。这样一来，格罗瑞就可以每星期带着父母去看那个可怜的患哮喘、出麻疹的孩子。）

哦，下面是这个故事的结尾。小姑娘活了三年多。她长成一个活泼的、瘦而结实的小东西。她的妈妈和那个“不错的基督教徒家庭”虽然因她而闷闷不乐，但也为她骄傲。可是后来她割破了脚，因伤口感染而死。他们最后一次去看她时，孩子已经不成样子。格罗瑞连忙找来一位医生，然而已经于事无补。孩子的外公说：“她的命运坎坷。”格罗瑞打了他个耳光。他威胁说要告她。不过我猜他一直也没有真的去起诉。他同意鲍顿家把小姑娘埋在他们家的墓地。因为一应费用都由鲍顿支付，而且还给了他们一点钱。就这样，她进了鲍顿家族的墓地。墓碑上写的是：婴儿，三岁（她母亲从来没有正经八百给她取过名字）。还有一行字："天堂里的安琪儿永远看着我天父的脸。"

这是一个悲惨的故事，给我们大家都留下许多悔恨。我认为我们真的应该把孩子偷出来。尽管事实也许是，格罗瑞的计划以她和其他与拐骗孩子有关的人蹲监狱而告终。孩子回到母亲身边，小鲍顿坐在什么地方的一棵树下，读赫胥黎或者卡莱尔[①]，他的那辆敞篷汽车又回到他的身边。这样的事情我不知道怎样做对，怎样做错。我想如果我们筹集到一笔钱，或许能把那个孩子买过来。可这也是罪过。孩子似乎成了人质，她家里的人则有敲诈勒索之嫌。如果上帝没有把她领回家，这出悲剧还得持续几十年。格罗瑞说："如果我们能养活她哪怕一个星期！"可是，那又能怎么样呢？我心里想。我很清楚她为什么这样说，但又总是纳闷她到底是什么意思。我也经常这样想我那个夭折的孩子。

现在我们有了盘尼西林，许多事情和过去都有很大不同。可是，那时候，几乎什么病都能死人，哪怕你其实没什么大病。"我们给她送来鞋，"鲍顿太太说，"她为什么光着脚？"那个姑娘说："舍不得穿。"那个可怜的姑娘，她的母亲，脸色苍白，神情阴郁，看样子伤心得要命。如何面对生活中日积月累的挫折与悔

---

① 卡莱尔（1795—1881）：英国历史学家和散文作家，其著作如《法国革命》（1837 年），以对社会和政治的犀利批评和色彩瑰丽的文风著称。

恨呢？她离开了学校。后来发生了什么我们一概不知，只知道她跑到芝加哥去了。

这就是我想告诉你的关于杰克·鲍顿的故事。我说过，他母亲去世他也没有回来。也许他想省掉我们大家应付他的麻烦。

鲍顿一家之所以那么喜欢那个孩子，因为他们爱杰克。她长得很像他。现在他终于回家，格罗瑞非常喜欢和这个弟弟待在一起，好像他们之间压根儿没有发生过不愉快的事情。我不知道他为什么回家，也不知道他们一家最后如何达成和解。如果我的讲道给他们这种和解蒙上了一层阴影，我也不后悔。

二十年是一段漫长的岁月。对于他这些年的情况我一无所知，但是我相信我会知道的——如果真的发生过损害他信誉的事情。如果我的判断正确的话，他不像是一个事业有成的人。

我发现床头柜上面放着的那本《圣经》下面有两篇讲道稿。我寻思是你妈妈放在那儿让我注意到的。她从阁楼上取下不少我当年用过的讲道手稿。她是用洗衣房的篮子拿下来的。拿下来，之后她就认真阅读。她说，有些稿子现在还能用，这样一来就用不着再费心劳神地新写，可以省下点力气给你写这些话。这种说法比先前的建议更容易接受。以前她只是说我用从前的稿子可以省点力气。如果我真的连写讲道稿的力气也没有了就该告别讲道坛了。可是为了能有更多的时间和你在一起而不写新的稿子，就是完全不同的另外一码事了。

那两篇稿子中的一篇是关于宽恕的。时间是一九四七年六月。至于当时为什么讲这个话题，我已经忘了。我想，也许是因为那时候我一直在心里琢磨“马歇尔计划”[①]。讲稿根据摩西律法[②]阐述“免我们的债，如同我们免了人的债。[③]”那就是，每七年减免一次债务，解放一次奴隶；每五十年归还一次人们的土地，如果这些人的身份还是奴隶，归还他们自由。在《圣经》里，减免债务的唯一理由就是存在债务。我的讲稿还拿这种减免和神的恩赐，同回头的浪子之后又在父亲家里恢复了原先的地位作了一番比较。尽管他既没有要求恢复自己儿子的身份，也没有为他给父亲造成的悲伤忏悔。

我觉得结尾部分相当有力。耶稣让他的听众把自己想象成父亲，想象成宽恕别人的人。因为，如果我们是债务人（我们当然是债务人），那就意味着我们没有资格施恩于人。恩典是最大的馈赠，因而被宽恕只是这馈赠的一半。另外一半是我们也可以宽恕别人，可以恢复失去的地位，可以获得解放。从而我们可以感觉到上帝的旨意通过我们得以实现。这就是我们伟大的自我回归。

这些观点今天看来依然正确，是对经文完满的解释。哦，一九四七年，我已经快七十岁了，在这些问题上我的思想已经相当成熟。你母亲应该听过我这次讲道，所以才能想起这篇手稿。她第一次来教堂是那年的圣灵降临节[④]。我记得是五月。从那以后，除了有一回，一个礼拜日也没有错过。

我说过，那天下着雨，可是我们点了许多蜡烛。这是我们纪

---

① 马歇尔计划：第二次世界大战后，美国所宣布的援助欧洲复兴的计划。

② 摩西律法：由摩西所作的希伯来人的古代法律，包括在《五经》中。

③ 《圣经·马太福音》6：12。

④ 圣灵降临节：基督教重大节日之一，每年复活节后第七个星期日，亦即第五十日。

念圣灵降临节时的习惯，只要还掏得起钱就点许多蜡烛，还摆放了许多鲜花。记得当我看到屋子里有个陌生人的时候，我心里确实很高兴。因为我这个避难之所看起来其乐融融，成了人们走进来躲避风雨的舒适之地。我相信我那天是就着明亮的烛光，或者是在圣灵亮光的照耀下讲道。我想她没有发现，或者已经不记得这些，或者她不认为那有什么特别的好处。可是我真希望再看到那一切。

我确实愿意回忆那个早晨。准确地说那年我六十七岁。但我并不觉得老。我希望能把你母亲那天留在我脑海中的记忆讲给你听。我希望能把她在我心里的印象留给你，因为那印象如此美丽，一想到它们将随我而去，我心里就非常难过。不过生命自有其尘世之美。记忆的本质严格地讲不属于凡人俗世。那毕竟是一种奇妙的东西，能够回到根本没有真实性可言的某一时刻，甚至是在它消逝的过程中得以重现。我的意思是某一个时刻轻微不足挂齿，用记忆长久地保存下去实在是上天的恩赐。

有一次我和格罗瑞一起去给那个小宝宝送点儿东西。他们家住在西尼斯纳波特纳。快到桥上的时候我们看见那两个孩子——小宝宝和她妈妈，在河里玩。我们开着车向那幢房子驶去，把带来的东西放在篱笆跟前。我们没法进院子，因为那群狗狂叫着向大门口跑来，没有人出来把它们喊回去。我们带来的东西一直都是罐装火腿、罐装牛奶，总而言之都是狗没法下口的东西。那个小姑娘一定听到汽车驶过的声音和狗的吠叫声，知道是我们来了，因为那天是星期一。如果她听见，对我们也视而不见、不予理睬。她忠实地反映出她父亲对我们的看法，对我们的关心和帮助嗤之以鼻。只要我们给她创造了这种机会，她就要让我们知道她的态度和立场。我必须说我并不觉得这有什么无法理解。她父亲显然认为我们之所以费这么大心思，花这么多钱财，就是为了不让杰克惹上麻烦。虽然从来没有人说过这事儿，也没有人暗示过这种想法，但是我不能说他的看法全然错误。我也不能说这不是杰克向他父亲坦白这件丑事的动机之一。他知道可怜的老鲍顿不可能对这种局面无动于衷。这也就可以解释，他为什么要留下那辆普利茅斯。

不管怎么说，格罗瑞和我把车停在大桥那边一百码远的路边，然后走回来站在桥上看那两个孩子。小宝宝刚刚开始学习走路，一丝不挂；小姑娘穿着裙子，一直湿到腰部。已是夏末，河水很浅，河床有一半裸露着，泥沙呈现出河水流过的波纹。一片片沙洲横陈于河滩之上。大一点的沙洲杂草丛生，野花盛开，蝴蝶和蜻蜓像小精灵一样上下翻飞。小姑娘不时摆出母亲的架势对小宝宝发号施令，就像孩子们平常玩“过家家”一样。也许她知道我们能听见她的说话声。她正用树枝和泥巴筑一条“大坝”，想拦住一股水流。小宝宝努力弄明白这项“工程”的原理，好帮助妈妈。她两只小手一会儿捧来一捧泥巴，一会儿捧来一捧水，妈妈就说：“好了，别在这儿乱踩。干好的活儿也都让你弄坏了！”

过了一会儿小家伙把手掬成杯状，把水洒到妈妈胳膊上，高兴得咯咯直笑。妈妈也掬起一捧水泼到女儿肚子上。小宝宝笑着用两只小手往妈妈身上泼水。小姑娘也往她身上泼，直到小东西呜呜咽咽哭了起来。小姑娘说：“好了，别哭了！你这个样子还想让人家怎么对你呀。”她伸出胳膊抱起小女儿，放在自己膝盖上，跪在水里，用一只空着的手修她的“大坝”。小宝宝呢呢喃喃，一副想要说话的样子。妈妈就说："这是一片树叶。从树上掉下来的。树叶。"然后，把那片树叶放到女儿手里。太阳似乎尽最大的努力把阳光洒向树影摇曳的小河，但是一大部分阳光还是被树木半道劫走。蝉扯开嗓子齐声歌唱。柳丝低垂，在河水中飘拂。棉白杨[①]和白蜡树在夏末变得安静起来，只是在微风中发出沙沙的响声。

过了一会儿，我们回到车上，向家里驶去。格罗瑞说："这世上的事儿我一件也搞不懂。搞不懂。"

这段往事涌上心头，是因为记得和宽恕是完全相反的两件事情。毫无疑问它们通常就是这样。应该原谅杰克·鲍顿的不是我。如果说他对我个人造成过什么损害，也是间接的，而且确实非常微小。或者，至少他对我造成的伤害在他做的那些事情中从来都排不上号。一个人失去自己的孩子，另一个人毫不在乎地否认自己父亲的身份，这并不意味第二个人侵犯了第一个人。

我不会原谅他。我不知道如何原谅他。

你和托拜厄斯在院子里玩。你把帽子放在一根篱笆柱子上，两个人朝帽子扔石子。也许扔久了就能打中。"啊，老兄！"托拜厄斯双拳紧握，仰起小脸，扭动着身子作痛苦状，好像差一点儿打中似的。你们俩又去拣石子，索佩跟在后面，小心翼翼拉开一段距离，似乎它自己有事情要办，碰巧和你们同路。

---

① 棉白杨：北美洲的一种杨树，尤指普通白杨，有三角形叶片，种子上有束棉絮状绒毛。

我极力回想没有电话线之前小鸟在哪儿栖息。那时候它们要想找个地方晒晒太阳一定比现在难得多。而它们显然喜欢沐浴温暖的阳光。

杰克·鲍顿带着他的球棒和手套来了。你和托拜厄斯沿着大街跑过去迎接他。他把手套放在你的头顶，你觉得非常好玩。你两只手扶着头上的手套，两腿绷直，在他身边大步走着，光脚，光肚皮，就像古时候的一位小王子。我看不见冰棍儿化了的糖水顺着你的肚皮流下来，但是我知道肯定是那样。托拜厄斯扛着球棒。因为杰克言谈举止从来都不是轻松自如，所以此时此刻他即使看起来有点紧张，我也不觉得奇怪。他就这样来了，穿过大门走进我们的院子。我听见他在门廊和你母亲说话，听起来很快活。我相信我打心眼里只想在椅子里坐着，至少此刻。

你们三个人一起到套院里玩。他在打飞球。你和托拜厄斯跑来跑去，似乎练习接球。跑到离球很近的地方，你就举起手套保护自己不被球击中。球砰的一声落在旁边什么地方。但是你突然想练习肩上投球。看着你玩，看着你们三个人玩确实很愉快。我想我一定要出去，看看他心里在想什么。我知道他肯定有事儿。

他想知道明天我到不到教堂书房去。我说，早晨会在那儿。于是他约好明天去那儿和我谈话。

我真希望多有几张年轻时候的照片。我假定因为我相信你读这些文字的时候我不会变老，当你走完漫长的人生之路、我们再相见的时候我们俩就都不老。我们像兄弟。这自然是我的想象。

有时候当你爬到我的腿上，靠在我的怀里，我感觉到你身体的轻捷、灵敏和你沉甸甸的脑袋。如果你在洒水器下玩了半晌就浑身冰凉；如果晚上刚洗了澡就热乎乎的像个小火炉。你躺在我怀里，摸着我的胡子，告诉我你在想什么，那真是完美的愉悦。我还想象，你这个小东西在天堂找到了我，一下子跳到我怀里。这想法让我非常快乐。不过我相信还是前者更好，更接近现实生活。我们对天堂一无所知，或者知之甚少。我觉得还是加尔文做得对，他不鼓励人们怀着好奇心探究上帝认为不适合向我们展示的那些东西。

壮年是美好的，也是短暂的。你一定要及时行乐。

我相信，天堂里的人们一定享受着更接近于精力永远充沛的壮年人的某种生活，而不是我们已经知道的其他状态的生活。至少这是我的希望。并不是说天堂会让人失望，但我相信鲍顿把天堂想象成世界上最快乐的地方，并且受用这种想象是正确的。我看不出他这样考虑怎么会全然错误。我当然不在乎你母亲在天堂里找到我的时候，发现我还是个年轻人的想法。在那里，没有男性也没有女性，他们既不结婚也没有人赋予他们婚姻，但是，经必要的更改，在细节上作适当修改后①，还是件好事。这个修改！加在一个词前面多么累赘！

把你认为人世间最好的赐予我，

直到死亡和天堂展示其余。

——伊萨克·瓦茨

① 原文为拉丁文。

约翰·埃姆斯加上他的“阿门”。

今天早晨我很早就醒来。其实这实在是“我昨天晚上几乎一夜未眠”的另外一种说法。我一直在想，今天一定要穿戴得比平常更整洁点。我有一头好头发，虽然已经“分布”不均匀，但凡是长着的地方还很浓密，而且白得好看。我的眉毛也是白的，也很浓密。我的意思是，头发长得很长，向四面八方拳曲着。眼睛的虹膜从来没有特别的颜色，现在仿佛蒙了一层薄雾，有点浑浊。我的鼻子和耳朵看起来比壮年时候大。我知道从外表看，不管怎么说我还是个很说得过去的老家伙。岁月真是奇妙的东西。昨天你站在我的椅子旁边摆弄我的眉毛，拔下几根，看它们怎样拳曲回去。你觉得很好玩。没错儿，是好玩。

哦，我还是仔仔细细刮了脸，穿上一件白衬衫，用软皮擦了擦皮鞋。我想这样的准备就是一个年老的绅士和一个古怪的老头儿之间的差别。我知道对于你可爱的母亲，前者更适合做她的配偶。但是有时候我忘了这些必要的麻烦。这是我准备纠正的错误。

做完这些事情之后我来到教堂，等待晨光泻入礼拜堂。我在长椅上直挺挺坐着渐入梦乡。这样很好，因为小鲍顿在书房找不到我就会来这儿找我。我想象可怜的老撒母耳被女巫拖出地狱时感觉到的幽暗。现在我也有这样一种感觉。“你为什么让我焦急不安，把我带到这儿来？”事实上，黑暗中我一直祈祷，希望自己有更多的智慧对付约翰·埃姆斯·鲍顿。可是等他叫醒我的时候我立刻意识到，我那苍老、阴郁、卑劣的自我仅仅因为想多睡几分钟，就要让他大吃苦头。倘若在不合适的时间、不合适的地点被人发现自己睡得正香而被人家同情，我心里真的很不舒服，对那种悲悯更是嗤之以鼻。你母亲总是对人家说，我整夜读书、写作，刚刚醒来。有时候的确如此，但是有时候我只是彻夜难眠。

（碰到这种情况，我就劝告人们祈祷。因为一夜无眠意味着有问题需要解决。黑暗中我变得相当镇静，我相信在这种情况下很快就能进入梦乡。问题是我睡得太死。谁都知道身体以动物的贪婪渴望睡眠。这时候倘若被打搅人就变得烦躁。如果我不记得自己曾经为心气平和而祈祷，碰到这种事儿也会发火。那时候我就无法声称自己得到了心灵的安宁。）

杰克·鲍顿对我说的第一句话是："非常抱歉。"他在长椅上坐下，给了我点儿时间振作一下精神。他能这样做很好。我注意到他也刻意打扮了一番。他穿了一件夹克衫，系着领带，脚上的皮鞋擦得很亮。他看了看这间屋子，显然注意到它的简陋。我知道我的教堂确实非常简陋，没有任何装饰，和你见过的那些高雅的、装饰豪华的古老教堂不可同日而语。因为这座教堂注定就是个临时性的建筑物。

"你父亲就在这儿讲道。"他说。

"讲了好多年。从那时候起，一直没有多大变化。"

"和我在那儿长大的那座教堂一样。"

长老会的确有座教堂和这座非常相似，但是几年前就被一座宏伟的砖石结构的建筑物代替，现在已经爬满碧绿的常春藤。鲍顿说，如果他能让钟楼坍塌一点儿，那座教堂就真正成了"古建筑遗址"了。他还建议可以模仿这座破旧的老教堂盖我们的新教堂，这样就可以超过长老会的教堂，更像一座"古建筑遗址"了。我想我会这样建议的。

杰克说：“能接父亲的班，真是一件让人嫉妒的事情。”

我有个讨厌的习惯，一开始就按照是否能从中获得的快乐，或者是否能因此而实现什么意图，对一次谈话做出“评估”。现在我对这次谈话的期望值不高。我说：“我的使命和我父亲的使命一样。我以为，即使我有一个全然不同的父亲，上帝也仍然会召唤我。”我承认，我当时有点儿恼火。

杰克沉默了好一会儿，才说：“我似乎总惹人生气。可这总也不是我的本意。”然后他又说：“我希望你能理解，我并不是有意冒犯你，牧师大人。”

我说：“我会记在心里的。”

他说：“谢谢。”过了一会儿，他说：“我倒很希望自己能像父亲一样。”他瞥了我一眼，似乎以为我会哈哈大笑。

我说：“你父亲一直是我们大家的榜样。”

他看了我一眼，以手覆额挡住眼睛。这个姿势包含了忧伤、沮丧，还有心力交瘁。我知道它的含义。我说：“恐怕惹你生气了。”

“没有，没有，”他说，“但我非常希望我们能更……更直截了当地谈话。”

沉默。过了一会儿，他说：“谢谢，耽误了你的时间。”站起身准备离开。

我说：“坐下，孩子。坐下。我们可以再试试。”

于是我们又一声不响坐了一会儿。他取下领带在手上绕了两圈，让我看了看，好像那上面有什么有趣的东西，然后装进口袋。最后他说：“小时候，我以为上帝就住在阁楼上，为我们买食品、杂货。这是我所形成的宗教信仰最极端的形式。”他接着又说："我并不想说的那么难听。"

"我明白。"

"怎么会发生这样的事情呢？你是怎么看待的呢？我的意思是，为什么我从来没有相信过可怜的老父亲说的那些话呢？甚至小时候也不信。而我认识的每一个人都觉得他说的没错，都认为那是福音。"

"你现在相信吗？"

他摇了摇头。"我不能说我相信。"他抬起头瞥了我一眼，"我想说实话。"

"我看得出。"

他说："我还想告诉你一件很奇妙的事情。我经常撒谎，因为我说谎话的时候人们都信我，倒是说真话的时候没人相信。"他耸耸肩笑了起来，"所以我知道，我现在也在冒风险呢。"他又说，"事实上，我说谎话的时候也会出岔子。"

我问他到底想让我告诉他什么。

"哦，"他说，"我想，我已经向你提过一个问题了。"

他当然有理由指出这一点。他已经提出一个问题，而我避而未答。的确这样。我不能不注意到他声音中流露出的不满。我知道，他急切地希望把这次谈话进行下去，所以努力让自己表现得礼貌周全。

我说："我不知道该如何回答你的问题。我真的希望我能。"

他双臂交叉放在胸前，往后靠了靠，一只脚颤动了一会儿。"你是不是觉得，"他说，"你我之间没有共同语言很正常？是不是没有办法给在烈焰中凋萎的、或者将要凋萎的我们这些人浇哪怕一滴水？说说你的条件好吗？难道你我之间有一条不可逾越的鸿沟？为什么真实的思想无法交流？我觉得这真没有道理。”

“我不敢说这就是我的条件，但是这种情况下，我将谈到上帝的恩典。”我说。

“永远都不会谈到这种恩典也有不存在的时候。事实上，这正是我们的分歧之所在。如果你已经给出条件，我不会不恭不敬。”

“这一点我明白。”我说。

“这么说，”沉默了一会儿之后，他说，“在这个问题上，你无法和我分享你的智慧。”

我说：“在这种情况下，我不知道该如何谈这个问题。你想让我说服你相信基督教的真理吗？”

他笑了起来。“我敢保证，如果我被说服，我将满怀感激之情去反思。就我所知人们通常都是这样。”

“哦，”我说，“这么说，我就没有多少活儿可干了，对吗？”

他一言不发坐了一会儿，说道：“我有个朋友，哦，算不上什么朋友，只是在田纳西州碰到的一个人。他听说过我们这个镇子，也听说过你祖父。他给我讲了一些堪萨斯州从前的故事。那些故事都是他父亲讲给他听的。他说，内战期间爱荷华州有一个有色人种组成的团。”

“是的，有这样一个团。还有一个‘老头团’，一个循道宗信徒组成的团。大伙儿都那么叫。不管怎么说，他们都是禁酒主义者。”

“听说有一个有色人组成的团，我很感兴趣。”他说，“我没想到这个州有那么多黑人。”

“哦，是的。战争爆发前从密苏里州来了许多黑人。我想还有许多人到了密西西比河谷。”

他说：“我小时候，这个镇子里还有几家黑人。”

我说：“没错，前些年他们都搬走了。”

“我还记得，人们说他们的教堂失过一次火。”

“是啊。不过那是许多年前的事了。那时候我还是个孩子。火不大，损失也很小。”

“这么说，他们现在都走了？”

“是的，都走了。很遗憾。现在我们这儿新搬来几家立陶宛人。他们当然都是路德会教友。”

他笑了起来，说道：“很遗憾，他们都走了。”他似乎陷入沉思。

过了一会儿他说：“你很赞赏卡尔·巴特。”我相信他将由此发泄他的愤怒。他那种狡猾的、让人厌倦的愤怒，我从来都无法对付。他永远都像鬼一样精明，也像鬼一样认真。我应该知道他读过卡尔·巴特的作品。

我说：“是的，我很赞赏他。非常赞赏。”

“但是，他对美国人信奉的宗教很少尊重。你同意吗？他在这个问题上很坦率。”

“他对欧洲人信奉的宗教也有很多批评意见。”我说。确实如此。可是话刚出口，我就意识到我的回答含糊其辞。小鲍顿当然也意识到了这一点。我从他脸上的表情——算不上微笑——看出他的心思。

他说：“他的态度很严肃。他认为值得为此而争论。”

“就算这样吧。”情况当然就是这样。

于是他问：“你有没有想过，为什么美国的基督教徒看起来总是在等待真正的基督教精神在别的地方发扬光大。”

“不全是这样。”我说，吃了一惊。因为我确实多次想过这个问题。

话谈到这儿，我觉得可以这么说，杰克·鲍顿占了上风。此外，对于这次谈话他一点儿都不比我开心，也许还有点厌恶。当然我又觉得自己处于尴尬的境地。我似乎又要拿“年事已高”为自己找理由了。但是我坐在我的教堂里，和煦的、毋庸置疑的阳光从窗口照射进来。我觉得——就像经常感觉到的那样——我没能认清真理和真理本身全然无关。这真理从任何意义上讲都不是由我或者由任何人决定的。我的心又提了起来——确实是那时的感觉。我说：“我这一生听过许多次精彩的讲道，也认识许多聪明、博学的人。我很清楚，人们爱挑毛病，但是在我看来评判一个人信仰的纯正性未免太放肆了，除了对自己的信仰审视与评判。而且即使对自己，这种评判也不无专横傲慢之嫌。”

我说：“当这个古老的圣所充满寂静和祈祷的时候，卡尔·巴特写下的任何一本书就其深刻程度而言，都无法与之比拟。如果我不相信巴特知道并且承认这个真理、尊重这个真理，我就不相信他自己信仰的纯正性。”

我觉得很累，觉得比我这个年纪的人受到更多的困扰。这是我惟一可以解释自己眼泪的理由。我几乎像小鲍顿一样惊讶。

他说：“我无法表达心里多么难过。”他说得很真诚，令人信服。

我像你一样用袖子擦了擦脸。相信我，那是一个很尴尬的场面。他似乎说了一句“请原谅”之类的话就走了。

该怎么办呢？我现在的想法是给他写一封信，可是不知道该说些什么。

我们这儿也出过英雄，圣人和殉教者。我想让你知道这一点，因为这是事实，即使已经没有人再记得那些往事。看看我们这座小镇，只有沿着几条大街排列的一幢幢房子，一排开商店的砖木结构的建筑物，一座有升降机设备的谷仓和一个水塔。水塔上写着“基列”两个大字。还有一个邮局，几所学校，运动场和老火车站。火车站早已被荒草淹没。但是加利利[①]又会是个什么样子呢？你不能从外表看出一个地方的历史与文化。

那些圣人都活得很老。时代变迁，他们看起来都成了古怪偏执，甚至让人讨厌的老人。没人再想听他们令人反感的布道，或者古老的疯狂故事。说到这儿我自己也觉得羞愧。我对这些老人也十分反感，以至于根本就不想和我的祖父待在一起。确实如此。并非因为他总是那副衣衫褴褛的寒酸相，也不仅仅因为谁家一件有用的东西丢了，主人碰巧从我家门前走过，总要提起这事。而是因为他那只眼睛在我看来充满期盼和失望，而且是同时闪烁着这样一种让人难以捉摸的目光。每当这目光落到我身上时，我就很害怕。这些老人管那些不热心于他们心中伟大事业的人叫“假面人”。他们还有许多表示轻蔑的套话。他们对事物的评判十分尖刻。我相信自有他们的道理。

有一次祖父被邀请在七月四日的庆祝活动中讲几句话。我对这件事情记得特别清楚。因为我们事先就为他担心，而后来的尴

---

① 加利利：以色列北部一地区，在巴勒斯坦最北部，在新约时代，是最重要的犹太人聚集地。

尬足以证明我们的担心很有道理。这个动议的由来，从一般意义上讲，是因为他是这个地方的“奠基者”，同时也是个退伍老兵，所以这个场合请他讲几句话很合适。那时候的镇长在基列只住了大约二十年，是个瑞典人，路德会教友，所以大概没听过从前那些故事。我的祖父除了从自己家里偷东西送人之外，很少偷别人家的东西。即使偷了外人的东西，那些“外人”也只限定于我们自己的会众。极少情况下去偷本来就慷慨大方、乐善好施的长老会教友和循道宗信徒的东西。这些被偷的人出于对他一大把年纪的尊重，更主要的是大家都知道他偷东西是为了送更穷的人，所以谁都秘而不宣。我母亲说，你从棚屋门上的挂锁，就能看出谁家是公理会教友。此话还真有点儿道理。不管怎么说，镇长发出邀请时，对老爷子古怪到什么程度一无所知。

祖父从收到邀请函起，那只独眼就闪闪发光。我的父母想极力把事情办得漂亮一点儿。母亲翻箱倒柜，找他的军装，可是除了一顶帽子什么也没有找到。我想这顶帽子之所以幸存下来，就是因为它没用。“软骨，蹄子，猪嘴。”我母亲经常说，她的意思是，不管什么东西只要到了他手里，最后只能剩下些派不上用场的破玩意儿。母亲在壁橱里发现这顶帽子，费了好大劲儿才把它收拾得像个样子。老头却说：“我是去布道。”又把帽子放回到壁橱里。我现在还保留着那份手稿，“确切的原文”①，因为它夹在我父亲那天埋在花园里、后来又刨出来的那包东西里面。布道很简短，所以我原文照抄如下。记得，父亲鼓励他事先写下来，也许是怕他离题万里，随便乱讲，但我想最主要的是，希望他或者

① 原文为拉丁文。

母亲能提前看一眼，必要时和祖父讨论讨论。可是他对我的父母严密封锁，把草稿扔到厨房炉子里化为灰烬，把讲道稿藏在他这个“拿细耳人”的贴身口袋里。

下面就是他写的和他讲的：

孩子们：

我还是个年轻人的时候，上帝走到我身边，把手放到我右肩上。我现在仍然感觉到那只大手就在我肩头。他非常清楚地对我说。字字句句震撼我的心。他说，去释放被监禁的人。把好消息传播给穷人。宣告这块土地已经获得解放。这当然都是《圣经》里的话，那时候，这些话我早已烂熟于心。但是有一点很清楚，为什么他此时此刻觉得有必要特别强调这些话呢？没有一个人靠这些话活着，除非上帝要改造他。我当然也不是，直到那天，他站到我身边，对我说出这番话。

我愿意把这经历称为一种异象。那时候，我们之中有些人会经历异象。年轻人产生异象，老年人做梦。现在，当年的年轻人早已经成了老年人——如果他们还活着的话。他们的异象不过是梦想。过去的岁月已经被人忘却。就如古老的赞美诗说的那样，我们像梦一样飞翔，而梦则在我们之前就被人遗忘。

总统，格兰特[①]将军，曾经把爱荷华州称为激进主义灿烂的明星。可是如今爱荷华州留下的是什么？我们基列留下的

① 格兰特（1822—1885）：美国第十八任总统（1869—1877），共和党人，内战时任联邦军总司令。

又是什么？尘土。尘土和灰。《圣经》说，人会毁灭。人们当然会毁灭。这是值得注意的事情。为了这一切，上帝怒气未消，可是他依然向我们伸出一双救赎的手。

愿上帝保佑你们。

只有为数不多的几个人注意听他讲话。而这些听了他高谈阔论的人也因他的观点而生气。尽管可怕的大旱已经开始，那么多人家，甚至整个小镇都将破产、四散而去，但是大谈毁灭还是让人不快。人群中响起一阵不太大的笑声。就是那种当一件东西的怪异被人们普遍认同时，你听到的笑声。而这是最糟糕不过的事情。祖父身穿牧师黑色长袍，站在舞台上，一只眼睛以死亡本身冷静的热情注视着人群，四周是哗啦啦飘扬的旗帜。然后铜管乐队开始演奏。父亲走到他身边，手放在他的左肩上，把他领回到我们身边。母亲说："谢谢你，牧师。"祖父摇了摇头，说："我估计，没什么用。"

我经常想这事儿——时间如何改变周围的一切。同样的话让一代人听了热血沸腾、狂呼乱叫，下一代人听了却觉得令人厌烦、毫无意义。你也许认为我有义务"拯救"小鲍顿。因为当他探究这些事的时候，他就将这种义务置于我的身上。哦，我对怀疑论及其衍生的谈话还有些经验。那种东西不但徒劳无益，甚至具有破坏性。我的会众中有些年轻人回家时拿一本《恶心》[①] 或者《背

① 《恶心》：法国哲学家、作家、存在主义代表人物萨特（1905—1980）撰写的小说。

德者》[1]，被无信仰的可能性搞得不知所措。尽管我一定跟他们说过不下一千次，无信仰是完全可能的。恰恰是那些告诉他们无信仰的不幸的书吸引了他们。他们想让我保护宗教，想让我拿出“证据”。我不愿意做这种事情。因为这样做只能使他们对怀疑主义更加确信无疑，因为站在防卫的立场谈论上帝，不可能说出什么真实的东西。

自从收到那些来自德国的长信，父亲就比以往任何时候都更关注我的一言一行。我有生以来第一次觉得父亲和我之间不那么融洽。无论对他说什么，都得小心翼翼，因为他会指出任何“异端邪说”的苗头，然后非常严肃地教训我这种思想发展下去酿成的错误，性质会有多么严重。后来的日子里，就连我压根儿没说过的事儿，他也要凭空驳斥一番。毫无疑问他是指责爱德华。而且看起来他是把我当作第二个爱德华严加防范。同时他显然是为了自己，“预演”如何捍卫信仰。直到那一刻为止我从来没有想过，他的防卫，甚至他，多么不堪一击。

后来，他开始看我带回来的那些书。那副埋头钻研的样子就像他希望被书中的观点说服，而我对那些观点做的任何批评，不过是桀骜不驯的表现。他喜欢说类似“向前看”这样的话。你会想到，一种不好的主张因其假定具有的新奇而不受争议。这种新思想的许多新鲜之处，其实像卢克莱修[2]一样古老。这一点他像我一样心知肚明。在他写给我、又被我烧了的那封信里，他谈到

---

① 《背德者》：法国作家纪德（1896—1951）所著小说。

② 卢克莱修（约前94—前55）：古罗马哲学家和诗人。他的《论量物的本性》是一首为了把人们从迷信和对不可知的恐惧中解放出来并且试图用科学词汇解释宇宙的长诗。

“拥抱真理的勇气”。我因为大受刺激而永远忘不了那些话。他总是认为，自己站在真理一边，我之所以不肯承认他的观点是因为缺乏勇气。尽管我知道，他这期间做的一切努力都是为了找到一条从思想上接近爱德华的路。他确实试图带着我一路同行。

在信仰问题上，我一直认为对信仰的辩护，和它们需要回应的批评一样，都是无关紧要的。我想，维护信仰的企图事实上会搅乱信仰本身，因为凡是对已是终极的事情进行争论，永远都不会有一个完满的结果。我们参与“存在”，没有留下任何东西。没有呼吸，没有思想，没有疣，也没有胡须，未能充分地沉浸在“存在”之中。可是，至今没有一个人能说出“存在”到底是什么。如果你把一种思想和一缕胡须描绘为相同的东西，如果你从台风和股票市场的飙升中找共同的东西，把“存在”排除在外，只不过重申了这样一个事实：在我们已经知道、能说出个名堂的事物中，它们有一席之地。(从而产生这样一种洞察力：一切“存在”都是平等的！）你可能完成一件极好的工作，但是仍将因为其太不完整而没有什么意义。

我又有点摸不着头脑了。我的观点大意是，你可以断言某种东西的存在——“存在”——而对于这种东西为何物却全然不知。那么，上帝离我们就更远了。如果上帝是“存在”的创造者，我们说“上帝存在”又是什么意思呢？这也许是一个词汇上的问题。在“存在”面前，上帝或许还赋予它另外一个字符，只是由于我们理解能力的贫乏，只能称之为“存在”。这显然是混乱的根源。还需要另外一个词汇去描述某种状态或者品质，而对这种状态或者品质我们并无经验。我们已知的存在和它们也只有十分细微的相似之处。因此，从任何经验之中寻找证据，都好像搭建一架通往月亮的云梯。看起来，似乎有可能，但是直到你停下来，认真考虑这个问题的性质，才明白不是这么回事儿。

因此我的忠告是：不要寻找证据。压根儿就别找那个麻烦。永远都找不到足以回答这个问题的证据。我认为那些东西都是离题万里，和我们想要得出的结论毫不相干。因为那些所谓证据是在我们对概念的认知范围之内为上帝要求一席之地。即使你能说服别人相信它们，自己听起来也不是那么回事。从长远的观点看，这是让人非常不安的。“让你的著作在别人眼前闪闪发光，”等等。柯尔律治①说过，基督教的信仰是生活，而不是教义。他的话就带有这个意思。我并不是说，永远不要怀疑，或者永远不要提出疑问。上帝给了你思想，你就应该好好用它思索。我是在说，你一定要相信怀疑和提问是你自己的事情，可以这么说，不是一时流行的唇髭和手杖。

一夜无眠，我的心脏很不安宁。在同一个器官里感觉病痛和忧伤是一件不可思议的事情。分不出何为病痛，何为悲伤。我有一个习惯，喜欢思量心中的忧伤。也就是说穿过心室、大动脉，找到它的隐藏之地。胸口早已感觉到的重压告诉我，这里有我必须细想的东西。因为我知道的情况比我本该知道的更多，而这些额外的信息一定是从我自己身上获得的——同样的重压这几天让我担心。

可是，事实是我只能通过和自己的不幸，和指责我、非难我的

① 柯尔律治（1772—1834）：英国诗人、评论家，著名诗作有《忽必烈汗》《古舟子咏》等。

人——上帝保佑他们——真诚磋商的方式，对自己说老实话，除此而外，还从来没有找到别的办法去面对现实。只要他们不立刻让我去死。我真希望死的时候，心脏会很平静。我知道这并不现实。

哦，我闭上眼睛，又看见杰克·鲍顿。在我看来他未老先衰。我想，为什么我总是为了保护自己和这个“衰老的年轻人”作对呢？我怕他带来什么损害呢？

哦，这确实不是一个纯粹只有修辞色彩的问题。今天早晨你母亲交给我一张他送来的字条。上面写的是：“非常对不起，昨天我惹你生气了。我绝对不会再打搅你了。”他写得一手好字。不管怎么说，我从你母亲的言谈举止看出，她知道字条背后的故事。那只是一张叠着的纸，但是如果他不让她看的话，她绝对不会看上一眼。也许他告诉她那上面写了些什么，或者他只是来表示道歉。她把字条送进来之前，我听见他们在门廊下面说话。她看起来有点儿难过，还有几分担忧。为我，为他，也许为我们两个人。我知道他们俩确实谈过话。不常谈，谈的时间也很短。但是我感觉到他们之间有一种理解。

“理解”也许放在这儿不对。因为我从来没有和她提起过他。而真正让我担心的恰恰是她对他知之甚少。或者，“理解”放在这儿十分准确，不管她了解他还是不了解他。我不知道，哪一种想法更让我焦灼不安。

我也给他写了一张字条。意思是真正应该道歉的是我。我最近身体欠佳，希望很快再有机会和他叙谈。你母亲把字条给他送了过去。

我想起杰克大约十岁或者十二岁时的一件往事。他往我的信箱里塞满刨花，然后点起火来。他把一根细绳放在火油里浸泡，做成导火索。那时候人们的信箱都钉在大门口的柱子上。就是乡下人用的那种像块大面包似的东西。那是一个冬天的傍晚，我在教堂里开完会，摸黑往家里走。突然听见“噗”的一声，抬起头正好看见火苗从信箱口喷了出来。我着实吓了一跳，但是我连一分钟也没有迟疑就知道这恶作剧是谁干的。

这个男孩儿总是一个人待着，总是面带微笑，总是想恶作剧。还不到十岁，看见小镇中心区大街上搭建的那座供模特表演的T台上没人，他就跑上去学模特表演。那年月，小轿车还是稀罕之物，他特别感兴趣更可以理解。有一次他偷开别人的一辆车直奔西去，开了许多英里，直到没油了。他便扔下汽车，自己徒步往回走。有两个年轻人赶着一群马正好从那儿路过，就把车拖到威尔金斯堡，换了一支猎枪。我想，这辆汽车丢失的两三个月里，这个县里有一半人都“拥有”过它，时间当然不会长，也就是一两天的样子。后来有一个人口众多的大家庭用一头小母牛换了这辆车。七月四号那天，全家人开着车兴高采烈地来基列看热闹，结果被警察逮捕。警察局顺藤摸瓜调查了一次又一次“以物易物”的过程，搜集了一张又一张“借据”，了解了多次这辆车被当作赌注，以打扑克赌输赢的过程，还是没有找到最初的那个偷车贼。最后的事实证明，有那么多人参与这场买赃卖赃的轻罪。法不责众，当局只好不了了之，但是这个有趣的故事被人们长久地流传。人们显然都知道那辆车是偷来的，但是谁也经不起开它一两天的诱惑。话说回来，谁也没胆量将它长期据为己有，价格自然就非常“合理”，诱惑力因此而更大。

杰克亲口告诉我他在这个故事里都干了些什么。他还把那辆汽车杂物箱上的把手拿给我看。这是他那次壮举的纪念品。不过，即使没有这玩意儿作证，我也相信他是始作俑者。那时候，他虽然很小，但是很精明，知道我不会把这件事情说出去。我也确实没有对任何人讲过。当然，我想他的父母应该知道。但是，不管怎么说，我还是没有跟他们提过一个字。对这样一个孩子，我真有点望而生畏。他居然能守口如瓶，保密保到这个份儿上。倘若人们知道是一个年仅十岁的孩子使半个县的人犯下买赃卖赃罪，这个故事无疑将更加完美。

所有这一切都让人觉得不可救药——我是说那个孩子不可救药——这一点我不想遮掩。记得有一天早晨他在我门前的台阶上刷了一层糖蜜。糖蜜上密密麻麻，一个摞一个，爬满了蚂蚁。看到这里你或许会问自己，一个孩子孤单到什么地步才有时间干这些令人讨厌的事情？他还想出一种专门砸我书房的玻璃的办法。他用这个办法一下子就可以把我整扇的玻璃窗都砸烂。确实有点儿不同凡响。等到我们的灵魂都归于平静，可以为这样一件事情笑出声的时候，我一定问问他当年砸玻璃的秘诀。

这都是他小时候干的事儿。一般来说也就是淘气，让人讨厌，似乎还没有造成太大的危害。这当然是我的看法，尽管有几件坏事我从来不想归咎于他，但是内心深处，我觉得就是他干的。比如，有一家人的牲口棚起火，好几头牲口在大火中丧生。哦，但愿我错怪了他。

他犯罪的手段非常狡猾，而且总是单枪匹马一个人干。记得我先前讲过，他偷东西不是传统意义上的偷。我这样说的意思是他偷的东西没有多大价值，但是对于被偷的人那也许就是无价之宝。他做的那些事情毫无道理，除非他的目的就是造成最大限度的破坏，接受最小限度的惩罚。他十五六岁的时候，经常趁我到教堂的时候，溜到我家里偷走一两样东西。那是你能想象到的最令人恼火的鬼把戏。有一次，他从我书桌上拿走我的希腊语《新约全书》。我不知道世界上还有什么比一本《圣经》更不值得费心劳神去偷的东西。还有一次，他偷了我看书用的老花镜。有一次，我进家门的时候，他正站在客厅。看见我进来，笑嘻嘻地说："你好，爸爸。"镇定如常，讨人喜欢。他和我随便聊了几句，还是平常那副少年老成的样子，一脸微笑让人觉得他又开了什么玩笑。我在心里琢磨了半天，寻思到底丢了什么东西。后来才意识到——是放在天鹅绒小盒子里的一张路易莎小时候拍的照片。我这辈子从来没生过那么大的气。他这种卑鄙无耻真是到了登峰造极的地步。可我怎么去鲍顿那儿告他的状呢？这种话，我怎么能说出口呢？

那些东西或迟或早又"漂流"回来。有一天我看见那本希腊语《新约全书》被扔在门口的擦鞋垫上。那张照片神秘地出现在鲍顿家门厅的小桌上，后来又被送回到我手里。我那把精美的削铅笔刀——贝壳做成的刀柄上印着"沙特尔"[①]这个词——后来出现在厨房餐桌上，上面还插着一只苹果。那时候这些事儿都让我惶恐不安。

后来他开始干那些足以让他的大名见报的坏事。偷酒，开着偷来的汽车兜风，等等。我知道一些年轻人因为远不及他重的罪行就被送到监狱或者送到海军服役。可是他的家庭在当地那么受

---

① 沙特尔：法国北部城市，位于巴黎西南方。市内13世纪的大教堂为哥特式建筑的杰作，以其彩色玻璃和对称螺旋体著名。

人尊重，使他逃脱了这些惩罚。换句话说，他因此而得以继续辱没他的家庭。

我说过他似乎很孤独。这也是件怪事。因为，我也说过，鲍顿全家都非常爱他。家里所有的人。不管出了什么事，他的兄弟姐妹都站出来替他说话。他小时候，偷偷溜出家门，跑到不知道什么地方。全家人急得要命，到处找他，只希望找到他之后，能对他施加点高尚的影响，免得他日后惹更大的麻烦。记得有一年夏天，我沿后面的篱笆种了一溜向日葵，大约有二十棵。有一天下午，鲍顿家别的几个孩子来找约翰尼，那时候他们都这样叫他。我出去帮他们找了一会儿，看见向日葵被人往后扯过，一直扯得脑袋都耷拉到了篱笆那边。格罗瑞说："可能是风刮的。"我只好说，是呀，也许是风。

如果我不得不选一个词描绘他现在的样子，也许我会选"孤独"，尽管"令人厌烦""惹人生气"当然也出现在我脑海中。路易莎那张照片不翼而飞期间，我去鲍顿家借书。我们坐在门廊下聊了一会儿。那个男孩坐在台阶上，我记得他手里摆弄着一把弹弓，一字不漏地听我们谈话，不时抬起头朝我微笑，仿佛我和他之间有个什么玩笑，或者密谋什么。我非常恼火。他几乎是在挑动我当着他父亲的面提照片的事。我不得不离开鲍顿家，免得控制不住自己发起火来。他说："再见，爸爸！"我回家的时候气得发抖。也许你现在明白，为什么我听说他和那个小姑娘的事情之后，最主要的反应就是被这件事情的卑鄙无耻所震撼。

我并不认为总想这些事情对我的心脏有什么好处。我的意思是，他一直是个谜。这就是我为什么对他放心不下，为什么知道自己无法像判断别人一样判断他的原因。也就是说，我无法对他的行为做出道德上的评估。他就是那样卑鄙。哦，我不知道这个结论对现在的他是否合适。但是我确实看到，他会对别人造成怎样的伤害。这一点对于我非常清楚。当我站在讲道坛上，一种想法油然而生——我从坟墓里回头看，看见他坐在你身边，咧开嘴朝我笑……

这些想法对我一点儿好处也没有。最好还是祈祷。

今天早晨醒来闻到一股煎饼味儿。这是我特别喜欢的味道。虔诚地祈祷了那么长时间之后，心脏就像一团泥堵在食道中间。你母亲看见我在椅子上睡着了，就轻轻地给我脱掉鞋，盖了一条被子。最近这些日子，有时候我坐着睡确实比躺着睡还舒服一点，呼吸更容易。昨天晚上熄灯之前，我仔仔细细把日记本收好，我知道我还想说说关于杰克·鲍顿的事。

今天是我的生日，桌子上的花瓶插着金盏花。我的那摞煎饼上插着蜡烛。还有好吃的小香肠。你几乎一字不差背诵了八福词，背了两遍，“巨大的成就”让你高兴得满脸放光。你母亲扔给索佩一截香肠。索佩叼起来鬼鬼祟祟地溜走，不知道把那油腻腻的玩意儿藏到什么地方去了。它无疑是一代代繁衍下去的捕食害虫的野猫的后代。驯养之后吃得很胖。

我不愿意想，为了一千个这样的早晨我会奉献什么。有两个，或者三个足矣。你穿着红衬衫，你母亲穿着蓝裙子。

你母亲找到了我一直为之惊奇的那篇讲道稿，就是圣灵降临节那天，我第一次见到她时讲的那篇。稿子放在我的盘子旁边，用纸巾包着，系着缎带。“还要修改吗？”她说，“用不着修改。”她吻了吻我的头顶。对于她，这已经是心中火焰般感情的表露。

我已经七十七岁了。

昨天我的感觉很好。格罗瑞开车来接我们到河边野餐。托拜厄斯也来了。托拜厄斯是个好孩子。你们带着球，甚至还有爆竹。还有一个巧克力蛋糕，上面有一层厚厚的巧克力糖霜。河水很浅，但是很美，河面上漂浮着初秋的黄叶。很遗憾，头天夜里我没有睡好，总是心烦意乱，无法安宁。不过大伙儿玩得都很开心。格罗瑞和你母亲现在是要好的朋友。你和托拜厄斯追着河里的树叶玩，似乎希望永远这样玩下去，你们俩还在河边的泥水中踩来踩去。

昨天晚上，我睡得很好。

一想起我可能会厌烦到死，就让我烦躁不安——如果你明白我的意思的话。杰克·鲍顿回家了。他的父亲，我亲爱的朋友喜出望外。就我所知他还没有做什么坏事；就我所知他还没有做坏事的打算。可是一想起他这个人我就心烦。

你问，他是不是不打算参加这次为我过生日专门组织的郊游。你很失望。格罗瑞找了个什么借口，你母亲没有说话。机智、老练，不言自明。我不由得想她们都知道些什么？谈论过什么？她们怎么能不可怜他？我可怜他。我很后悔自己明明知道他的灵魂不得安宁，却没能以牧师的身份和他谈心。这是一种耻辱。

好人最大的特点之一是喜欢同情别人。女人比男人更胜一筹，所以她们经常陷入有害于自己的境地。这种事儿我经历过无数次。可是，要想找到警告她们的办法总是很难。因为，一句话，这是如耶稣一样的品格。

他没有回复我送给他的字条。

我又写了一张便条，告诉他我深深地感觉到自己身上的错误，等等。然后亲自送到鲍顿家。我正要往信箱里塞这张字条，看见杰克在花园里。他也看见我，于是我径直把字条交给他。接过字条的时候他似乎有点儿羞涩。我对他说，这是向他再次表示歉意，和上次相比更经过一番深思熟虑。他表示感谢，从他脸上的表情我看出，他真的感到一种宽慰。我怀疑他压根儿就没有看我第一次送给他的那张字条。他一定以为我在指责他。现在他打开我亲手交给他的字条，从头到尾看了一遍，又一次表示感谢。

我说："如果你还想和我谈心的话，我随时恭候。"

他说："是的，如果你愿意，我确实想和你好好谈谈。"这样一来，我们就静观其变了。

我很高兴结果不错，在这个问题上总算达成共识。我从心头搬掉一块石头。我承认我之所以给他写第二张字条，部分的原因是为了你母亲不至于因为我伤害了他而对他表示怜悯和同情。但我仍然感觉良好。看到他脸上"一反常态"的变化，我从心里高兴。有一会儿，他看起来年轻了许多。

又是一夜无眠。我一直在想我给杰克·鲍顿施洗礼的那个早晨。我先让一位执事替我主持那天的礼拜，这样一来我就能到鲍顿的教堂给小鲍顿洗礼。我们已经谈过这事儿，给孩子取的名字是西奥多·德怀特·魏尔德[①]。我想这个名字非常棒。我的祖父听说，魏尔德曾经连续三个星期，每天晚上都讲道，直到说服一个反对解放奴隶的北方人的聚居地的所有人都改信废奴主义。老人家把这件事当作他一生中最重要的经历之一。可是当我问鲍顿："你想给这个孩子取个什么名字？"的时候，他却说："约翰·埃姆斯。"我非常惊讶，他又说了一遍，泪水顺着面颊潸潸流下。

将我置于这样的境地全然不像鲍顿所为。首先，这完全是非长老会教徒的举动。我听见长椅上传来阵阵啜泣声。过了一段时间，我才为这事原谅了他。我和你说的都是真话。

如果我有一个小时的时间琢磨这件事情，我想，我的感受会截然不同。可是当时，我的心好像冰冻了一样，我想，这不是我的孩子——以前我从来没有想过自己还会有个孩子。我不能准确地说出什么是"贪求"，但是据我的经验，所谓"贪求"不只是想得到别人的美德、想像别人一样幸福，更主要的是拒绝、排斥那些美好的东西，并且因为那美好的一切而生气。

这很有趣。关于这个问题当然有一篇讲道稿。"凡不因我跌倒的就有福了[②]"是这篇经文的精髓。但愿我有时间好好地想一想。

我要告诉你一件傻透了的事情。我经常想，那个孩子一定觉得我对于给他施洗、给他命名态度冷淡，觉得我远没有为他好好

---

① 西奥多·德怀特·魏尔德（1803—1895），美国作家、演讲家，1830—1844年间是美国废奴运动的先锋人物，和别人合著有当时极为轰动的《美国奴隶制纲要：一千份见证》。

② 《圣经·马太福音》11：6。

祝福。这种想法当然是迷信。说起这件事，我感到羞愧，但是，我愿意诚实。对那个孩子，那个与我同名的人，我确实心怀愧疚。我从来没能对那个孩子热情起来，从来没能。

我很高兴说出这番话。我很高兴看到我亲手写下的这些文字。因为现在我意识到那并不真实。对于我这是最大的宽慰。

为了我自己，我真希望能为他重新施洗命名。那时候我的注意力被自己那些痛苦的想法分散，没有像平常那样感觉到手里那个孩子的神圣，没有感觉到那个婴儿在祝福我。现在想起来真是一种遗憾。

约翰·埃姆斯·鲍顿是我的儿子。如果在我相信的任何事情中，有任何真实可言的话，这也是真实的。我说“我的儿子”，意思是另外一个自我，一个更让人珍爱的自我。这样说不足以表达我的意思，但是此刻是我能想出来的最好的表达方式。

我在想《基督教原理》里的一段。这一段说：任何人心目中上帝的形象比足以爱他的理由重要得多。上帝等待把我们敌人的罪过加诸他自己身上。所以总记着敌人的错误，就是对宽恕的摈弃。这些事情只能是真实的。在我看来，人们之所以容易忘记“爱你的仇敌”的信条，不是为了达到正义的标准，而是因为上帝，他们的天父，爱他们。这个道理我在布道的时候讲过不下一百次。

我的意思不是说小鲍顿是我的敌人。我对他的了解还没到这个地步。加尔文只是举了一些最极端的案例：更何况[①]，我怎样

---

① 原文为拉丁文。

才能更容易地忘记那些罪行？这些罪行即使影响到了我，最终在人们眼里，也只不过是令人烦恼的事情罢了。杰克让他的父亲非常伤心，但总是立刻得到他的谅解。我也让鲍顿难过，原因是他觉得我不能马上原谅杰克。我相信最让老鲍顿伤心的是这个男孩总是独来独往，对他像个陌生人，对我们大家也都像个陌生人。

现在，我想讲清楚下面的论点。因为这是当我把自己的思想都摆在上帝面前时，脑子里突然出现的想法。"存在"是最根本的东西，也是最高尚的东西。如果上帝认为我们的罪行算不了什么，那就算不了什么。或者除了"存在"这个精妙的、最首要的事实之外，任何现实都是微不足道的、都是有条件的。当然上帝会把它们都"擦掉"，就像我擦掉你脸上的灰，或者泪。毕竟上帝为什么要在乎那些并非他的创造的污迹呢？

哦，他有许多在乎的理由。我们人类确实在做有害的事情。历史可以让一块石头哭泣。我意识到在这个问题上我的思想变得非常混乱。我累了——这也许是问题的一个方面。尽管回想往事，甚至在我年轻力壮的时候，只要将罪行的重负置于宽恕的自由的恩典之上，就一定会失败。如果小鲍顿是我的儿子，那么顺理成章，他那个小孩就是我的孙女。发生在她身上的事情实在糟透了，而那是事实。因为我是基督教徒，我不能视而不见，我只能这样说。

盘点完这些思想，昨天夜里我把它们都记了下来。我意识到，我回避了对于我来说最重要的问题。那就是：我该怎样应对心里的恐惧？难道仅仅因为杰克·鲍顿有能力，因为他狡猾，因为无可辩驳的卑劣，就一定会伤害你和你母亲？今天早晨你已经打听过他两次。

从严格的意义上讲，对你有害未必就是对我有害，这是问题的重要方面。他可以把我撞倒在楼梯上，我呢，没等滚到楼梯下面就已经从神学中找到原谅他的理论根据。可是如果他对你造成一点点伤害，神学对我就派不上用场了。

既然现在想起这些事情，这或许就是我担心的最主要的问题。

哦，我听见他在门廊和你、和你母亲说话。你在笑，你们都在笑。这实际上是一种宽慰。对于我，他看起来永远都是一个站得离火太近的人。忍受着眼前的痛苦，知道离更大的危险只有半步之遥。就连放声大笑的时候他看起来也是这个样子，至少当他认为要对付我的时候。尽管我真诚地相信，我一直不想冒犯他。啊，我是个能力有限的人，一个老人。当我化作泥土的时候，他还是个神秘费解的活生生的人。

许多次，我走到自身理解的极限，走进一片荒凉，走上何烈山①，走到堪萨斯州。许多次，我害怕把所有的地界标留在身后，或者看起来像是这样。这一切一直属于我生活中真正的快乐。夜晚与阳光，寂静与困难，在我看来永远严酷，也永远美好。我认为，这都是爱德华教给我的，也是我可敬的祖父最后一次逃进荒原时教给我的。我也许曾经幻想过，自己也是一个那样身强力壮

① 何烈山：即西奈山，基督教《圣经》记载上帝授予摩西“十诫”之地。

的老人，愿意潜入到大地之中，在流逝的时光中闷燃，直到世界末日。哦，我现在的注意力已经不在这个方面了。我现在的困惑是在另外一个新领域。这个领域让我怀疑，以前是否真的迷失过方向。

然而，我必须说，所有这一切都让我又重新瞥了一眼世界的川流不息。我们像一场梦，飞翔而去，把健忘的世界抛在身后，任其践踏、损坏、替代我们曾经珍爱的一切。这就是世界的流逝，它是那样非凡。

杰克送来些葫芦，满满一口袋。你母亲给了他些还绿着的西红柿。啊，这些晚熟的夏天丰收的果实，细长的南瓜，怪模怪样的绿皮西葫芦。每刮过一阵风，橡子都会像冰雹一样砸在屋顶上。天气依然很温暖。有一阵子蜘蛛到处织网，现在这些网被风吹得七零八落。我们可以想象，那些吃饱喝足的蜘蛛藏在枯枝败叶里正昏昏欲睡，全然忘记自己辛勤编织的网。

记得有一次，我的父亲和祖父坐在门廊下敲开黑胡桃，剥掉壳。他们俩不相互“齁”的时候，也就是说，就像今天这样，两个人都默不作声的时候都喜欢对方陪伴。

祖父说：“夏天已经结束了，我们还没有得到救赎。”

父亲说：“这是上帝的意愿。”

又是一阵沉默。他们一直忙着敲黑胡桃，连头也没抬。他们说的是干旱已经降临，而且还要持续好几年。那是真正的灾难。我记得一阵和煦的风轻轻吹过，就像今天。没有再比剥黑胡桃更让人厌烦的事了。他们俩每年秋天都干这活儿。我母亲说，黑胡桃弄得他们身上一股家具味儿。不知道有没有人不同意这种看法，但她一直用胡桃木家具，当然熟悉这种气味。

你和托拜厄斯坐在门廊前面的台阶上，按大小、颜色、形状分那些葫芦，然后选出自己最喜欢的，刻上字。有的是潜艇，有的是坦克，有的是炸弹。我想，托拜厄斯的父亲用不了几天就会再来我们家造访。现在孩子们都喜欢玩打仗。他们都在学飞机轰炸、炸弹爆炸的响声。我们小时候也玩过同样的游戏。不过是开炮，拼刺刀。

这个事实当然没有任何能给人以慰藉的东西。

世界犹如大瀑布，想一想与它一起顺流而下的都是什么，确实触目惊心。

我想起父亲有一次讲道的情形。那是他和爱德华的决裂已经传出去，他也经过一段时间反思之后的事情。他这个人从来不在大庭广众之下谈隐秘的或个人的事，最多以抽象的语言暗示点什么。可是这天早晨，他感谢上帝终于让他稍稍懂得什么是背叛；让他明白，战争结束之后，他跑到贵格会教徒那儿，留下他父亲一个人挑那副沉重的担子，对他父亲意味着什么。他讲了一件我以前从来没有听过的事情。他的母亲因为病势沉重、浑身疼痛，已经好几个月没有去教堂了。可是听说儿子远走他乡，只有丈夫在教堂讲道，坚持要去。他的姐妹们那时候一直陪伴在母亲身边，只好轮流抱着她往教堂走。那条路对于她们一定非常长。她们去晚了，因为直到早晨母亲才提出去教堂。她们急着去教堂，头发蓬乱，心里火烧火燎，而且再着急也只能轻手轻脚走路。那时，他们的母亲几乎碰都不能碰。老太太面色苍白，头发已经被剪掉。几个女儿小心翼翼，费了好大力气才给她穿上已经显得很大的裙子。讲道已经过半，她们才走进教堂，穿着家常衣服，汗流浃背，没戴帽子。大女儿艾米把妈妈抱在怀里，就像抱着一个半大的孩子。我父亲说，正在讲道的老牧师停了下来，站在那儿看着妻子、女儿。过了一会儿才继续讲他的经文。那天他讲的是为别人受苦的奥秘。那些日子他讲的大都是这个内容。他又讲了几分钟，祈祷了几分钟，做了祝福祈祷①，然后走到妻子身边，把她抱在怀里，吻了吻她的额头，一直抱着她走回家，留下教友们过循道宗信徒长长的安息日。

“我无法描述当时感觉到的羞愧，”父亲说，“我的姐妹们对我说这件事，是因为她们担心，倘若我再跑到什么地方，母亲还会坚持到教堂。艾米对我说：‘如果你让我们迫不得已再干一次这种事，我就恨你到死！’当然，我再也不敢了。”

我的父亲在告诉他自己，也告诉家里还剩下的这几个孩子，爱德华的过错和他相比微不足道。他是对自己，也是对家里还剩下的这几个孩子说，眼下的困窘和失望有一种能力，使得困窘和失望对他而言不但变得宝贵，而且颇多教益——困顿之中似乎有一个设计好了的东西，事实上，使之成为上帝仁爱的标志。同时，也宛如一个寓言，加深了他对自身的理解。对这件事情如此诠释当然会阻止，至少不鼓励他责备爱德华的冲动。任何一个人的粗心、轻率，倘若在为上帝的精心服务中被人看到，都不能为那种愤怒开脱。

---

① 祝福祈祷：通常在礼拜末尾进行的祈福。

在我觉得需要，或者碰到必要的场合时，我多次用过这个推理论证的方法。事实是，一个人做过的错事常常预示他将因同类错误而受苦。但我从来没有弄清楚，当我要控制自己的怒火的实际困难上，这种认识能在多大程度上帮助我。我也没有找到任何将其运用于眼下的困境的办法，尽管我并没有放弃努力。

今天下午在教堂开了一个让人沮丧的会。只来了几个人，什么问题也没有解决。这种事儿让我非常疲惫。回家之后我本来想打个盹，结果一觉睡到晚饭后。醒来时，夜幕已经降临，屋子里空无一人，我就走到门廊。你和你母亲坐在秋千上，两个人裹着一床被子。她说："这也许是最后一个温暖的夜晚了。"她腾出一个空，让我在她身边坐下，用被子盖住我的腿，头靠在我的肩膀上。幸福与快乐莫过于此。今年夏天，她一个人打理被她称之为"猫头鹰花园"的花园。我就是她说的"猫头鹰"。她在什么地方看到一篇文章，文章说，白颜色的花夜晚香气袭人。于是，她就沿着前面的人行道种了她能想到的每一种白花。现在，只留下几株玫瑰、香雪球和矮牵牛花。

我们一起在黑暗中坐了一会儿。你迷迷糊糊睡着了，妈妈摸着你的头发。这时，大路上传来一阵脚步声。肯定是杰克·鲍顿。我想，他是想来道个晚安，然后继续走自己的路。可是，你母亲请他进来小坐一会儿，他便走了进来。他穿过大门，在台阶上坐下。我注意到，他对她一直谦和、有礼。

"我们在享受宁静呢。"她说。

他说："世界上没有比这儿更好的地方。"然后，好像怕被人误解，或者怕惹谁生气，他又说：“回来一段时间真是件好事。”他呵呵笑着，“现在，这儿的人已经分不清我和亚当谁是谁了。真是太棒了。”

我说：“你回家，你父亲高兴坏了。”

他说：“老头是圣人。”

“这也许没错儿，但你回来还是件天大的好事。”

“啊。”他说，好像脚下出现一条裂缝。

沉默了几分钟，你母亲站起身，把你从被子下面抱出来，然后送你上床睡觉。

“我看到你回来也很高兴。”我说，因为我真的很高兴，当然是为老鲍顿而高兴。

他没有说话。

“我这样说，是发自内心的。”

他背靠门廊柱子，伸开两条腿。

“那是肯定的。”

“一摞《圣经》①。”

他笑了起来。“多高一摞？”

“一肘尺②左右。”

“我想，那就可以了。”

“两肘尺是不是就会让你心安理得？”

---

① 一摞《圣经》：这是一个双关语。原文是：Stack of Bibles。英文中有一个成语：Swear on a stack of Bibles，意思是：“拼命赌咒”，“竭力发誓”。本文中 Stack of Bibles 即为此意。下面几句的意思均由此延伸而来。

② 肘尺：古代的一种长度测量单位，以前等于从中指指尖到肘的前臂长度，或约等于 17 至 22 英寸（43 至 56 厘米）。

“那就全了结了。”他又想起应该注意自己的言谈举止，“再见到你真的很开心。还见了你的妻子，你们全家。”

我们俩又沉默了一会儿。

我说：“我还记得，你读过卡尔·巴特的著作。”

“哦，”他说，“现在我还时不时想‘破译’他那些‘密码’呢。”

“好呀，”我说，“我很赞赏你的执著。”

他说：“你如果知道我的意图，大概就不会赞赏了。”

在这个世界上，他一定是最难与之谈话的人。

于是，我说：“没关系，不管怎么说，我都赞赏你。”

“谢谢。”他说。

就这样，我们又一声不吭坐了一会儿。你母亲端出一壶热苹果汁和几个杯子，静静地坐在那儿陪着我们。真是个可爱的女人。这当儿，我一直在想，如果杰克·鲍顿真是我的儿子，不管经历过生活中什么样的磨难，现在拖着疲惫的身躯回到家里，在这个宁静的夜晚，和我静静地坐在一起，我又会是怎样的心情呢？这样想的时候，心里感到相当的满足。想要宽恕他的想法溢满我的心房，宛如一团让人狂喜的火焰，烧得只剩下最精华、最本质的东西。黑暗与寂静之中，我觉得我可以忘掉所有那些鸡毛蒜皮的事情，只去体会他终有一死的和永存于世的“存在”。一种情感抓住我的心，那是一种充满爱的恐惧，让我想起鲍顿对天使的恐惧。

这时候，我似睡非睡，几乎进入梦乡。但是有一种想法，一直在我脑海里萦绕盘桓。我希望坐在那个永生的灵魂脚边，听他说点什么。那一刻，在我看来，他就是天使，念念不忘他作为凡人的生活展示的奥秘——人深层次的东西。当然这正是他的本来面目。“除了在人里头的灵，谁知道人的事？[①]”在每一个重要方面，人们相互之间都有秘密。我坚信，我们每个人都有相互不同的语言，相互不同的审美观和法理学。我们每一个人都是建立在历代文明废墟上的一个小小的文明。但是由于人们对什么是美，什么是可以接受的东西观点各不相同——我急忙补充这一点——总的来说，我们对生活不会满意，但我们按照这些观点，努力地生活。我们把我们之间偶然的相似看作真正的相同，因为我们周围的人都继承了同样的习惯，都用同样的钱币交易，或多或少都承认同样的关于“体面”和“神圣”的理念。而所有这一切，使得我们共同存在于我们之间这不可亵渎、不能跨越的广阔的空间。

也许我应该说，我们像行星。可是，倘若那样说，就失去了我所说的我们像“文明”的含义。行星也许都是从同一个星球裂变而来，但是，这种比喻无法表述历史的厚重。我们无疑都是生活在一代一代人生活的废墟之上。因此看起来就有一种连续性，这很重要，因为它误导了我们。活到我这把年纪，还能记得许多往事——我们经常到灌木林里，人数很多，我们会围成一个圈，然后逐渐收拢，惊起野兔在我们前面逃窜，直到它们被我们团团围住，然后大家一拥而上，用棍棒把它们打死。那是经济大萧条期间的事，大家都在挨饿，想尽一切办法填饱肚子。所以，我也不想吹毛求疵。(我们不打长耳大野兔，只打棉尾兔[②]。大家都知道，长耳大野兔似乎有点忌讳，但是究竟忌讳什么我已经不记得

---

① 《圣经·哥林多前书》2∶11。

② 棉尾兔：产于北美的林兔属的兔子，有灰色或浅棕色毛，尾部下边有白色松软绒毛。

了。）还有的人吃土拨鼠。孩子们上学带的午饭只有一只煮土豆，或者一小片抹了猪油的面包。那时候，教堂的玻璃窗经常落着一层厚厚的尘土，我不得不搬张梯子爬上去，拿把扫帚扫一扫，好让教堂里有点亮光，人们看得清手里的赞美诗集。

岁月艰难，但是我们都习以为常。这就是我们的文明。幽灵之谷。一如现在人们所知的迦勒底人①的乌尔②。我当然为此而感谢上帝，既然那是不可避免、一定要发生的事情，我就不后悔曾经在那幽灵之谷煎熬。这样的经历让你看到事物的另一个方面。我听到人们说，艰难让他们懂得，生活中除了安逸和物质享受之外，还有更多的东西。我也知道周围许多年纪大的人，还记着那艰难的岁月，连五分镍币也舍不得花。我不能为此而责备他们，尽管这意味着我们这座教堂刚刚开始走出它自己的“经济大萧条”。“有施散的，却更增添；有吝惜过度的，反致穷乏。”③我们这座小镇的种种证明了这句箴言的千真万确。哦，我这座教堂虽然破烂不堪，但因为同样的理由，它仍然矗立着。所以，我不应该真的抱怨什么。知道什么是贫穷是件好事，如果你能在公众场合从容应对就更好了。

我想，他们一定以为我睡着了。我知道，我经常这样。他们开始谈话。你母亲压低嗓门说：“你有没有决定这次在家里待多长时间？”

他说：“恐怕待的已经够长了。倒不是我觉得长。”

---

① 迦勒底人：与巴比伦人血缘相近的闪米特人。

② 乌尔：古代美索不达米亚南部苏美尔的城市，遗址在现今伊拉克的东西部。是美索不达米亚最古老的城市之一。公元前三千年左右是苏美人文化的重要中心，是亚伯拉罕的出生地。公元前 6 世纪后衰败。

③ 《圣经·箴言》11∶24。

一阵沉默，然后她说："还回圣路易斯？"

"有可能。"

又是一阵沉默。他划着一根火柴。我闻到一股香烟味儿。

"你不抽一支？"

"不，谢谢。"她笑了起来，"我倒是想抽。可是作为牧师的妻子，嘴里叼支烟，看起来可不得体。"

"'不得体'！我猜他们一直在打探你。"

"我倒不在乎，"她说，"总有人或迟或早告诉我点儿什么。现在，我举止得体已经这么久，我开始喜欢这种方式了。"

他笑了起来。

她说："我确实花了好长时间，才习惯这个地方。这是事实。"

"哦，对于我，这不是问题。一切都那么熟悉。有一点回到犯罪现场的感觉。"

过了一会儿，她说："你知道，大家都说你的好话。"

"是吗？有意思。我想，我应该相信你。"

她笑着说："我已经好多年不撒谎了。"

"唔。听起来一定很累。"

"人们都说，没有习惯不了的事情。"

他说："埃姆斯牧师还没有警告你防备我？"

她摸索着找到我的手，握在她两只温暖的手里。"他不说别人的坏话。从来不说。"

一阵沉默。你想象得出，我坐在那儿浑身不自在。我想动一动，摆脱自己无意之中陷入的不光彩的处境——好像我在故意偷听。

可是，你母亲说："我也在圣路易斯待过。那时候，我们许多人去那儿找工作。”她咯咯咯地笑着，“可是运气不好。”

他说：“要是没钱，那可不是个好地方。”

“要是真有没钱人待的好地方，我也从来没有找到过。我哪儿都试过了。”

他们都笑了。

他说：“年轻时候，我认为安定的生活，是你不小心才偶然过上的生活。”

她说：“我可不这么看。那是我向往的生活。夜里，我经常从人家的窗户望进去，纳闷他们过的是什么日子呢？”

他呵呵呵地笑着说：“这正是我今天晚上准备做的事。”

“好了，”她说，声音很温柔，“好了，杰克，上帝保佑你。”

他说：“哦，谢谢你的款待，莱拉。”然后他站起身，“替我向牧师道晚安。”说完就走了。

除了坐在书桌前面写下这些文字，并且陷入深深思索的这段时间，整整一夜，我躺在床上无法入睡。你母亲为我从来不说别人的坏话而骄傲，我听了以后深受感动。有时候，我确实努力避免说别人的坏话，尽管你非常清楚，在这种情况下，对于我，那会是怎样的抗争。

小鲍顿因为我——用他的话说——还没有警告你母亲防备他而感到惊讶。我听了之后吃了一惊。他那口气好像认为我出于一时的疏忽，才没有和你妈妈说他的坏话。在这个问题上，谁能比他做出更好的判断呢？他也许认为我知道一些其实我根本就不知道的事情，认为鲍顿对我倾诉了许多其实他根本就没有对我讲过的事情，或者人们对他的议论传到我的耳朵。而事实上，我很少听到别人说三道四。我总觉得凡是涉及他的时候，人们都变得很圆滑，说话也很讲策略。

“犯罪现场。”我敢肯定，这是一句玩笑话。但是这句话确实让我去思索，我在他身上感觉到的痛苦有多少是由于他在这儿而产生的？这里发生的事情是不是仍然会引起他的痛苦，也许是羞愧。

我希望能把手放在他的额头，将那些被夸大了的，或者错位的，或者在这个世上无法纠正的愧疚和懊悔，一扫而光。那时候，我就能看到我实际上在处理些什么事情。

从神学的角度看，这是一种完全不能接受的观点。只是在我脑海一闪而过的一个念头。我为此而表示歉意。

因为我要说出真话，还有一件事不得不说。和你母亲谈话时，他声音中那种烦躁不安全然消失。我几乎要说，他看起来很放松。听起来就像和一个老朋友说话。她也是。

我相信，我已经开始看到在这个问题上，上帝对我的恩典在哪儿。我一直在祈祷。我睡了一会儿，觉得头脑清醒了许多。

我从来没去过圣路易斯。现在觉得这真是一件让人后悔的事。

我一直从头到尾看这几页，意识到，有时候我只是记下自己着急的那点事儿，可是我写这些信的初衷是讲给你听。我本来想给你留下一份理性的、坦率的“遗嘱”，从中了解我比较好的本质。可是现在看来，你将看到的只是一个克服重重困难、试图理解他正与之搏斗的那个东西为何物的老人。

然而，我相信，一定能找到一条路，走出只着眼于那些微不足道的小事的怪圈儿。不管怎么说，值得尝试。那么——

昨天夜里，我坐在门廊下有意无意装睡的时候，你母亲把我的手握在她的手里。对于我，那真是极大的幸福。我看到，我确实指出了这一点——“握在她两只温暖的手里”——我还记下：与此同时，谈到我的时候，她把我说得那么好，我真是受之有愧。但是，回想起这一切，我就意识到，她说这番话的时候，是因为她过着一直向往的安宁的生活，而且，她仿佛觉得，自己永远不会失去这样的生活，尽管任何务实的、哪怕是物质层面的考虑都会告诉她，这种生活其实迟早都会失去。这也让我高兴。我还想起，当他们说，朝别人家的窗户里面张望，纳闷人家过着怎样的生活时，我就觉得，我可以与他们俩为伴。其实，我满可以说，我们仨。因为，上帝知道，许多年来，我也在做同样的事情。但是，那一刻，她说话的口气，仿佛告诉我，对于生活所有的疑问她都得到了回答，“一劳永逸”的回答。如果真是这样，那可太奇妙了。这种想法是我心灵宁静的源泉。

有一次，我梦见和鲍顿跑到那条河里，在浅水里找什么——小时候，我们是找蝌蚪——我祖父突然大步流星，从树林里走了出来，还是平常那副怒气冲冲的样子。他舀了满满一帽子水，朝我们甩过来。一道水幕翻腾着从天而降，砸在我们身上。然后，他又戴上帽子，昂首阔步向那片树林走去，留下我们俩站在亮闪闪的河水中，惊讶不已，像浑身放光的使徒。我提到这事是因为，在我看来，如此意外的变化在我们的生活中确实时有发生。

未经谋求，不必等待，该来就来了。你是否希望，或者是否应该得到，都没用。脑海里浮现出这样的想法，是因为我又想起第一次和你母亲见面的情景，在那个上帝赐福的、细雨濛濛的圣灵降临节。

那天早晨，一开始就有些事情让我生出一种灵魂出窍的感觉。这是事实。我从来没有对你说过，这些事情是如何发生的，我们俩是如何结婚的。相信我，这段经历让我学到许多东西。它加深了我对希望的理解，让我懂得，这样的变化是可以发生的。使我对死亡的想象美好了许多。这话听起来当然很怪。

尽管我告诉自己，第一天早晨，我几乎没有注意到她，可是整整一个星期，我还是盼望下次做礼拜时她能再来。我一直责备自己，她走出教堂大门时，没有问她姓名，结果想起她，只能用那些和我的职责有关的称谓——“迷途的羔羊”，“迷失的灵魂”。其实，我从来不用这种表达方式，更不会用到她的身上。整个经历很有趣的一部分是，我不能诚实地面对自己，又不能欺骗自己。那是一件很糟糕的事情。我就像个傻瓜。可是，你看，我并没有忘记她的年轻和我的老迈。而且，我对她一无所知，就连她是否结过婚，也不清楚。所以，我无法对自己承认，我只是想看看她，听听她的声音。她说：“早上好，牧师。”仅此而已。可是，我记得，我努力把那声音留在心里，非常想听到那声音再在耳边回荡。

我要告诉你，如果我的祖父确实把他的衣钵传给我，他早在我来到这个世界之前就这样做了。他把生命中的圣洁传给了我，或者传给我的天职。我竭尽全力，不让这种圣洁有丝毫亏减。我对我的名声，甚至性格都非常在意。我把福音书放在胸前，作为我人生和讲道的标准。可是，那一刻，我虽然在写讲道稿，心里却只想着记住一个年轻女人的面容。

如果我早一点儿获得这种经验，就会聪明得多，就会更富于同情之心。我真的不明白，来找我的人，为什么对好的意见，对常识性的东西都那么冷漠；为什么，我规劝他们哪怕稍微理智一点的时候，他们都会不耐烦地说："我知道，我知道"，而这话的意思实际上就是"没关系。我不在乎"。这是圣人和殉道者才说的话。我现在知道，因为激情澎湃，他们才能毫无节制地拒绝别人的好意。我似乎在拿伟大、崇高的东西和渺小、平凡的东西做比较，也就是说，拿上帝的爱和凡人的爱做比较。但是，我并不把它们看作相互分离的东西。如果神给我们一小口食物，我们就能吃饱；如果神轻轻地触摸，就会赐福于我们，那么，我们在某个人脸上找到的愉悦，当然能引导我们明白最高贵的爱的本质。我虔诚地相信，这是真理。我记得，那些日子，因为爱的存在而爱上帝，因为感激的存在而感激上帝，而这一切深深埋藏在我痛苦的心灵之中。我意识到，有许多东西我不知道该如何表达。当然，随着时光的流逝，这种种感觉变得不再强烈。这是一种恩惠。

路易莎和我青梅竹马，几乎从孩提时代起就注定要结为夫妻。所以，我没有任何经验，也没有任何准备，发现自己居然会日思夜想一个完完全全的陌生人，一个比我小许多、也许结过婚的女人。这是我有生以来第一次觉得，我可以摆脱我的性格、我的天命、我的名声——就好像那都是干了的外壳，可以剥离——去争取自己希望得到的东西。我以前从来没有觉得，自己生活的全部内容只是身上这套牧师的长袍，书架上的书和记满了已经履行的、尚待履行的义务的日历。我曾经说过，那是死亡的预示，至少是正在死亡的预示。可是为什么这一次的经历看起来那么新奇？“激情”是我们可以用在这里的词。

哦，事情变得越来越糟。她每个礼拜日都来，只有一次没来。我承认，那些日子我写的讲道稿都是为了让她高兴，都是为了给她留下深刻的印象。我努力克制自己，讲道的时候不要总看她，看的时间不要太长。但是，我总觉得在她脸上看到失望的表情。于是下一个星期我就祈祷，跪着祈祷，希望她能再给我一次机会。我觉得那么可笑。我对上帝说的都是同样的话，希望他给我力量，完成好牧师的职责。其实没有一个字是我的真心话。因为那阵子，我只是个傻乎乎的老头，请求万能的上帝迁就、纵容他的愚蠢，而自己对这一点也心知肚明。我的祈祷得到了满足，而且远远超过我能想象出来的要求。妻子，孩子。我不敢相信这一切都是真的。

那个可怕的礼拜日，她没有来。早晨，沉闷，灰暗，仿佛空气不再流通，人们看起来邋里邋遢，教堂也显得破破烂烂。我那天讲的是：欢迎陌生人，因为她也许就是“出乎意料降临在你面前的天使”。我不愿意读下去。我觉得在座的每一个人都知道我站在那儿坦白自己的愚蠢。在我看来，她不会再来，这将是不可避免的事情。我万般无奈，又回到原先单调的、令人生厌的生活之中，度过糟透了的一个星期。我感谢上帝，没有让我把自己完完全全变成傻瓜，没有让我走到教堂门口，挽住她的手，和她谈话。尽管，我曾经在心里想过无数次，和她说些什么，甚至把想说的话写了下来。可是，过了一会儿，又恨自己真是个傻瓜，居然没有拉过她的手，没有和她说过话。那个星期，我试图让自己描绘，她身上究竟有什么东西那样强烈地吸引我——我之所以想这个问题，是因为如果我说不出个所以然，这种吸引力就会烟消云散。我整整一个星期都在思念她，好像她是我世界上惟一的朋友。（我还想了几个实际问题——弄清楚她的名字，打听出她的住址，而且想到可以拿牧师的关心作借口。真丢脸。）

下一个星期日，她又来了。我因为大大地松了一口气，而现出一副可怜相。我怕自己会莫名其妙地笑出声来，怕自己注视她的时间太长，不时提醒自己她是个陌生人，尽管这几个星期以来，她一直是我心灵深处最亲密、最熟悉的人。我小心翼翼，生怕自己无法解释的亲密吓她一跳。我刚理了发，穿了件新衬衫，因为我觉得我坚持不懈、充满激情而又不无卑劣的祈祷也许会得到回报，所以还是有所准备为好。我还试着抹了点儿滋润头发的新玩意儿。鲍顿在路上碰见我——那时候我们总是在去教堂的路上相遇——上下打量着我，会心地笑了起来。我想，我真是个彻头彻尾、不善伪装的大傻瓜。

那天她离开教堂的时候，我真的抓住她的手，真的对她说了一句话："上星期，我们一直惦记着你。今天看到你，很高兴。"

"哦。"她满脸通红，向旁边望过去，似乎我的好意让她吃了一惊，尽管这本来是牧师最基本的、"例行公事"式的问候，也是我在那种情况下允许自己最大限度表露的感情。

"因我因爱成病。[1]"这是《圣经》的经文。想起这句话，我不由得笑了起来。每逢遇到麻烦，我总是求助于《圣经》。现在，我选择的经文是《雅歌》！也许我从中懂得了，如果我更年轻，

① 《圣经·雅歌》2:5。

如果我知道你母亲没有结过婚，这种为爱而受的煎熬在上帝眼里一定很美。像现在这样，那诗歌的美妙只能让我伤心。

哦，下一个星期，我抓住她的手，对她说："礼拜日晚上，我们有个《圣经》学习小组，如果你能参加，我们非常欢迎。"回家之后，我就祈祷，希望我的"狡猾"能得到回报。我又刮了脸，尽量静下心来读书，一直读到傍晚。我早早地去了教堂。她正在门口台阶旁边站着等我，似乎想和我说几句话。这时候，我开始怀疑——就像我经常怀疑那样——上帝的恩典包含着灿烂的笑容。她满头秀发散发着清香，对我这个微不足道的"乡村老情郎"说，希望我给她施洗礼。

"小时候，没有人为我张罗这件事，"她说，"我一直觉得缺了点儿什么。"哦，她那悲凉的、绝对纯洁的目光。

我说："啊，亲爱的，我们一定关照你。"然后做出一副非常健谈的样子，问她在这个地区有没有家。

她摇了摇头，用非常柔和的声音说："我压根儿就没家。"我感觉到一股为她而生的悲伤从胸中升起。与此同时，自己那颗卑鄙的心在感谢上帝。

就这样，我开始教你母亲学习基督教的教义，并且在适当的时候，为她施了洗礼。我非常快乐，已经习惯于看着她，看着她静悄悄地坐在教堂里。我庆幸自己没有毁掉半世清名，熬过了激情澎湃的那一段最难熬的日子。我没有在大街上追她。有一次，我看见她从杂货店走出来，就差点追过去。那次可真把我吓得出了一身汗。由此可见，我那时候多么容易冲动。尽管我已经六十七岁了！但是我始终如一地尊重她的年轻和她的孤独。这一点，我可以向你发誓。我特别注意这方面的问题。我想，最好再找几个年长、善良的女人和她一起学习。我相信这导致她可能因为害羞不敢发言。后来，我很为这事儿后悔了一阵子。

两三个女人发表了她们对教义，特别是对罪恶和判罪的看法。这些观点可不是从我这儿学来的。我指责收音机播放的那些东西在神学方面造成的思想混乱。电视更糟。你花四十年的时间教你的会众领悟了那些深奥的道理，现在，一个神学常识比长耳大野兔多不了多少的家伙在收音机里喋喋不休地讲道。你的一切努力就付诸东流了。真不知道哪儿才是个头。

不过，即使大家这样说，都是出于好意，有时候，我也不得不加以引导。有一次，一个名叫薇达·戴尔的女人非常激动地谈起“火焰”。这里的“火焰”指的是“永久沦入地狱”。我只好拿下《基督教原理》，给她们读了一段关于被上帝摈弃的人的命运的论述。他们受到的磨难是“用有形的东西比喻给我们看”。用扑不灭的火焰等等象征性的东西告诉人们，“和上帝切断联系，将是多么悲惨”。那一段话就在我面前。当然是令人警醒、发人深思，而不是荒谬可笑的。我对她们说，如果你想知道地狱里的苦难是什么滋味，不要把手伸到蜡烛的火苗跟前体验火的烤灼，而是要仔细考量自己灵魂最卑劣、最隐秘的角落都有些什么东西。

她们都沉思默想了好一会儿。我也在考量自己，耳边是习习晚风，阵阵蝉鸣。我几乎在警告自己，等待我的将是无边的孤寂、新的痛苦。我多么痛恨为了所谓名誉、体面，我就必须克制自己，为了强加在自己头上的那些所谓常识，必须把这份爱永远藏在心底。可是，当我抬起头，发现你母亲正面带微笑，看着我。她碰了碰我的手，说："一切都会好起来。"

她的声音那么温柔。世界上会有这样的声音，我竟是听到这声音的人，无论那时，还是现在，在我看来都是上帝深不可测的恩典。

别的女人来帮忙干活的时候，她也来。把窗帘拿走洗干净，除掉冰盒里的霜。后来，她一个人来帮我料理花园。把花园收拾得草木葱茏，繁花似锦。有一天傍晚，我看见她站在美丽的玫瑰花旁边。我说："我怎样才能报答你？"

她说："你应该娶我为妻。"于是，我就娶了她。

下面是我的一些想法：如果我只是作为上帝的牧师，把手放在她的额头，纯粹为她祝福，我就希望她的感受和我的感受完全相同。哦，我知道她喜欢我，对我也非常忠诚。但是，我希望，什么时候，《雅歌》能让她大吃一惊，仿佛那至理名言都是她的心里话。我无法真的让自己相信，她的感受会和我完全相同。我为什么要对这个杰克·鲍顿如此担心呢？爱情之所以崇高，是因为它像神的恩赐——对方是不是值得这份爱从来不那么重要。我也许会留给她远比我已经给予她的更大的幸福，尽管也会留下很多困难。有时候，我觉得我已经在她身上看到这种苗头。如果上帝非要在那一刻让我亲自看一眼他想给予她的恩赐，我将从中找到上帝对我自己巨大的仁慈。

今天早晨，壮丽美好的黎明在前往堪萨斯州的路上经过我们的家。今天早晨，堪萨斯州从睡梦中苏醒，走进明媚的阳光，对整个天空和大地庄严宣布，这个被叫作堪萨斯，或者爱荷华的大草原又迎来它有限岁月中新的一天。然而，光明是持续不变的。

我们只是在那光明之中“翻来覆去”罢了。每一天都是完全相同的夜晚和黎明。我祖父的坟墓融入阳光之中，那块小小的墓地杂草丛生，滴滴露珠映照出太阳的辉煌。

“你曾在伊甸神的园中，佩戴各样宝石，就是红宝石、红璧玺、金钢石。[①]”

我在想，等你到了我这把年纪的时候，也许和我一样，想记录下自己一生中的某些经历。根据我的经验，人年纪大了，在某些方面不再健壮，所以，越老就越难保持对自我的意识。

为什么我喜欢想到你老？你让我看你的乳牙松动时我心里涌动的柔情，和我想象你膝关节最初的疼痛的柔情一样。要勤于祈祷，老年人。我希望你对这个世界比我看得更多——我没能到处走走，得怪我自己。我希望你读我留下的那些书。愿上帝保佑你耳聪目明，当然还要有健康的心脏。我希望我能帮助你挑起生活的重担，一路同行许多年，可是只有上帝才能最终感受到这种为人父者的满足。

今天很怪，我一直心烦意乱。格罗瑞打来电话请你和你母亲去看电影。她来接你们的时候，把老鲍顿带来了。她扶他走下汽车，走过门前那条小路，走上台阶。现在他轻易不出门，突然出现在我们家门口，我着实吃了一惊。我们请他在厨房餐桌旁边坐下，给他倒了一杯水，你们三个就走了。所有这些麻烦事似乎把他压垮了。他坐下来的时候，让自己脸上多多少少有点和蔼可亲的表情，可是闭着一双眼睛，时不时清清嗓子，一副欲言又止的

---

① 《圣经·以西结书》28∶13。

样子。收音机里正播着什么，我们听了一会儿。如果有什么有趣的事儿，他就呵呵笑几声。我估计他就这样呆了将近一个小时，才开口说话。

他说："你知道，杰克还没有学好。还不好。"他连连摇头。

我说："我们已经谈过这事儿了。"

"哦，是的，他谈过，"鲍顿说，"可他从来没有对我说过为什么要回来，也没有对格罗瑞说过。他似乎在圣路易斯有工作。具体什么工作，我也不知道。我们都觉得，他可能结婚了。我暂时相信他是结了。详细情况也是一无所知。他似乎手里有点儿钱。有多少，怎么赚来的，一概不知。"他接着又说，"我知道，他和你、和埃姆斯太太谈过话。我知道这事儿。"

然后，他又闭上一双眼睛。他似乎费了好大劲儿才说出这番话。我想，那是因为他不愿意说这些不得已才说的话。我把这些话当作警告。我不知道除了警告还会有别的什么意思。我把他特意上门和我谈这件事情，理解为他在强调这个问题的严重性。他当然是这个意思。现在，我又一次告诫自己，必须和你母亲谈一谈。

我们还在厨房坐着的时候，小鲍顿走上门廊前面的一溜台阶。我说，进来吧，顺手推给他一张椅子。可是他在门口站了一两分钟，打量着我们，然后很快得出结论。他猜得八九不离十。我从他脸上的表情看得出。他总是怀疑人们联合起来反对他。毫无疑问，这种怀疑在大多数情况下没错，就像此刻。当他的目光掠过人们装出来的"镇定如常"时——他似乎经常碰到这样的场合——他的举止有一点儿沮丧和尴尬。这就让我因为自己也参与其中而羞愧，同时为他感到难过。他还有点恼怒，这自然和我有关。

杰克说："我回家发现一个人也没有，有点吃惊。"

鲍顿尽量打起精神，用他想让别人听起来说的是实话时那种轻松的口吻说："对不起，杰克！女人们一起出去看电影的时候，埃姆斯和我一直相互照顾！我们以为你不会这么早就回来！"

"啊，好，平安无事就好。"他说。我再次请他入座时，他坐了下来，直盯盯地看着我，半笑不笑。他想让你知道，他心里清楚你们正说他的坏话，而且相信你们不敢再试图愚弄他时，脸上就是这种表情。鲍顿开始打盹，谈话进行不下去的时候，他就犯困。我不能责怪他，尽管这样一来，我就得动脑子如何应对眼下的局面。因为，一想到该对杰克说什么，我就很紧张。在我看来，一直就是这样。我为他难过，这是事实。他能看透人，这对我几乎是一道符咒。我对他当然不能诚实，所以只能说假话。他看着我，好像我是天下最大的骗子，好像我在侮辱他。事实上也正是这样。

"你父亲觉得，他需要到外面活动活动。"我说。

他说："可以理解。"

事实上，我编的假话非常可笑。因为老鲍顿只能从床边挪动到门廊下面他那张椅子跟前。

我说："我想他是希望趁天气还好，出来走走。"

"没错，肯定是这样。"

"哦，"过了一会儿我又说，"今年的橡树果可是大丰收！"说出这话只能让人可怜。杰克哈哈大笑起来。

"乌鸦可是大显身手了。"他说，"葫芦丰收，个个长得匀称、漂亮。"这当儿，他一直凝视着我，仿佛在说，让我们真诚相待，哪怕只是五分钟。

我为自己开脱，我不知道实情到底是什么。我确实相信，他父亲来，实际上就是为了警告我。可是又不能完全确定这一点。不管怎么说，我是不会泄露秘密的。特别是像这种煽动性的、带有诽谤性的话更不能说出去。何况可怜的老鲍顿就坐在离我三英尺远的地方，完全有可能听见我和杰克的全部谈话内容。但是，不诚实就是不诚实，被人当场识破是一件很丢人的事，尤其你别无选择，只能硬着头皮继续把谎撒下去，在愤怒的眼睛注视下，竭尽全力挽救欺骗造成的损失。

另一方面，作为一个老人，一个比他父亲年长两岁的老人，尽管精力不济、身体很差，我觉得自己有权利不受这样的困扰。如果这件事情让我生气，我只是在写下这些文字时生气。事实上，我的心脏还有能力向身体其他部位报警。我必须祈祷。我纳闷他知不知道我的心脏有问题。

哦，他当然对我的心脏问题一清二楚。你母亲曾经请他把我的书房搬到楼下。

当我做祈祷的时候，一种对他的痛苦的感觉不时涌上心头。他是一个必须以这种非同一般的痛苦为理由而被宽恕的人。

你们三个人回来之后——你们回来得相当快——事情就好多了。格罗瑞第一眼看见杰克在我们家坐着，吃了一惊，可是你母亲看见他很高兴。我相信，她看见他总是很高兴。

你喜欢那部电影。托拜厄斯的父母不允许他看电影，你就把带回来的半盒克拉克·杰克[①]都给了他。我觉得你做得很对。我

① 克拉克·杰克：一种加糖的爆米花。

在想，你应不应该看电影。但是，家里摆着台电视机，再禁止你看电影就没有道理了。托拜厄斯当然连电视也不能看。你母亲答应过他母亲，不管什么时候他来我们家，我们都要留心不让他看电视。这就足以让你更经常地想念你这位小朋友了。你不是个好交际的孩子。我有点担心，如果让你在电视和托拜厄斯之间做一选择，你最好的朋友很可能落选。结果，他花了本不该花的时间在门廊外面苦苦等你。有时，在我们看来，你那么孤单。后来，有了托拜厄斯，一个让人尊敬的小朋友，那是上帝对我们祈祷的回报，可是你就让他坐在门廊外面等着，直到你看完电视里的动画片。不过，现在我不主张严格禁止孩子们看电视。托拜厄斯的父亲还年轻。他有漫长的岁月和孩子们一起度过。那是上帝的意愿。

就这样，你们三个人喜气洋洋地回来了，身上散发着爆米花的香气。我悬着的心放了下来，只是不能对你们说罢了。闲聊了几句之后，你母亲和格罗瑞把鲍顿扶上汽车，送回家。那是他现在惟一待着舒服的地方。然后她们在鲍顿家给我们大伙准备晚饭。你去找托拜厄斯，用你那些“持枪歹徒”“联邦元帅”之类的废话，“污染”他那颗路德会教友纯洁、善良的心。我和杰克·鲍顿坐在桌子旁边。他一言不发，过了一会儿便扬长而去。他没有回父亲家吃晚饭。谁也没说什么，但是我知道，大家心里都很着急。你母亲和格罗瑞收拾完桌子，就散步去了。她们说，去欣赏美丽的夜色。可是“欣赏”回来之后，格罗瑞说，她们看见杰克了。他告诉她们，他要晚一点回家。我看出，她们是在酒吧找到他的。她们没有详细说什么，鲍顿也没有问。

杰克·鲍顿有妻子，还有一个孩子。

他让我看了一张他们的照片。他只让我看了一眼，就收了回去。我有点儿惊讶。这一点他一定预料到了。不过，我看出，他还是做了点努力，才没让自己因此而生气。你看，他的妻子是个黑女人。我确实吃了一惊。

昨天上午，我在教堂书房整理旧物，寻思把还有点趣味的东西、还用得着的资料分拣出来，免得日后都当垃圾被人扔掉。那是一箱又一箱的备忘录，杂志上剪下来的文章，传单广告，公用事业的单据。看起来，我好像从来没有扔过任何东西。我担心新来的牧师没有足够的耐心分拣这些东西，一股脑儿扔掉，那就是我的错误了。

哦，我就这样忙着，浑身沾满灰尘，脏兮兮的，还有点郁闷。我还必须说，我很怕被人打断，因为我随时都有可能感到自己力不胜任，干不完这件事。现在，干了不到半个小时，就已经很累了。

就在这时，杰克·鲍顿来了。他又穿着套装，系着领带，胡子刮得干干净净，头发梳得光光溜溜。可是，尽管如此，他看起来还是有点烦躁，眼圈发青，显得很疲惫，愿上帝保佑他。看见他，我觉得很有兴趣，我承认，更多的是兴趣，而不是高兴。我脸上、手上都是尘土，没法儿坐下来和他好好谈话，所以就去洗了把脸，等我回来的时候，他还在门口站着——我忘了让座，他就那么站着。他看起来面色苍白，我很为自己的粗心而愧疚。但是，他似乎很怕自己无意之中惹我生气，所以特别注意别人也许刚刚学会就扔到脑后的行为举止。这样一来，反而让人觉得，他是想让你惭愧。至少这是我的感觉。我知道，对于我，这并不公平。

他坐下之后，我从桌子上搬那几个箱子。他连忙站起来从我手里接过一个，放在地上。他当然是一片好意，可我心里还是有点烦。我宁愿干活儿的时候，一头栽到地上死了，也不愿意让人生拉硬拽地多活一天。可他用心是好的。他把两个箱子都放到地上，手和背心前面都沾了灰尘。他掏出手帕掸了掸。我建议到礼拜堂坐着说话，他说，办公室就蛮好。于是，我们静静地坐了一会儿。

然后，他说："我离开这座小镇好长时间，主要是为了对我父亲表示尊重。我本来永远都不想再回来。"

我问他，为什么后来改变主意，他想了一会儿才回答。

"有几个原因，让我觉得有必要和他谈一谈。我的父亲。可是，"他说，"回家的时候，做梦也没有想到，他已经那么老。"

"最近几年，他的日子一直过得很难。"

他抬起手，放在眼前。

我说："你回来，他很高兴，对他的身体也大有好处。"

他摇了摇头。"你昨天和他谈话了？"

"是的。他看起来有点儿替你担心。"

他笑了起来。"几天前，格罗瑞对我说：'他弱不禁风。我们可不想把他折腾死。'我们，是的，没错。我也不想把他折腾死。所以我想也许我可以和你谈谈。我向你保证这是最后一次打搅你。”

我几乎要提醒他，我自己的身体也不好。如果真的说出这话一定非常愚蠢。因为转念一想，连自己也无法想象他向我吐露什么秘密能让我心脏病突发，倒地而死。

他从胸袋里掏出一只皮夹打开送到我面前。他的手有点不大稳当，我不得不戴上老花镜。戴上之后就看得很清楚了。皮夹子里有一张照片，照片上是他，一个年轻女人和一个大约五六岁的男孩。女人坐在椅子上，男孩站在她身边，小鲍顿站在后面。那是杰克·鲍顿，一个黑人妇女和一个肤色比较浅的黑孩子。

鲍顿瞥了一眼那张照片，然后从我手里拿走皮夹子，合上，装回到口袋里。他说：“你瞧。”他似乎努力克制着自己，声音里充满了苦涩，“你瞧，我也有老婆有孩子。”然后，他注视了我一两分钟，显然希望自己用不着为这事生气。

“看起来，很好的一家人。”我说。

他点了点头。“她是个好女人，他是个好孩子。我是个很幸运的男人。”他脸上露出微笑。

“你是不是担心这件事会气死你父亲？”

他耸了耸肩。“差点儿气死她的父亲和母亲。他们诅咒我出生的那个日子。”他笑了起来，伸手摸了摸脸，“如你所知，我和别人作对时，经验丰富，可是这件事情是全然不同的另外一码事。”

我在想自己的心思，他接着说：“也许并非如此。也许这只是我自己的看法……”然后，他坐在那儿端详自己一双手。

我问：“你结婚多长时间了？”话音刚落就有点后悔。

他清了清嗓子。“像人们常说的那样，我们在上帝眼皮子底下结的婚。他没给我们发结婚证书，但也没有把反对白种人与非白种人种族通婚的法律强加到我们头上。‘隐藏的上帝’[①]最仁慈的恩赐。对不起，”他微笑着说，“在上帝眼里，我们结为夫妇大约已经八年了。我们夫妻相伴，在一起生活也已经十七个月两个星期零一天了。”

我说，在爱荷华州，我们从来没有反对白种人与非白种人的种族通婚的法律。他说：“是啊，爱荷华州是激进主义灿烂的明星。”

于是，我问他，是不是打算回来结婚。

他摇了摇头。“她父亲不想让她和我结婚。对了，她父亲也是牧师。我想，这是不可避免的。在田纳西，有个虔诚的基督教徒——她家的一位朋友——愿意娶我的妻子为妻，并且收养我的儿子。他们认为他是一片好心。我想也是。他们相信，这样做对谁都好。”他说，“事实是，照顾这个家我有很多困难。日子实在艰难的时候，他们母子隔一段时间就得回田纳西。现在他们就在那儿。”他又说，“这种情况之下，我无法让她和家庭彻底断绝关系。”他清了清嗓子。

又是一阵沉默。他说：“你知道她父亲反对我的主要原因吗？他认为我是无神论者！黛拉说，他认为白人都是无神论者。惟一的区别是，有人知道，有人不知道罢了。黛拉是我妻子。”

我说：“不过，从你说的某些事情看，你给我的印象似乎就是个无神论者。”

---

① 原文为拉丁文。

他点了点头。“也许说我是个绝对没有信仰的人更接近事实。我甚至不相信上帝不存在，如果你明白我的意思的话。当然，这也是关系到我妻子的事情。部分的原因是为了我好，另外也为了那个男孩好。我有一段时间没有对她说真话。我对她说出真情之后，我相信，她认为她可以拯救我。如我所说，她第一次见我的时候，把我当成牧师。许多人都犯这个错误。”他笑了起来，“一般来说，我会纠正他们的错误。当然也纠正了她。”

现在的情况是，我不知道老鲍顿会如何看待这件事情。意识到这一点，我竟有几分惊讶。这么多年，我们什么问题都探讨过，惟独没有讨论过这个话题。仅仅因为我们周围从来没有出现过这样的事情。

我说：“我想，你和格罗瑞谈过这件事吧。”

“没有。我不能告诉她。她会为这此伤透心的。她看出我有心事。她也许以为我遇上了什么麻烦。我相信，我父亲也这样认为。”

“我相信，他是这么认为。”

他点了点头。“昨天，他哭了。”他看着我，“我又让他失望了。”然后，他压低嗓门儿说，“自从离开圣路易斯，一直没有我妻子的消息。我一直在等她来信。我已经给她写去好几封信……那句谚语怎么说来着？‘期待让人心痛。’”他脸上露出一丝微笑，“我甚至发现自己开始借酒浇愁了。”

我说：“我很理解。”他笑了起来。

“‘可以把浓酒给将亡的人喝，把清酒给苦心的人喝[①]’。我

---

① 《圣经·箴言》31∶6。

背得对吗？”

一字不差。

他说：“她对我说的第一句话就是：‘谢谢你，牧师。’有一天，下着大雨，她抱着一摞书和卷子——她是个老师——有几份卷子掉在人行道上，狂风吹得到处都是。我帮她从雨水中收起来，还一直把她送到家门口，因为我打着一把伞。当时，我并没有特别想这件事情。我的行为举止可以说无懈可击。”

“你的教养很好。”

“是的，”他说，“可是他父亲对我说，如果我是个绅士，就应该离她远点儿。我知道他为什么这样说。她的家境很好，而我不是什么绅士。”他不容我表示不同意见，继续说，“我知道这个词是什么意思，牧师。尽管现在我可以说，妻子的影响使我变得更好。至少暂时这样。”

然后他又说：“我不想让你因为听我说这些事累坏了身体。我知道，我打断了你的工作。我想告诉你的是，为什么我三番五次要和你谈话。”

我对他说，他想和我谈多久都没问题，我愿意洗耳恭听。他说：“那就太好了。”然后，他又默默地坐了一会儿。“如果我们能找到维持生计的办法，”他说，“我想，她会和我结婚的。我相信，她家极力反对这门婚事的问题也就迎刃而解了。他们说，我没能力让家人过上好日子。事实上也确实如此。”

他清了清喉咙。“如果你真的肯花时间听我唠叨，我可以解释。谢谢。你看，我认识黛拉的时候，正是处于生活的最低点。怎么个低法，我就不细说了。黛拉对我非常好。所以，我不由自主，每到她下班的时候，就到第一次和她相遇的那条路上溜达。

有时候就碰到她，和她聊上几句。我发誓，那时候，我真的什么目的也没有，高尚的或者卑鄙的，都没有。只是看见她那张脸就高兴。”他笑出声来，“她总是说：‘下午好，牧师。’那时候，我不习惯别人把我当什么可尊敬、有身份的人对待。但是，我必须说，我喜欢这种‘待遇’。结果呢，我就经常沿着那条大街溜达，不一定指望看到她，只是走在这条路上，就能想起她，而想起她，就感到一种安慰。后来，有一天晚上，我又碰到她。聊了一会儿，她请我到她那儿喝杯茶。她和另外一个女人合住一套房子。那个女人也是有色人种学校的老师。房间收拾得赏心悦目。我们在一起喝茶。我们仨。这时候，我告诉她，我不是牧师。她这才知道我原来不是她恭而敬之的牧师。我相信，她之所以请我来，首先因为我给她的印象是牧师。现在，我对她实话实说，自然也没什么大不了的。

“我也不知道事情是怎么发生的，反正鬼使神差，我‘顺便’去她那儿，借给她一本特意为她买的书。可是故意装作是我自己图书室的藏书，还特意在几页折了角。她邀请我感恩节和她共进晚餐。她知道我和家里关系不好。她说，不能让我一个人过节。我说，我不习惯和陌生人一起吃饭。她答应我，肯定不会让我拘束。可我临去之前，还是喝了两杯酒，而且还迟到了。我以为她是请我参加聚会，或者诸如此类的什么活动。到了地方才发现只有她一个人。她看起来非常不高兴。

“我一个劲儿地道歉，还想一走了之。可是她说：‘你坐下！’我只好坐下和她一起吃饭。吃饭的时候，谁也没说话。我对她说，饭菜很香。她说：‘也许曾经很香。’她接着又说，‘晚了两个小时，嘴里一股酒气……’她对我说话的态度，好像我，哦，还是从前那个我。我突然觉得，我没有资格待在这儿，我也不是她应该尊重的人。悲凉之感油然而生，我甚至为自己会生出这样一种悲伤而吃惊。我站起身，向她道了谢，给自己找了个借口，走了出来。

“可是走过几个街区之后，我意识到她正跟在我身后。她走到我身边，说：‘我只想告诉你，不要那么难受。’

“我说：‘这下子，我又得送你回家了。’

“她咯咯地笑着说：‘当然，你肯定得送。’

“于是，我就送她。过了一会儿另外那个女人也回来了。她叫罗琳，就是和她合住的那个女老师。她们教堂那天本来有晚宴，可是黛拉说她不舒服，留在家里等我。送她回家之后，我本来应该马上就走，可是我没有。我们一起吃南瓜馅饼。还有什么更好的办法表示和解呢？”

他笑了起来。“我们之间的关系光明磊落，没有什么见不得人的东西，可是还是有流言蜚语传到田纳西州。于是，她姐姐专程来访。目的很清楚，想把我吓跑。晚上，我经常拿一本诗集去看她。我们俩轮流着念给对方听。她姐姐坐在那儿怒目而视。说起来真好笑，也真好玩儿。等那个学年结束之后，她的几个哥哥便把她带回田纳西州。她让罗琳交给我一张字条，表示告别。我知道，想找到她的父亲并不难，因为他是牧师。于是我就到了孟菲斯①，找到他那座教堂。那是一座由主教管辖的循道宗教堂，气势宏伟，非洲风格。第二天是礼拜日，我去听他讲道。我当然知道黛拉也会在那儿。我希望和她的父亲说几句话。心里想，如

① 孟菲斯：美国田纳西州西南部一城市，位于密西西比河边，接近密西西比州边界。

果我看起来坦率直爽、不乏男子汉气概，或许能赢得他的好感。我把皮鞋擦亮，头发梳理得整整齐齐。

“教堂里坐满了人，我在后面找了个地方坐下。可我是惟一一个白人，立刻引起人们的注意。黛拉的姐姐在唱诗班，更是把我看得一清二楚。我从她父亲看我的那副样子，看出他满腹狐疑，正纳闷我是谁。他站在布道坛上大讲，有的人披着羊皮，骨子里却是贪得无厌的恶狼。要警惕他们钻到你们中间。他还讲，陵墓外面可以粉刷得洁白，但是里面还是死人骨头和所有污秽不堪的东西。这当儿，他自然一直目不转睛地看着我。

“但我还是在门口堵住他，和他说了几句话。我说：‘我只想告诉你，我和你女儿的友谊绝对光明正大。’他说：‘如果你是个体面的人，就应该离她远点儿。’

“我说：‘是的。我一定离她远点儿。我这次来，就是向你保证，让你放心。’这当然不是假话。我的确拿定主意不再见她，但是这个决定就是这天早晨，在她父亲的教堂里做出的。我想，如果我能给她的父亲留下一个胸怀坦荡的好印象，就有助于维护黛拉在家里的地位和声誉。而要想做到这一点，唯一的机会就是拍屁股走人。我看得出，她家的生活条件有多好。我现在也搞不清楚，我去那儿的意图到底是什么。当然，我从来没有想过和她不辞而别。但是我真的就那样一句告别的话也没说，当晚离开孟菲斯，直奔圣路易斯。我不知道此番侠义之举有没有给老牧师留下什么好印象，但我确实知道，黛拉大受感动。秋天到了，我‘碰巧’走到她那条大街，就如我每个星期都‘碰巧’来这儿溜达一样。我看到了她！我朝她碰碰帽子，她立刻泪流满面。从那一刻起，我们就把自己看作对方的丈夫和妻子。

“消息传到田纳西州，家里人吵吵着和她脱离关系。紧接着她就怀孕，被学校解雇了。那时候，我给人家推销鞋，赚不了多少钱，但也不用担心被警察逮捕。她临产前几个星期，她母亲来看她，发现我们住在城里贫民区一家破烂的小旅馆里，一贫如洗。真丢人。可我们当然没钱找体面的住处。那间小屋，旅馆老板就向我们额外多要不少钱。因为他对我们这种‘非法同居’睁一只眼，闭一只眼。对于我们这种违法行为，他自有说法——‘有害的同居’？还是‘淫乱的同居’？淫秽。不知道为什么我总是记不得这个词。你无法想象他们怎样千方百计刁难你。

“后来，她父亲和两个哥哥也来了。我们五个人坐在一起，就黛拉的健康、幸福开诚布公地谈了一次话。她父亲首先说：‘你应该因为我是基督教徒而非常高兴。’他是个大人物。他劝我应该让黛拉回家。在家里她能得到很好的照顾。我把这个意思告诉了黛拉。她和他们一起走了。哦，那凄凉和悲伤！那卸下重担的轻松！一想起还没出生的孩子我就打怵。我那颗卑劣的心知道，一旦出什么差错我将受到谴责。我在她面前极力掩饰那种松了一口气的感觉，可她当然看得出，并且很伤心。我心里一清二楚。我对她说，等我攒够钱，一定马上到孟菲斯看她。我花了好几个星期。因为我欠了些债，那些家伙找到了我。我原先就估计他们会来逼债，这也是我为什么希望她赶快离开的原因之一。当然我不能拿这个理由作挡箭牌。最后我万般无奈，只好给父亲写信，说我需要钱——他至少一年没有听到我的消息。他按我的要求先后给我寄了三次钱。他还顺便告诉我，你已经结婚了。

“这几个星期期间，河边举行奋兴布道会①，一种帐篷集会。因为那儿总是聚集着许多人，闹闹哄哄，但没有什么酗酒的场面，我差不多每天晚上都去看热闹。有一天晚上，我旁边站着一个人，离我也就一臂之遥。那家伙突然倒在地上，就像挨了一枪。他再爬起来的时候，伸出一双胳膊搂着我说：‘我的负担没有了！我已经变得像个小孩子一样了！’我心里想，倘若我再往左站两英尺，或许我就是那个‘幸运儿’了。我当然是开玩笑，但事实是，倘若我真的和那个人换个位置，真的能甩掉负担，重做新人，我的一生和现在就大不相同。我就可以直视黛拉父亲那双眼睛，甚至我父亲的眼睛。我就不会被人家看作是对自己孩子灵魂的威胁。那个人站在那儿，胡子上沾着锯末，说：‘我是罪人之最！’他看起来好像说的都是真话。他似乎因为后悔和宽慰而痛哭流涕。我站在那儿双手插在口袋里，既为他着急、脸红，又觉得挺好玩儿。第二天，父亲的信来了。我用他寄来的钱买了一件还算体面的外套，一张公共汽车票，自我感觉又稍稍好了一点。

“我赶到孟菲斯的时候，孩子恰恰前一天出生。黛拉家里挤满了七大姑八大姨和修女嬷嬷之类的妇人，进进出出，很是热闹。她们让我进去坐在一个角落里。我知道，在她父亲回家之前，谁也不知道该拿我怎么办，所以大家都各行其是。如果那天天气暖和一点的话，我想我会坐在外面的露台上。一个女人走过来说：‘他们母子平安，都睡着呢。’她还一片好心，给我拿来一张报纸。手里有个东西看，少了我许多尴尬。

① 奋兴布道会：以恢复宗教信仰为目的的集会，以令人激动的布道及公众宣言为特点。

“她父亲终于回来之后，屋子里一下就空了，整幢房子静悄悄的，没有什么响动。我站起身。他没有和我握手的意思，第一句话就是：‘我知道，你不是个退役军人。’哦，我撒了个谎，说我心脏不大好。不过话刚出口就后悔了。因为我觉得我说话的时候软弱无力，很难让人信服。不过，我根本就没必要为这件事担心，因为我能看出，我说的话他连一个字也不相信。记得《申命记》[①]中说，懦夫不敢参军。‘谁惧怕胆怯，他可以回家去，恐怕他弟兄的心消化，和他一样。’[②]所以，我是有《圣经》作依据的，尽管我没提这码事儿。

“他说：‘我知道你是堪萨斯州约翰·埃姆斯的后裔。’换了别人，我肯定会纠正这个错误。可是，对于他，我觉得将错就错为妙。因为他当然是指你的祖父。这是他第一次和我说的稍微有点肯定之意的话。他说，他认识一些战争前从密苏里州跑到北方来的人家。显然，他们给他讲过关于你祖父的那些激动人心的故事：奇袭，伏击。我对他说，我就是听着老人家的故事长大的。这倒是真的。不过我听的大都是关于他把人家洗好的衣物拿跑的故事。当然，我不可能跟他说这些。记得父亲说，有一次，他还是个小孩子的时候，老头到我们的教堂，坐在后面。等募捐的盘子传到他手里的时候，他把里面的钱倒到自己的帽子里，拿起来就走。”

事实上，我祖父一直怀疑长老会教徒藏了好多钱。所以这事儿不是没有可能。而且他那顶帽子什么时候都能派上用场。

---

① 《申命记》:《圣经·旧约》中的一卷。
② 《圣经·申命记》20∶8。

他继续说："我们正经八百地谈了几分钟。我一直小心翼翼。因为我对老一代的事情知道得很少，不敢冒险撒谎。所以我就说，战争结束之后，我们一家都成了和平主义者，没有继续谈论这方面的事情。我想，这样做很对，是吗？"

完全正确。

"他之所以知道我的全名，是因为黛拉想给小宝宝取这个名字。听到事情的原委，我感到一阵宽慰。他父亲说：'她一直等你。'整整一个下午，我守在她床边，她想谈话的时候就和她聊一会儿，不时看一眼我们的小宝贝。他哭的时候，女人们就把他抱走。他们送来晚饭，我寻思事情有了转机，然而这只是他们按照基督教的教义办事罢了。到了晚上，她父亲告诉我，最好走人。他说：'这次我对阁下还不感兴趣。'我想，他完全有权这样说。他们在照顾她，而我一筹莫展。所以我想还是先回圣路易斯，找一份还说得过去的工作，积攒点钱，再做安排。她说带孩子回家的时候，是指回圣路易斯。

"我把父亲寄来的那点钱都留给了她。三个月以后，她和姐姐带着孩子回到老地方，就是罗琳那儿。那是我们俩相识时，她的栖身之地。那时，我倒是有一间新屋子，很干净，房租也便宜，而且是那种很体面的地方。所谓体面的意思是，如果我带回去一个黑人老婆和一个黑孩子，就会立刻被他们赶到大马路上。即使我真的攒了点钱，也租不起先前那个可以让我和黛拉容身的破旅馆的小房子。我从来没还过父亲的钱。一分钱也没有。

"所以，这么多年，我们一直居无定所，实在过不下去，为了孩子，她只好回孟菲斯住一段时间。他是一个极好的孩子。我相信，他从来没有真的缺过什么。他有舅舅，堂兄弟，表姊妹。

外公——黛拉的父亲——对他更是宠爱。

“我儿子的名字叫罗伯特·鲍顿·迈尔斯。他对我非常好，很尊重，也很有礼貌。不过不像你的儿子在你面前那样随便。

“大约两年前，我终于找到一份还能赚点儿钱的工作。我付了首期款之后，在黑人和白人混居的地方按揭了一套房子。这样一来，罗伯特和黛拉就可以搬过来住了。其实，根本就算不上什么‘一套房子’，不过我给它刷了刷油漆，又找了几块小地毯和几把椅子。我们在那儿过了将近八个月。后来我们就麻痹大意了。有一天，我们一起到公园散步，我的老板一家正好也在那儿。第二天，他把我叫到办公室，说他要为自己的好名声考虑。我打了他。实在是太愚蠢了。我打了他两次。他撞在桌子上，断了一根肋骨。我答应赔偿全部医药费和由此造成的一切不便和损失。我以为他已经同意私了，可晚上，警察还是找上门来，提到禁止未婚同居的法律。我感到极大的耻辱，但还是保持了头脑冷静。我想，尽一切可能不被他们抓进监狱，才符合一个丈夫和父亲的身份。我把家人送上去孟菲斯的长途公共汽车，出租了房子，把狗送给邻居。

“尽可能把这些事情安排好之后，我就回到这儿，心里想，或许能想出个办法，和我的家人——我是说我的妻子和儿子——一起在这儿生活。我甚至想，把罗伯特介绍给父亲是一件多么快乐的事情。我想让他知道，我终于有一个可以为之骄傲的儿子了。他是个非常漂亮的孩子，特别聪明。相信我，他是在教堂里长大的。他想当牧师。可是，回来之后，我看见父亲身体那么虚弱，真不想再折腾他了。真的不想。现在，肩上的担子已经够我挑了。”

他说：“不要对我说这是老天的报应。”

“绝对不会。”

“我有把握相信你不会那样说。”

我说：“谢谢你。”

他深深地吸了一口气，说：“你那么了解我的父亲。”

“但是，这件事情我可没法向你下保证。我不想把事情搞糟。你容我再想一想。”

然后，他说：“如果是你，而不是我父亲……”

我明白他提这个问题的意思。总的来说，鲍顿和我的思想非常一致，可是这个问题不像他想的那么简单。我犹豫了，不知道该如何回答。

他看了我一分钟，然后微笑着说：“你自己的婚姻也没有，因循守旧。成为流言蜚语的对象是什么滋味，你一定也略有所知。给你不公平地套上枷锁，等等。当然，黛拉是个受过教育的女人。”这是他的原话。

说出这样一番话就很像他了。那种卑劣。其实他的话并没有完全说到点儿上。我从来没有觉得有谁对我的婚姻说三道四。你母亲以她自己特有的方式表现出她是一个非常文雅的女人。如果有个别人确实说过什么不中听的话，我也立刻原谅了他们，就好像压根就没有听见。因为他们的判断全然错误。我知道，他们也应该知道。

这时，他又显得疲惫不堪，抬起双手捂住脸。我只能原谅他。

刚才，我之所以犹豫，是因为长期以来，我一直习惯于对他做的每一件事情都从根儿上找卑鄙、低劣的东西。我完全有理由怀疑他这样专情于那个和他没有结婚的女人，并且和我谈起那个孩子的动机。我想，也许是我错了，但是眼下的问题不是我应该做出怎样的反应，而是我是否有责任、有义务做出反应。如果是鲍顿，就完全是另外一回事了。因为他总是把杰克想得比他实际上好得多，或者说，我一直认为他是这样做的。

我说："我真想见见那个孩子。特别是，你刚才那样推心置腹地对我解释了发生过的一切。"我接着又说，"当年，你父亲确实很喜欢那个孩子。"

小鲍顿用异样的目光看着我，那目光我以前从来没有看见过。他脸色苍白，然后微笑着说："'孩子们的孩子是老人的心肝。'"

我说："你得原谅我提起这件事。说这话真傻。我累了。我老了。"

"是的。"他说，努力控制着自己的声音，"我占用了你太多的时间。谢谢你。我知道，我可以信任你牧师的谨慎。"

我说："我们的谈话不能就此结束。"可是我那么累，那么沮丧，只能从椅子上站起来。他在门口停下来，我走过去，张开双臂搂住他。有一会儿，我觉得他把头放在我的肩膀上。"我累了。"他说。我感觉到他心里的孤独。此刻，我应该是他的第二个父亲。我很想说几句带有这个意思的话，可是事情看起来那么复杂，我太累了，想不出如何才能向他做出这样的暗示。听起来，我好像试图在他的失败和我的失败之间找什么相同的东西，实际上，我是想说，他比我以前任何时候想象得都更好。于是，我说："你是个好人。"他看了我一眼，纯粹是品评或评价的眼光，笑着说："你可以信我一句话，牧师，比我坏的人多的是。"

然后，他说："这个镇子怎么样？如果我们来这儿结婚，能生活下去吗？人们能不打搅我们吗？”

哦，这个问题我也不知道该如何回答。我这样想。

他说：“黑人教堂曾经着过火。”

“只是一场损失不大的小火，许多年前发生的事。”

“我们这儿有黑人教堂已经许多年了。”

对于这件事我自然也没有多少好说的。

他说：“你在这儿还是很有影响的。”

我说，这话不假。可是我恐怕活不到施加这种影响的时候了。我对他提到我的心脏。

他说：“我没有权利让你为我的麻烦把自己搞得心力交瘁。”我认为他的意思是，说了半天也没有意义。我认为，总而言之我们的谈话很好。我向他表达了这个意思。他点了点头，和我道别。过了一会儿，他说：“没关系，爸爸。我想，不管怎么说，我已经失去他们了。”

我一直坐在那儿，脑袋放在桌子上，把这件事前前后后想了一遍，祈祷着，直到你母亲来找我。她以为我碰上了什么有趣的事，随她想去吧。在我看来，似乎真的应该有个什么“插曲”。否则，看到她只能无言以对。

你也许会纳闷，我把这些事情都写了下来，还谈什么“牧师的谨慎”。哦，我这样做，一方面是因为我习惯于这种思考问题的方式；另外一方面，他这个人，你永远也别指望听到别人说他的好话。除了写下这个故事，我不知道还有什么办法让你看到他人性中美好的一面。

这是两天前的事情。现在又是礼拜日。如果你做的是这种工作，你就觉得似乎天天都是礼拜日，或者礼拜六晚上。你刚刚准备完这个星期的事情，下个星期就到了。今天早晨，我从你母亲陆续给我挑拣出来的那些讲道稿里拿出一份，读了一遍。稿子是关于《罗马书》第1章的。“他们的思念变为虚妄，无知的心就昏暗了。自称为聪明，反成了愚拙。”等等。《圣经·旧约》的经文出自《出埃及记》①，愚昧无知造成的灾难。我的这篇讲道稿抨击了理性主义和非理性主义。我的观点是，这两种主义都崇拜创造物，而不崇拜造物主。我浏览了一遍，不时感到惊讶。有时候，因为说得很对；有时候，因为错得让我汗颜。而总体上的感觉是，那一定是别人写的。杰克·鲍顿穿着那身让人感到很累的套装，系着领带，坐在你身边。你很高兴。我相信你母亲也很高兴。

这种做法和我对于布道的理念完全不同。站在这儿，读一摞早已泛黄的手稿。上面写的都是自己一时的心得，现在试图冲淡半辈子前的某个夜晚注入字里行间的那种绝对和肯定。小鲍顿坐在第二排。他似乎总能看穿我。我最近觉得，他或许会抱着玩世不恭的希望，到哪个教堂去听哪位牧师讲鲜活的真理，而此刻，我却是在嘟囔那些早已没有生命的废话。他就坐在那儿，面带微笑看着我。我确实认为，将理性主义和非理性主义联系起来，也就是说将唯物主义和偶像崇拜联系起来考虑问题具有一定的意义。如果我有精力，一定会脱离经文，就此论述一番。可是现在我只能拿着那些旧讲稿，照本宣科，和大家握握手，回家坐在睡椅上打瞌睡。我确实觉得小鲍顿实际上会因为我讲的这些东西和

① 《出埃及记》：基督教《圣经·旧约》中的第二卷。

我们之间谈的那些事情以及他本人毫无关系而感到慰藉。上帝保佑这个可怜的家伙。事实是，站在这儿，我希望能为自己老年的恐惧找到理由。这让我惊讶。我觉得，我仿佛已经把妻子、孩子遗赠给他，如果我能弥补他自己的损失的话。

今天早晨，我醒来之后，心里想，我们这座小镇也可能会因它所有的真相沦落到地狱的最底层。错误在我，也在别人。我回想我这辈子这儿发生过的事情——大旱，大流行性感冒，经济大萧条和三次可怕的战争。在我看来，我们从来没有对刚刚经历的灾难反思，并且提出一个显而易见的问题，那就是，上帝想让我们从中明白什么？“传道”这个词来源于古法语 predicateur，意思是“预测未来”。那么，“预测未来”除了想在那些麻烦中寻找意义之外，还能有别的什么目的呢？

哦，我们没来得及提这个问题，问题就拂袖而去。我们变得就像没有法律的人，连左手右手也分不清楚的人，只是搁浅在沙滩之上。陌生人或许会问，为什么这儿有一座小镇？我们自己的孩子也会问。谁能回答他们？它只是沙丘之间一个顽固的“前哨阵地”，离堪萨斯州“一弹之遥”。这也正是这座小镇存在的全部目的。它是约翰·布朗和吉姆·莱恩需要躲藏和休息时的根据地。像这样的小镇至少有过一百个，都是在早已被人遗忘的内战高潮之时建起来的。它们的规模大小、破败程度，足以衡量当初建设者的勇气和热情。现在，这些小镇看起来那么难看、土气、可笑，即使对那些在这儿住了一辈子，对它的历史、现状了如指掌的人也这样。我也觉得它荒谬可笑。我真的认为，我之所以从来没有离开这里，是因为害怕一去不复返。

我曾经提到，我的父亲和母亲离开了这里。是啊，他们当然走了。爱德华在墨西哥湾海滨地区买了一块地，还为他自己一家和父母建了一幢别墅。他之所以这样做，主要是为了我母亲离开这个气候恶劣的地方。他真是一片孝心，因为我母亲的风湿病年纪越大越严重。当初的想法是，他们在爱德华那儿住上一年，然后就回基列，等冬天天气冷了，再到南方，直到我父亲退休。所以，第一年，我就替他上讲道坛布道。可是父母亲除了回来看过我两次之外，再也没有回来。第一次是路易莎去世之后，第二次是回来劝我跟他们一起走。那一次，我请父亲布道，他摇了摇头说："我再也干不了这件事了。"

他对我说，他不想把我一个人留在这儿。事实上，他希望我能在比这儿更广阔的世界，创造自己的生活。他和爱德华都强烈地感受到，如果我能取得更多的经验，一定能派上更大的用场。他对我说，无论从多远的距离看过去，基列都是个"古代遗址"、"出土文物"。我提到我们在这儿拥有的历史，他笑了起来，说："那不过是些古老的、遥远的、令人不快的往事，许久以前的战斗。"我听了以后，很生气。他说："看看这个地方，一棵树刚刚长大，就会被风吹断。"他向我详细叙述了外面世界的精彩。我暗下决心，永远不冒险去体会都市的繁华。他说："我已经认识到，我们生活在这里，受到非常古老、非常褊狭的观念的限制。我想让你明白，你不必忠诚于这些观念。"

他认为他可以原谅我对那些观念的忠诚，仿佛那是对他的忠诚，仿佛那只是他可以为我纠正的、好心犯下的错误，仿佛那不是对我自己的忠诚，一丝一毫也不是。姑且不谈上帝——可以这样说——因为那时候，我知道得非常清楚，就像我已经知道好多年、好多年一样，上帝完全超越了我对他的理解。这就使得对他的忠诚和对习惯、教义以及对碰巧与他有关的记忆的忠诚全然不同。我知道这一切，那时候就知道。他以为我多么无知。可我读过欧文①、詹姆斯②、赫胥黎③和斯维登堡④，哦，看在上帝的分上，还有布拉瓦茨基⑤的著作。他对此一清二楚。因为实际上他从我肩膀后面看过我读的这些书。我还订阅过《国家》。我不是爱德华，但也不是傻瓜，我说起话来同样头头是道。

我不记得自己当时说了什么，只是大吃一惊。哦，他这番高论起到的效果只是使我对这个我从来没离开过的地方平添了几分乡愁。我无法相信他会对我说这样的话，就好像他认为我没有能力把忠诚寄予我认为合适的地方。我怎么能接受一个对我的评价如此之低的人的忠告呢？这都是我那个时候的想法。哦，那是怎样的一天！然后，一两个星期之后，我收到他的一封信。我曾经对你提到过那时的孤独、黑暗，我已经尝到那是什么滋味儿。可是那天，好像一股寒风席卷了我。那彻骨的寒冷我却从来没有感

① 欧文（1804—1892）：英国解剖学家和古生物学家，他是大英博物馆（1856—1884年）自然历史部的负责人，也是早期的达尔文的进化论的反对者。

② 詹姆斯（1811—1882）：美国哲学神学家。

③ 赫胥黎（1825—1895）：英国博物学家、教育改革家，支持达尔文学说，第一个提出人类起源问题，并首次提出“不可知论”一词，著有《人在自然界中的地位》、《进化论与论理学》等。

④ 斯维登堡（1688—1772）：瑞典科学家及神学家，他的通灵幻象及著作启发他的信徒们在他死后建立了新耶路撒冷教会。

⑤ 布拉瓦茨基（1831—1891）：俄国女通神学者、著作家，1875年在纽约与他人共同创立通神学会，著有有关超自然学说的书，如《揭开面纱的伊希斯》（1877年）。

受过。那寒风吹了我一年又一年……父亲把我一个人丢在这里，丢给上帝。这是事实，所以我没觉得懊悔。我付出太多的辛酸，但也从中学到许多。

为什么往事又浮上心头？因为我在想生活中的挫折和失望。这种挫折与失望太多太多。关于这些，我并没有都对你讲过。

今天早晨，我到银行拿支票兑换了一些现金，希望能用这点钱帮帮杰克。我想，他也许需要钱到孟菲斯。不一定现在就需要，但是总会派上用场。我去了鲍顿家，等待着，和谁也没什么话好说，白白浪费着宝贵的时间，直到有机会和他单独说话。我把钱放到他手里，他笑着放回到我外套的口袋里，说：“你这是干什么？爸爸。你自己也没什么钱。”他的目光变得冷峻，说：“我要走了。别担心。”我取出来的是你的钱，你母亲的钱，实在没有多少，想给出去，结果却是这样。

我说：“这么说，你要去孟菲斯？”

他说：“随便别的什么地方。”他脸上露出微笑，清了清嗓子，说：“我收到一直等待着的信了。”

我的心情格外沉重。鲍顿坐在他那张莫里斯式靠椅[①]上，目无所视。格罗瑞对我说，他整整一天只说一句话：“耶稣永远不会老！”格罗瑞心烦意乱，杰克也神情沮丧。他们只是出于礼貌，有一搭没一搭地和我说着闲话，也许纳闷为什么我还不走。我也巴不得赶快回家。等到终于可以向杰克表明我来是想给他点钱的时候，却得罪了他。

回家之后你母亲服侍我躺下，打发你去找托拜厄斯玩。她放

① 莫里斯式靠椅：一种可以自由调节靠背斜度的椅子。

下百叶窗，在我身边跪下抚摸着我的头发。休息了一会儿，我又爬起来，记下这些事儿。记下之后，我又看了一遍。

杰克要走了。格罗瑞心绪烦乱，来和我诉说。她已经向兄弟姐妹们发出“警报”，要求他们立即中止人道主义的劳动，赶快回家。她相信，老鲍顿将不久于人世。“他怎么能现在就走呢？”她说。我想，这是一个貌似有理的问题。但我应该知道答案。这个家里将坐满可尊敬的人，他们的丈夫、妻子、可爱的儿女。他怎么能心里怀着那痛苦的“宝贵财富”，置身于这一切之中呢？——我自己也有妻子和孩子。

我可以告诉你，如果我曾经娶某个皮肤红润、身体健壮的女人为妻，她给我生下十个孩子，十个孩子每人又生下十个孙儿、孙女，我还会离开他们，在圣诞节前夜，在那个最寒冷的夜晚，徒步走一千英里，只是为了看你母亲的脸，看你的脸。如果我永远找不到你们，希望找到你们就是我的安慰。那是我孤寂中惟一的希望。这希望除了在我的心中，在上帝的心中，不可能存在于任何事物之中。这只是表示我对上帝永远都感激不尽的方式，因为他把辉煌从这个世界藏起来——你母亲当然除外——而在你那张甜美的、平凡的脸上呈现于我的面前。那些善良的鲍顿家的兄弟姐妹将为他们的富足和杰克的贫穷而羞愧。而他宁愿一文不名也不羡慕他们拥有的一切。我很清楚，这不是可以忍受的心境。

老鲍顿，如果能从椅子上站起来，摆脱他的衰老、古怪、偏执、悲伤以及种种局限，一定会丢下英俊文雅、自信满满的满堂儿孙，跟着这个从来就不甚了解的、像护着伤口一样护着的儿子远行。给他一个父亲根本给不了的保护，用他不可能拥有的力量保卫他，用他做梦也不会想到的钱财支持他。如果鲍顿处于正常状态，他一定会完全原谅他过去、现在、将来的每一样罪过，无论那罪过是否属实，是否是他的。在这个问题上，他就是这样“挥霍无度”。而这是我喜欢看到的。

我和你说过，我自己是个孝顺的儿子——可以这样说——从来没有离开父亲的家，甚至父亲自己离开之后，我还固守在这里。仅此一点，“孝子”的资格就不会受到任何挑战。我是这样一个正人君子，天堂的宴乐也会相对而言有所节制。这样很好。爱没有什么公正而言，也没有什么比例之说。无此必要。因为无论情况多么特殊，所谓爱也只是对于无法理解而又欣然接受的现实的一瞥或者一个美丽的寓言，其实根本就没有什么意义，它只是永恒长河中短暂的一瞬。所以，它怎么可能从属于某种原因或者结果呢?

活足够长的时间超过你可能经历的苦难是值得的。这是另外一个你为什么必须珍爱健康的理由。

我想，该结束这些文字了。我从头到尾大致看了一遍，发现有些事情还有点意思，主要是我是如何被这个世界牵引回来了。我在一开头写下的对死亡的期待，现在读起来却充满青春的活力。其中的新奇和玄妙显然让我极感兴趣。

今天早晨我看见杰克·鲍顿向公共汽车站走去。他看起来太瘦，衣服穿在身上显得肥大，手里提的箱子让人觉得轻飘飘的，似乎没装什么东西。那样子看起来早已过了青年时代。不是个你想把女儿嫁给他的人。但是他身上有一种优雅和勇敢。

我喊了他一声，他停下来等我。我一直和他走到汽车站。我带着那本《基督教的本质》。这本书我一直放在门边的桌子上，希望有机会送给他。他拿在手里翻了翻，对着这本已经破烂的书笑了笑，说：“我从小就记得……不，我会永远记着这本书！”也许他在想，这本书看起来像他从前经常装在口袋里的什么东西。这个念头从我脑海里闪过，让我觉得，好像这本书原本就是他的。我相信他很高兴我送给他这件礼物。我在第二十页折了个角——“我只有跳出我的存在，才能对这个存在怀疑。我怎么能怀疑上帝？他就是我的存在。怀疑上帝就是怀疑我自己。”等等。我背会了这些话，还有一些也烂熟于心。所以能和爱德华讨论一番。但是我们不愿意浪费那天玩传球、接球的宝贵时光，所以没有太多涉猎这个话题。后来再也没有这样的机会。

还有两点，我觉得应该在我们先前谈话的时候说清楚。一是，教义不是信仰，只是讨论信仰的方法；二是，希腊字 sozo 通常被翻译为“得救”，但它还有“愈合”“恢复”之类的意思。所以传统的翻译使这个词的意思狭窄了许多，结果引起许多错误的期盼。我想，他应该认识到，上帝的宽恕不会那么狭隘，会有许多方式表示他的恩典。我没话找话地和他闲扯。我知道，他一定经常听父亲给他讲同样的事情。我首先想到的是，没有一个人像他那样孤单——我看见他一个人孤零零地走着。我相信，他很高兴有人陪伴。他不住地点着头，脸上的表情显得非常有礼貌。

我们在马路上走着，他四处张望，目光掠过你住在一个镇子里时从来不屑一看的东西——山墙上的锈蚀，穿过一块空地的小路，棉白杨和晾衣竿之间挂着的吊床。我们从教堂前面走过。他说：“我再也看不到这个地方了。”我从他的声音里听到一丝悲凉。这似乎给了我一个机会。于是我说："你要多多保重。说不定什么时候他们就需要你。"过了一会儿，他点点头承认这种可能性。

然后他停下脚步，看着我说："你知道，我又做了一件最糟糕不过的事情——这个时候离开这里。格罗瑞永远都不会原谅我。她说：'很好！这是你的杰作。'"他脸上挂着微笑，但是实际上目光中有一种恐惧，一种惊奇。也许一直就有。他确实是在做一件可怕的事情。他父亲行将就木，他却不肯留在身边。这种事只有他的父亲才能原谅。

于是，我说："格罗瑞和我都说了。我对她说，不要轻易做出判断。也许有更紧急的事情。"

"谢谢你。"

"我理解你为什么要走。真的理解。"这确实是我的肺腑之言。我一定要告诉你，那一刻，我对心中所有旧有的痛苦生出感激之情。这在我看来，确实非同寻常。

他清了清嗓子。"这么说，你不介意代我向我的父亲告别？"

"我一定替你去做。当然一定。"

除了这个话题，我不知道还能说点什么，把谈话继续下去。可是我不想离开他，而且，不管怎么说，因为心脏的缘故，我不得不紧挨他在椅子上坐下。我们就那样坐着。我说："如果你能收下我给你的几块钱，你就是对我做了善事。"

他笑了起来，说："恭敬不如从命。"

于是我给了他四十美元。他只收了二十，还给我二十。我们又坐了一会儿。

然后，我说："实际上，我是想为你祝福。"

他耸了耸肩。“怎么个祝福法？”

“哦，按照我的想象，我把手放在你的额头上，祈求上帝保护你。不过，如果你觉得不好意思……”大街上有几个行人。

“不，不，”他说，“没关系。”他摘下帽子，放在膝盖上，低下头，几乎搁在我的手上。我使出浑身的力气为他祝福，当然是重复《民数记》[①]中的祝福祈祷。“愿耶和华使他的脸光照你，赐恩给你；愿耶和华向你仰脸，赐你平安。”再也没有比这更美好的祝福，或者更能表达我此时此刻的心情、更适合此情此景的感悟的祝福。他还没有睁开眼，抬起头，我说：“上帝保佑约翰·埃姆斯·鲍顿，这个被我们深爱的儿子，兄弟，丈夫和父亲。”然后，他坐下看着我，仿佛大梦初醒。

“谢谢你，牧师。”他说。他的口气让我想到，他也许觉得我认为我刚才提到的所有那些角色，都已经不属于他。而实际上这绝非我的本意，或者说恰恰相反。哦，不管怎么说，我对他说，能为他祝福是我的荣幸。这确实是肺腑之言。事实上，我读神学院，献身于神职，忙忙碌碌这么多年，似乎就是为了这一刻。他像平常那样端详着我。汽车来了，我说：“你知道，我们都爱你。”他笑着说：“你们都是圣人。”他在汽车门口停下，抬了抬帽子便走了。愿上帝保佑他。

我一直走到教堂，进去之后，休息了好长时间。我相信，我们一起走着的时候，我从小鲍顿的脸上看到一丝讥讽。他似乎嘲

---

① 《民数记》：基督教《圣经·旧约》的第四卷。本段所引用短文是《圣经·民数记》6:25—26。

弄自己居然会把希望寄托在这样一个破旧的地方，而且，为了放弃这个希望，付出那么大的代价。我知道是什么希望。正是这种地方给人以鼓励，让人们觉得可以在这儿过不受烦扰、平静安宁、没有苦恼的生活。"将来必有年老的男女，坐在耶路撒冷街上，因为年纪老迈就手拿拐杖。城中街上，必满有男孩、女孩玩耍。①" 这是预言，是先知撒迦利亚②的幻想。他说，在人们眼里那将非常美好。所以在这个悲凉世界的每一个角落，都要有人类居住。傍晚玩传球、接球，闻河面飘来的清爽的气味，听火车隆隆驶过。这些小城曾经是顽强的堡垒，它的存在就是为了保卫这样的和平。

你母亲看起来想让每一顿晚饭都是我爱吃的。经常有肉糜糕③、甜点。她在桌子上放上蜡烛，因为现在天黑得早。我估计，她是从教堂买的。这样做很好。她经常穿着蓝裙子。你长个了，红衬衫穿在身上显得很小。老鲍顿合家团圆，除了让他牵肠挂肚的杰克。他们都来问候我们，请我们去吃晚饭。但是这几天，我们三个人特别愿意自己待在家里。你身上散发着傍晚的寒气，一双眼睛非常明亮，粉红的面颊和手指冰凉。烛光下，在我这双老眼看来，那么美丽。寒冷让所有昆虫都闭上嘴巴。黑暗让我们说话压低了嗓门儿，就像在策划什么阴谋。你母亲做完饭前感恩祷告，给你往面包上抹黄油。我真希望鲍顿能看到他儿子怎样领受

---

① 《圣经·撒迦利亚书》8:4—5。

② 撒迦利亚：公元前六世纪的希伯来先知，劝犹太人重建圣殿。

③ 肉糜糕：用牛肉糜和其他成分混合的肉糜堆成或模制的菜肴，通常烤制而成。

他的祝福，看到他怎样低着头。如果我告诉他，如果他明白我的意思，他就会为自己看到的场面嫉妒，因为他本来应该是给儿子祝福的那个人。我好像觉得，他的手就放在我的手上。啊，我可以想象他在世界那面，以一种顿悟的惊讶回过头看着我——“这就是为什么我们要过这样的生活！”每个人都有一万条理由过这样的生活。

我答应小鲍顿替他向父亲告别。所以，吃完晚饭就溜达过去，知道老家伙这会儿应该睡觉，屋子里空空荡荡，我可以悄悄说上几句话。我的好朋友很快就要离开这个世界，乌云笼罩着他临终前对事物的理解能力。他的耳朵已经聋了好几年。我知道，如果他醒着的时候，我对他说起那个名字，他一定会挣扎着，打起精神，迫不及待想弄清是怎么回事。这样一来，我就会在他心中制造出一种我那时、甚至是一辈子都无法以任何手段和安抚消减的焦虑和渴望。仿佛无论我说什么，都会解开他那个巨大谜团的任何一部分。他将独自承受那忧伤和迷乱之苦，我则没有力量目睹那一切。

我想，如果他能像古代的雅各该有多好！他已经失去的宝贝儿子为了他的幸福，带给他可爱的小罗伯特·鲍顿·迈尔斯——“我想不到得见你的面，不料，神又使我得见你的儿子。[①]”哦，这该多么美丽，美丽得宛如天使的幻象，想到这儿，一种快乐从我心中升起。在我看来，当什么东西确实应该真实的时候，它就一定具有真实的力量。我因此又想到天堂。如你所知，现在我动

① 《圣经·创世记》48：11。

不动就想起天堂。

可怜的格罗瑞在鲍顿床边为我放了一把椅子。我在他身边坐了好长时间。小时候，我经常在天还没亮的时候，从窗户爬进他的卧室，喊他起来一块去钓鱼。如果惊醒他的母亲，她会非常生气，所以，我们总是偷偷摸摸。有时候，他还想赖在床上睡一会儿，我就拽他的头发，揪他的耳朵，趴在他耳朵旁边说悄悄话，好像我想起什么荒唐可笑的事情。有时候，他被我弄醒之后就哈哈大笑。哦，那已经是多么久远的过去。昨天晚上，他在这儿，像他一直以来那样，身体朝右侧躺着。毫无疑问，躺在上帝的怀抱里。尽管，我知道，如果我唤醒他，他就又回到客西马尼。于是我在他熟睡的时候对他说，我已经替你为你那个孩子祝福了。此刻我还觉得他的额头紧紧贴着我的掌心。我说，我爱他，就像你希望我做到的那样深沉。所以你的祈祷肯定会得到回答，老家伙。我的也一样，我的也一样。我们不得不等好长时间，是吗？

我离开的时候，看见格罗瑞站在走廊，看客厅里坐着的兄弟姐妹，他们的妻子、丈夫和孩子。这些孩子有的已经长大，有的还是半大。他们无非是说说各地的新闻，议论议论时政，还玩红心纸牌游戏。厨房里和楼上，还有两拨。路上，我还碰到五六个散步回来的人。我有点儿惭愧，直到现在才意识到，杰克一走，格罗瑞该有多难。留下她一个人应付这一家家不愁衣食、心满意足的人来了之后造成的混乱，留下她一个人忍受所有这些人表现出来的分寸得体、发自内心的好意。然而，没有一个人和她一起微笑着面对这没完没了的一切，没有一个人是为了寻求她的保护才来到这里——这是一种最糟糕的遗弃。只有上帝可以安慰她。

有时候在我看来，好像是上帝在吹这“创造物”可怜巴巴的灰烬，让它重放光明——瞬息之间，一年，或者一辈子，然后又变成灰烬。再看到它的时候，谁也不会想到，它曾经和火、和光有什么关系。这就是我在圣灵降临节布道时讲的内容。现在回想起来还是有一定的道理。但是上帝比我的布道所暗含的意思更坚定持久、更丰富多彩。不管你的眼睛转向哪里，世界都像耶稣变容①一样，闪闪发光。你不用带任何东西，只需一点点想看的愿望。然而，谁有勇气看它?

我要请你母亲把我那些旧讲道稿统统烧掉。教堂执事可以安排这件事情。那些稿子足可以点一大堆火了。我在想热狗和果浆软糖，庆贺第一场雪。当然，她想保存哪篇都可以，不过我并不想让她为这些东西浪费太多的精力。有用也好，没用也罢，一切都已经结束了。

在两种情况下，创造物圣洁的美丽会变得璀璨夺目，而且这两种情况会一起发生。一种情况是，当我们感觉到我们对这个世界力所不逮；另一种情况是，当我们感觉到世界对于我们也常常力不从心。奥古斯丁说，上帝喜欢我们每一个人，就像我们都是他惟一的孩子。这想必是真的。“主耶和华必擦去各人脸上的眼泪。②”倘若我们说，这正是我们心之所想，也丝毫减弱不了这

---

① 耶稣变容：在山上出现的从耶稣身上突然发出的光芒。

② 《圣经·以赛亚书》25∶8。

诗句的美丽。

神学家谈论先于恩典本身的恩典，并且允许我们接受它。于是我想，一定有先于勇气本身的一种品质，允许我们勇敢——也就是，承认生活中有比我们的眼睛能够承受的更多的美丽，珍贵的东西被放到我们手中，如果不给予应有的尊重，就会造成巨大的损害。因此，正如老人们所说，这种勇气使我们有用，使我们能够慷慨大度。这是完全相同的事情的另外一种说法。这是讲道坛上的说法。除了残存的古老的勇气，除了那古老的勇敢和希望，我还能留给你什么呢？哦，如我所说，它现在只剩下一堆灰烬，总有一天，上帝会再把它吹成熊熊燃烧的火焰。

我热爱大草原！我经常看到黎明向我们走来，晨光洒满大地，万物骤然之间“容光焕发”。“良辰美景”这个词深深地印在我的灵魂里，我惊讶，我居然能亲眼目睹这样美好的事物。也许还有更为美妙的“第一时刻”——“那时晨星一同歌唱，神的众子也都欢呼。[①]”但是就我所知，与此相反，即使红日当空，他们也仍然歌唱，仍然欢呼，当然还是那样美妙。而在大草原没有任何东西可以分散我们对黄昏或清晨的注意力。地平线上没有任何东西缩短，或者延长。从这个观点看，连绵逶迤的群山不过是对大自然的鲁莽、无礼。

在我看来，这个朴素自然、未被留意的地方如同耶稣基督一样。我不由得想，你迟早要离开这里。如果你真的这样做了，或

---

① 《圣经·约伯记》38:7。

者打算这样做，那是一件好事。整个这座小镇看起来都像是被磨蚀之后的希望，然后又被磨蚀。但是没有及时变成现实的希望，还是希望。我爱这座小镇。我想最终安息于这里的泥土下面，将是我的爱最后的狂热的展示——我也将在流逝的时光中闷燃，直到再放射出灿烂的光芒。

我祈祷，你在一个勇敢的国家成长为勇敢的人。我祈祷，你找到一条使自己有用的路。

我将祈祷，然后睡觉。